Alexandra Dumas d.Ä.

Napoleon Bonaparte

Europäischer Geschichtsverlag

Alexandra Dumas d.Ä.

Napoleon Bonaparte

1. Auflage | ISBN: 978-3-73400-102-4

Erscheinungsort: Paderborn, Deutschland

Erscheinungsjahr: 2015

Europäischer Geschichtsverlag ist ein Imprint der Salzwasser Verlag GmbH, Paderborn.

Vorwort.

Schon trennt uns ein Jahrhundert von der Zeit, als Napoleon Bonaparte, bald vernichtend, bald befruchtend, anderthalb Jahrzehnte den Brennpunkt des europäischen Lebens bildete, aber die Flut der sich mit seiner Person beschäftigenden Schriften ist keineswegs versiegt. Gerade in neuester Zeit erleben wir ja nicht nur auf dem Gebiete des französischen, sondern auch des deutschen Schrifttums eine wahre Napoleon-Renaissance. Immer wieder lockt der Zauber seiner überragenden Persönlichkeit zu neuen Versuchen, mit der Feder seinen Riesenspuren zu folgen, mehr oder minder scharfsinnig die Quellen seiner Erfolge und Misserfolge aufzudecken, sein Genie und seine Denkart zu zergliedern, das erschütternde Schauspiel seines kometenartigen Auftauchens und Erlöschens zu schildern und den Erben und Vollender der groben Revolution als Sämann neuer Keime aufzuzeigen. War es zunächst mehr ein leidenschaftlicher Kultus, der in kleinlich beengender, tatenloser Zeit ihm, der verkörperten Tatkraft, Weihrauch bot, so trat doch allmählich immer sieghafter die nüchterne Forschung und kritische Betrachtung in ihr Recht. Aus dem Halbgott seiner Verherrlicher oder dem Beelzebub, als den ihn jäh aufflammendes Nationalgefühl von ihm bedrängter Völker manchmal erscheinen ließ, ist für unsere heutige Anschauung einer der größten Feldherrn und Organisatoren geworden, der allerdings in seinen Mitteln nichts weniger als wählerisch war; die Napoleonlegende ist nach und nach von der Geschichtsschreibung abgelöst worden, und die neuesten Werke (in allen Kultursprachen) über den genialen Korsen zeigen im Ganzen eine erfreuliche Abgeklärtheit.

Als Alexander Dumas der Vater, Sohn eines der verwegensten Generale des ersten Kaiserreichs, durch eine Lebensgeschichte Napoleons die heroische Zeit des Schlachtenkaisers ins Gedächtnis rief, gab es noch nicht die dem heutigen Forscher zu Gebote stehende Menge von Werken, die uns über alle Einzelheiten von Napoleons Laufbahn unterrichten, seine Schlachten und Kriegszüge kritisch erörtern und Einblicke in sein Seelenleben eröffnen. Es war ja Dumas auch nicht darum zu tun, ein Werk zu liefern, das den Ansprüchen gelehrter Kritiker genügen könne, sein Buch ist wie ein wehmütiger Sehnsuchtsseufzer des französischen Volles nach der entschwundenen Herrlichkeit der ruhm- und glanzvollen Kaiserzeit und nach dem Manne, der nicht nur die Massen, sondern auch die erlesenen Geister - und zwar keineswegs nur solche in Frankreich - in seinen Bann zwang. Gerade hierdurch erhält nun diese mit allen Vorzügen Dumasscher Darstellungskunst ausgestattete Biographie ihren besonderen historischen und kulturhistorischen Wert, und der

Verlag verdient Anerkennung dafür, dass er in der napoleonischen Zentenarzeit auch diesen in Vergessenheit geratenen Zeugen hat auferstehen lassen.

Der Übersetzer hat sich gestattet, hin und wieder, wo Dumas' Zahlen, Daten usw. mit den Ermittlungen neuerer Forschung zu sehr auseinanderklaffen, zu verbessern oder eine berichtigende Anmerkung einzufügen. Dumas ist zumeist Napoleons eigenen Angaben über die Stärke- und Verlustziffern der einzelnen Schlachten gefolgt, Napoleon aber betrachtete seine Berichte nur wie jedes andere Rüstzeug als Mittel zur Erreichung weiterer Erfolge, er, der mit unübertroffener Meisterschaft und Unbedenklichkeit dem Talleyrandschen Ausspruch gemäß handelte, die Worte seien nicht da, den Willen auszudrücken, sondern zu verhüllen – er, der selbst das Wort geprägt hat: »Die Lüge, einmal geboren, stirbt nicht.«

Napoleon Bonaparte

Am 15. August 1769 wurde zu Ajaccio ein Kind geboren, das von seinen Eltern den Namen Bonaparte, vom Himmel den Namen Napoleon erhielt.

Die ersten Tage seiner Jugend verflossen inmitten der fieberhaften Gärung, wie sie auf Revolutionen zu folgen pflegt. Korsika, das seit einem halben Jahrhundert von Selbständigkeit träumte, war soeben halb erobert, halb verkauft worden und aus Genuas Sklaverei nur entronnen, um in die Gewalt Frankreichs zu fallen. Paoli,[1] bei Ponte-Nuova besiegt, suchte mit seinem Neffen und seinen Brüdern eine Freistatt in England, wo ihm Alfieri seinen Timoleon widmete. Der Neugeborene atmete die schwüle Luft gegenseitigen Bürgerhasses ein, und die Glocke, die zu seiner Taufe läutete, zitterte noch von Sturmsignalen.

Karl Bonaparte, sein Vater, und Lätitia Ramolino, seine Mutter, die beide von patrizischem Geschlecht waren und aus dem reizenden oberhalb Florenz gelegenen Dorfe San-Miniato stammten, waren zuerst Paolis Freunde gewesen, hatten aber dann dessen Partei aufgegeben und französischem Einfluss Gehör geschenkt. Daher war es ihnen ein leichtes, von Herrn von Marboeuf, der als Gouverneur auf die Insel zurückkehrte, wo er zehn Jahre zuvor als General gelandet war, eine günstige Fürsprache zu erhalten, um den jungen Napoleon in die Militärschule von Brienne zu bringen. Das Gesuch wurde bewilligt, und nicht lange

[1] Der anerkannte Führer der um ihre Freiheit ringenden Korsen. Anmerkung des Übersetzers.

darauf wurde in der Liste der Zöglinge von Brienne folgender Eintrag gemacht:

»Heute, den 23. April 1779, ist Napoleon Buonaparte,[2] neun Jahre, acht Monate und fünf Tage alt, in die Königliche Militärschule zu Brienne-le-Château eingetreten.«

Der neue Ankömmling war also ein Korse, das heißt: er kam aus einem Lande, das noch heutzutage mit so kraftvoller Beharrlichkeit gegen die Zivilisation ankämpft, dass es seinen Charakter, wenn auch nicht seine Unabhängigkeit bewahrt hat. Er redete nur die Mundart seiner Heimatinsel; auch war ihm die dunkle Hautfarbe die von der mittägigen Sonne eingeätzt wird, und das düstere, durchdringende Auge des Bergbewohners eigen.

Das war mehr als hinreichend, um die Neugier seiner Kameraden zu erregen und ihre angeborene Unbändigkeit noch zu verschärfen, denn die Neugier der Jugend ist höhnisch und unbarmherzig. Einen Professor, namens Dupuis, dauerte der arme Verlassene; er gab sich die Mühe, ihm Privatstunden in der französischen Sprache zu geben, und nach drei Monaten war der Knabe schon so weit vorgeschritten, dass er daran gehen konnte, die ersten Elemente der lateinischen Sprache zu erlernen. Aber gleich von Anfang an trat bei ihm der Widerwille hervor, den er stets gegen die toten Sprachen beibehielt, während sich anderseits seine Begabung für mathematische Wissenschaften schon in den ersten Lehrstunden bemerkbar machte. Die natürliche Folge hiervon war, dass er die mathematischen Aufgaben für seine Kameraden zu lösen pflegte, und diese ihm dafür die humanistischen Arbeiten und Übersetzungen fertigten, die ihm ein Gräuel waren.

Eine gewisse Vereinsamung, in der sich der junge Napoleon eine Zeitlang infolge der anfänglichen Unmöglichkeit, seine Gedanken mitzuteilen, befand, errichtete zwischen ihm und seinen Schulgenossen eine Schranke, die nie ganz verschwand. Indem aber dieser erste Eindruck in ihm eine peinliche Erinnerung, die fast wie Abneigung aussah, zurückließ erzeugte er jenen frühreifen Menschenhass, der ihn zu einsamen Vergnügungen hinzog, während manche darin die prophetischen Träume des werdenden Genies zu sehen vermeinten. Übrigens verleihen verschiedene Umstände, die bei anderen kaum Beachtung gefunden hätten, den Erzählungen solcher Geschichtsschreiber einige Wahrscheinlichkeit,

[2] So schrieb sich die Familie, Napoleon aber nur bis ins Jahr 1796. Deshalb wurde im Text sonst von vornherein die Schreibweise »Bonaparte« gewählt. A.d.Ü.

die da meinten, dem wunderbaren Leben des Mannes müsse auch eine außerordentliche Kindheit entsprechen.

Mit Vorliebe beschäftigte sich der junge Bonaparte in seiner Freizeit mit der Bearbeitung eines kleinen umzäunten Landstückes. Von Neugierde getrieben, stieg eines Tages einer seiner jungen Kameraden, um zu sehen, was er so allein in seinem Gärtchen mache, auf den Zaun und sah, dass er eifrig Kieselsteine nach taktischen Gesetzen ordnete, wobei die militärische Rangordnung durch die Größe der Steine bezeichnet wurde. Da der unbefugte Lauscher ein Geräusch machte, wandte sich Bonaparte um und rief dem Mitschüler ärgerlich zu, er solle hinuntersteigen. Dieser spottete aber über den kleinen Strategen, der nun, doppelt ergrimmt, den größten Stein ergriff und dem Spötter mitten auf die Stirn schleuderte, so dass er, nicht ungefährlich verletzt, hinabstürzte.

Fünfundzwanzig Jahre später, das heißt, als er sich auf dem Gipfel seines Glückes befand, meldete man Napoleon einen Bittsteller, der sich als seinen Schulkameraden bezeichnete. Da sich Betrüger mehr als einmal dieses Vorwandes bedient hatten, um zu ihm zu gelangen, befahl Napoleon seinem Adjutanten, nach dem Namen dieses alten Mitschülers zu fragen. Aber der Name erweckte keine Erinnerung in Napoleon, weshalb er sagte: »Gehen Sie noch einmal hin und fragen den Mann, ob er mir keinen Umstand anführen könnte, der meine Erinnerung weckte!« Der Adjutant tat, wie ihm befohlen, und kam mit der Nachricht zurück, dass der Fremde, statt aller Antwort, auf eine Narbe an der Stirn gewiesen habe. »Ah! jetzt erinnere ich mich.« sagte der Kaiser, »ich habe ihm einen Obergeneral an den Kopf geworfen! ...«

Während des Winters von 1783 auf 1784 fiel eine solche Masse Schnee, dass jede Erholung im Freien unmöglich war. Bonaparte, der so wider Willen genötigt war, seine sonst der Gartenbeschäftigung gewidmeten Stunden inmitten des ungewohnten Lärms seiner lustigen Kameraden zuzubringen, schlug vor, einen Ausflug zu machen und mit Schaufeln und Spaten eine befestigte Stadt anzulegen, die dann von einem Teile angegriffen, von dem anderen verteidigt werden sollte. Der Vorschlag war zu lockend, als dass man ihn hätte verwerfen können. Natürlich wurde der Urheber des Plans zum Anführer einer Partei erwählt. Seiner Tatkraft konnte die belagerte Stadt nicht widerstehen, sie wurde nach heldenhaftem Widerstand der Feinde genommen. Schon am nächsten Tage schmolz der Schnee; aber diese neue Art des Zeitvertreibs ließ im Gedächtnis der Schüler eine tiefe Spur zurück. Als Männer erinnerten sie sich gern dieses Kinderspiels und wenn sie die Mauern so vieler Städte vor Napoleon fallen sahen, mussten sie der Schneewälle gedenken, die Bonaparte mit ihnen erstiegen hatte.

Wie Bonaparte älter wurde, entwickelten sich die ursprünglichen Ideen, deren Keime schon lange in ihm lagen, und ließen die Früchte ahnen, die sie eines Tages bringen sollten. Verhasst war ihm der Gedanke an die Unterwerfung Korsikas durch Frankreich, die ihn, den einzigen Korsen in der Schule, als Besiegten unter Siegern erscheinen ließ. Als er einmal bei einem Beamten der Anstalt zu Mittag speiste, sprachen die Professoren, die schon mehrmals die nationale Empfindlichkeit ihres Zöglings bemerkt hatten, geflissentlich übel von Paoli. Sogleich stieg ihm die Röte auf die Stirn, er konnte nicht länger an sich halten und rief: »Paoli war ein großer Mann, der sein Vaterland wie ein alter Römer liebte, und niemals werde ich es meinem Vater, der sein Adjutant war, verzeihen, dass er zur Vereinigung Korsikas mit Frankreich beigetragen hat; er hätte dem Glücksstern seines Generals folgen und mit ihm fallen sollen.«

Inzwischen war der junge Bonaparte nach Verlauf von fünf Jahren bis zum vierten Kurs gelangt und wusste von mathematischen Wissenschaften so viel, als ihm seine Lehrer, Pater Patrault, mitteilen konnte. Er stand nun im Alter, wo man aus der Brienner in die Pariser Schule überzugehen pflegte. Seine Zeugnisse waren gut, und in dem Bericht des Herrn v. Keralio, des Inspektors der Militärschulen, an König Ludwig XVI. hieß es:

»Herr v. Bonaparte (Napoleon), geboren den 15. August 1769, vier Fuß, zehn Zoll, zehn Linien hoch, hat den vierten Kurs vollendet; Körperbeschaffenheit gut, Gesundheit vortrefflich. Charakter folgsam, anständig und erkenntlich, Betragen sehr ordentlich, hat sich immer durch Talent und Fleiß in der Mathematik ausgezeichnet. Geschichte und Geographie ziemlich gut; schönwissenschaftliche Übungen und Latein, worin er es nur bis zur vierten Klasse brachte, wenig befriedigend; vortrefflich zum Seemann geeignet; verdient die Aufnahme in die Militärschule zu Paris.«

Infolge dieses Zeugnisses wurde der junge Bonaparte in die Pariser Militärschule aufgenommen; von seinem Abgang legt folgender Eintrag Zeugnis ab:

»Am 17. Oktober 1784 verließ die Königliche Militärschule zu Brienne Herr Napoleon Bonaparte, Ritter, geboren in der Stadt Ajaccio auf der Insel Korsika, den 15. August 1869, Sohn des Edlen Karl Maria v. Bonaparte, Deputierten des korsischen Adels, aus genannter Stadt Ajaccio, und der Dame Lätitia Ramolino, und in diese Anstalt am 23. April 1779 aufgenommen.«

Man hat Bonaparte zum Vorwurf gemacht, er habe sich eines eingebildeten Adels gerühmt und sein Alter falsch angegeben; beide Behauptungen werden durch die angeführten Dokumente widerlegt.

Aus Bonapartes Aufenthalt in der Pariser Kriegsschule ist nichts Besonderes zu berichten, nur etwa den Umstand, dass er seinem früheren Inspektor, den Pater Berton, eine Denkschrift zuschickte. Der jugendliche Gesetzgeber hatte in der Einrichtung jener Schule Fehler gefunden, die sein sich entwickelndes Verwaltungstalent nicht mit Stillschweigen übergehen konnte. Einer dieser Fehler, und zwar der gefährlichste von allen, war der Luxus, der die Zöglinge umgab. »Statt eine zahlreiche Dienerschaft«, schrieb er, »für die Zöglinge zu unterhalten, statt ihnen täglich Mahlzeiten mit zwei Gängen zu geben, statt mit einem höchst kostspieligen Reithaus für Ritter und Pferde zu prunken, sollte man die Schüler, ohne jedoch dadurch ihrem Studiengang Eintrag zu tun, an Selbstbedienung gewöhnen, ausgenommen eine einfache Küche, die sie nicht zu besorgen hätten. Zwieback oder dergleichen sollte man ihnen vorlegen, sie ans Ausklopfen ihrer Kleider und an das Putzen ihrer Stiefel und Schuhe gewöhnen. Da sie arm und zum Militärdienst bestimmt sind, ist dies die einzige Erziehung, die man ihnen geben sollte. Bei nüchterner Kost und genötigt, ihren Anzug selbst zu besorgen, würden sie kräftiger werden und lernen, der Strenge der Jahreszeiten zu trotzen und den untergebenen Soldaten blinde Hochachtung und Ergebenheit einzuflößen.« Bonaparte war fünfzehn und ein halbes Jahr alt, als er diesen Reformplan vorschlug; zwanzig Jahre später gründete er die Militärschule zu Fontainebleau.

Im Jahre 1785, nach glänzenden Prüfungen, wurde Bonaparte zum Leutnant im Regiment La Fère, das damals in Dauphiné stand, ernannt. Nach kurzem Aufenthalt zu Grenoble wohnte er in Valence. Hier beginnen einige Sonnenblicke der Zukunft die Dunkelheit, in der sich der unbekannte junge Mann noch befand, zu erhellen. Man weiß, Bonaparte war arm; aber so arm er war, dachte er doch daran, seine Familie zu unterstützen, und rief seinen Bruder *Ludwig*, der neun Jahre jünger war als er, von Korsika zu sich nach Frankreich. Beide wohnten bei Fräulein Bon, Große Straße, Nr. 4. Bonaparte hatte ein Schlafzimmer, und darüber wohnte der kleine Ludwig in einer Dachstube. Seinen Gewohnheiten aus der Militärschule treu, was ihm später in den Feldzügen so großen Nutzen gewährte, weckte Bonaparte seinen Bruder frühzeitig, indem er mit einem Stock an die Decke klopfte, und gab ihm dann Unterricht in der

Mathematatik. Eines Tages zeigte sich der junge Ludwig, der sich dieser Tagesordnung nur mit Mühe fügen konnte, noch widerwilliger und säumte noch länger als gewöhnlich, zu seinem Bruder herabzukommen.

Da schlug Bonaparte abermals an die Decke, bis der saumselige Schüler endlich eintrat.

»Nun! was gibt's denn heute Morgen? Mir scheint, wir sind sehr träge!« rief Bonaparte.

»Oh! Bruder,« antwortete Ludwig, »ich träumte so schön!«

»Und was träumtest du denn?«

»Mir träumte, ich sei König.«

»Und was war ich dann ... Kaiser?« sagte achselzuckend der junge Leutnant. »Geschwind an die Arbeit!«

Und der Unterricht wurde, wie gewöhnlich, von dem künftigen König genommen und von dem künftigen Kaiser gegeben.[3]

Bonapartes Wohnung gegenüber lag der Laden eines reichen Buchhändlers, namens Marc-Aurèle, dessen Haus, ich glaube, mit der Jahreszahl 1530 versehen, ein Juwel aus der Renaissancezeit ist. Hier brachte der junge Offizier so ziemlich alle Stunden zu, die ihm der Militärdienst und der brüderliche Unterricht übrigließen, und diese Stunden waren, wie man gleich sehen wird, nicht verloren.

Am 7. Oktober 1808 gab Napoleon in Erfurt ein Festmahl; seine Gäste waren der Kaiser Alexander, die Königin von Westfalen, der König von Bayern, der König von Württemberg, der König von Sachsen, der Prinz Wilhelm von Preußen, die Beherrscher von Oldenburg, von Mecklenburg-Schwerin, von Weimar und der Fürst-Primas (Dalberg). Die Unterhaltung kam auf die goldene Bulle, die bis zur Errichtung des Rheinbundes für die römische Kaiserwahl, die Anzahl und die Eigenschaften der Wähler maßgebend gewesen waren. Der Fürst-Primas sprach eingehend über diese Bulle und erwähnte, sie stamme aus dem Jahre 1409.

»Ich glaube, Sie täuschen sich,« sagte lächelnd Napoleon; »die Bulle wurde 1356 unter der Regierung Kaiser Karls IV. verkündet.«

»So, ist es, Sire,« antwortete der Fürst-Primas, »ich erinnere mich jetzt; aber woher wissen Eure Majestät dies so genau?«

»Als ich einfacher Leutnant bei der Artillerie war ...,« erzählte Napoleon –

---

[3] Diese Szene fiel in Gegenwart des Herrn Parmentier, Arztes bei dem Regiment, worin Bonaparte Leutnant war, vor.

Bei diesen Worten malte sich ein so lebhaftes Gefühl in den Mienen seiner edlen Gäste, dass der Sprecher unwillkürlich unterbrach; aber gleich darauf fuhr er lächelnd fort:

»Als ich die Ehre hatte, einfacher Leutnant bei der Artillerie zu sein, war ich drei Jahre in Garnison zu Valence. Ich war kein Freund der Gesellschaften und lebte äußerst zurückgezogen. Dafür hatte es ein glücklicher Zufall gefügt, dass ich in der Nähe eines kenntnisreichen und sehr gefälligen Buchhändlers wohnte. Dessen Bibliothek habe ich während dieser drei Garnisonjahre gelesen und wieder gelesen, und ich habe auch das nicht vergessen, was sich nicht auf meinen Stand bezog. Zudem hat mich die Natur mit einem guten Zahlengedächtnis begabt; es ist nicht selten, dass ich meinen Ministern einzelne Posten und die Gesamtbeträge ihrer ältesten Rechnungen anführe.«

Das war jedoch nicht das einzige Andenken Napoleons aus Valence.

Zu den wenigen Personen, die Bonaparte in Valence besuchte, gehörte Herr v. Tardivon, Abt von Saint-Ruf, dessen Orden kurz zuvor aufgehoben worden war. In seinem Hause traf er Fräulein Karoline von Colombier, in die er sich verliebte. Die Familie dieses Fräuleins bewohnte ein Landhaus, das eine halbe Stunde von Valence lag und Bassiau hieß; der junge Leutnant erhielt Zutritt im Hause und machte mehrere Besuche. Inzwischen trat ein Edelmann aus dem Dauphiné, namens Bressieux als Bewerber auf. Bonaparte sah, dass es Zeit sei, sich zu erklären, sollte er nicht zu spät kommen; er schrieb daher an Fräulein Karoline einen langen Brief, worin er ihr alle seine Gefühle ausdrückte und sie ersuchte, ihre Eltern damit bekannt zu machen. Diese nahmen jedoch, so vor die Wahl zwischen einem Leutnant ohne Aussicht und einem Edelmann mit einigem Vermögen gestellt, den Edelmann zum Schwiegersohn. Bonaparte wurde in möglichst wenig verletzender Form zurückgewiesen, und sein Brief einer dritten Person eingehändigt, die ihn dem Schreiber zurückstellen wollte. Aber Bonaparte weigerte sich, ihn zurückzunehmen. »Behalten Sie ihn,« sagte er zu der Person, »er wird eines Tages Zeugnis von meiner Liebe wie von der Reinheit meiner Gesinnungen gegen Fräulein Karoline ablegen.« Die Person behielt den Brief, und ihre Familie bewahrt ihn noch heute auf.

Drei Monate später heiratete Fräulein Karoline Herrn v. Bressieux.

Im Jahre 1806 wurde Frau v. Bressieux mit dem Titel einer Ehrendame der Kaiserin-Mutter an den Hof berufen, ihr Bruder in der Eigenschaft eines Präfekten nach Turin geschickt und ihr Gemahl zum Baron und Verwalter der Staatsforsten ernannt.

Sonst trat Bonaparte während seines Aufenthaltes zu Valence noch in nähere Beziehung zu den Herren v. Montalivet und Bachasson, von denen der eine Minister des Innern und der andere Inspektor der Lebensmittel in Paris wurde. Sonntags lustwandelten diese drei jungen Männer fast immer zusammen außerhalb der Stadt und blieben bisweilen stehen, um einem Tanzvergnügen im Freien zuzusehen, das um zwei Sous für den Mann und den Tanz ein Gewürzkrämer der Stadt gab, der in seinen Mußestunden die Fiedel zu streichen pflegte. Dieser Fiedler war ein alter Soldat, der sich nach seinem Abschied nach Valence zurückgezogen und dort verheiratet hatte, worauf er in der geschilderten Weise ein Doppelgeschäft betrieb. Da aber der Verdienst auch so für seinen Bedarf nicht ausreichte, suchte und erhielt er nach der Einrichtung der Departements eine Austrägerstelle in den Büros der Zentralverwaltung. Von diesem Posten holten ihn die ersten Freiwilligenbataillone im Jahre 1790 weg.

Hierauf wurde dieser alte Soldat Gewürzkrämer, Fiedler und Ausläufer im Laufe weniger Jahre Marschall Victor, Herzog von Belluno.

Als Bonaparte Valence verließ, hinterließ er bei seinem Bäcker, namens Coriol, eine Schuld von drei Franken zehn Sous.

Der junge Korse kam zu gleicher Zeit mit seinem Landsmann Paoli in Paris an. Die Konstituierende Versammlung hatte Korsika an der Wohltat der französischen Gesetze teilnehmen lassen; Mirabeau hatte auf der Rednerbühne erklärt, es sei Zeit, die flüchtigen Patrioten, die die Unabhängigkeit der Insel verteidigt, zurückzurufen, und so war Paoli heimgekehrt. Bonaparte wurde von dem alten Freunde seines Vaters wie ein Sohn bewillkommt, und der junge Schwärmer fand sich seinem Helden gegenüber, der eben erst zum Generalstatthalter und Militärkommandanten der Insel ernannt worden war.

Bonaparte erhielt Urlaub, den er dazu benutzte, Paoli zu folgen und seine Familie wiederzusehen, die er vor sechs Jahren verlassen hatte. Der patriotische General wurde von allen Anhängern der Unabhängigkeit mit unaussprechlichem Jubel empfangen, und der junge Leutnant war Zeuge von dem Triumph des berühmten Verbannten. So groß war die Begeisterung, dass die allgemeine Stimme seiner Mitbürger Paoli zugleich an die Spitze der Nationalgarde und zum Vorsitzenden der Departementalverwaltung erhob. Eine Zeitlang blieb er in vollkommener Harmonie mit der Konstituierenden Versammlung; aber ein Antrag des Abbé Charrier, der den Vorschlag machte, Korsika an den Herzog von Parma gegen Piacenza auszutauschen und mit letzterem den Papst für Avignon zu entschädigen, bewies Paoli, welche geringe Wichtigkeit der

Mutterstaat dem Besitz seines Vaterlandes beilegte. In dieser Zeit geschah es, dass die englische Regierung, die Paoli zur Zeit seiner Verbannung aufgenommen hatte, mit dem neuen Präsidenten Unterhandlungen eröffnete; auch verbarg Paoli seine Vorliebe für die britische Verfassung der im Werke begriffenen französischen gegenüber nicht. Hier aber schieden sich die Wege des jungen Leutnants und des alten Generals; Bonaparte blieb französischer Bürger, und Paoli wurde wieder korsischer Anführer.

Zu Anfang des Jahres 1792 wurde Bonaparte nach Paris zurückberufen. Dort fand er Bourrienne wieder, einen alten Schulfreund, der nach einer Reise durch Preußen und Polen über Wien zurückkehrte.

Keiner von beiden Schulkameraden war glücklich; sie beschlossen, ihr Missgeschick gemeinsam zu tragen, um es sich minder schwer zu machen; der eine bewarb sich um eine Stelle im Heere, der andere wollte beim Ministerium des Auswärtigen angestellt werden. Da beide erfolglos waren, träumten sie von Handelsgeschäften, die sie aus Mangel an Kapital meist nicht ausführen konnten. Eines Tages kamen sie auf den Gedanken, mehrere im Bau begriffene Häuser in der Rue Montholon mietweise zu übernehmen, aber die Ansprüche der Eigentümer waren so übertrieben, dass sie sich genötigt sahen, von dem Unternehmen abzusehen aus demselben Grund, aus dem sie schon so viele andere aufgegeben hatten. Als sie aus dem Hause des Erbauers traten, stellten sie fest, dass sie nicht nur nicht zu Mittag gespeist, sondern dass sie auch kein Geld hatten, das Versäumte nachzuholen. Diesem Übelstand wusste Bonaparte dadurch abzuhelfen, dass er seine Uhr versetzte.

Inzwischen war der 10. Juni,[4] das düstere Vorspiel des 10. August, angebrochen. Die beiden jungen Männer hatten sich zum Frühstück bei einem Restaurateur in der Straße St. Honoré getroffen und waren eben mit Essen fertig, als sie durch einen großen Lärm und laute Rufe: » *Ça ira*! Es lebe die Nation! Es leben die Sansculotten! Nieder mit dem Veto!« ans Fenster gezogen wurden. Sie sahen einen Haufen von 6000 bis 8000 Menschen, von Santerre und dem Marquis von St. Hurugues geführt, die Vorstädte St. Antoine und St. Marceau hinabeilen und sich zur Versammlung begeben. »Folgen wir dieser Canaille!« sagte Bonaparte, und sofort schlugen die beiden jungen Männer den Weg nach den Tuilerien

[4] Am 20. (nicht 10.) Juni 1792 drang das Volk von Paris zum ersten Mal in die Tuilerien ein, am 10. August zum zweiten Mal, wobei die Schweizergarden getötet und die Königliche Familie, die bei der Nationalversammlung Schutz suchte, im Temple gefangengesetzt wurde. A. d. Ü.

ein. An der Terrasse des Seineufers blieben sie stehen; Bonaparte lehnte sich gegen einen Baum, und Bourienne setzte sich auf eine Brustwehr.

Von da aus sahen sie nicht, was vorging; aber sie ahnten das Vorgefallene leicht, als ein Fenster nach dem Garten hin sich auftat und Ludwig XVI. mit einer roten Mütze auf dem Kopf, die ihm jemand aus dem Volk auf der Spitze einer Pike geboten hatte, sichtbar wurde.

» *Coglione! coglione!*«[5] brummte achselzuckend in seinem korsischen Dialekt der junge Leutnant, der bis jetzt stumm und starr geblieben war, in sich hinein.

»Was meinst du, dass er tun sollte?« fragte Bourrienne.

»Vier- bis fünfhundert mit Kanonen wegfegen,« erwiderte Bonaparte, »die übrigen liefen dann von selbst nach.«

Den ganzen Tag über sprach er nur von dieser Szene, die auf ihn den stärksten Eindruck gemacht hatte.

So sah Bonaparte unter seinen Augen die ersten Ereignisse der französischen Revolution sich entrollen. Als einfacher Zuschauer wohnte er dem Feuer des 10. Augusts und dem Gemetzel vom 2. September[6] bei; als er darauf immer noch keine Verwendung im Heere fand, entschloss er sich zu einer neuen Reise nach Korsika.

Paolis geheime Verhandlungen mit dem englischen Kabinett hatten während Bonapartes Abwesenheit eine solche Entwicklung genommen, dass man sich über seine Entwürfe unmöglich länger täuschen konnte. Eine Unterredung, die der junge Leutnant und der alte General miteinander im Hause des Gouverneurs von Corte hatten, endigte mit einem Bruch; die beiden einstigen Freunde trennten sich, um sich nur noch auf dem Schlachtfelde zu begegnen. An demselben Abend wollte ein Schmeichler Paolis in seiner Gegenwart übel von Bonaparte reden. »Still! sagte zu ihm der General, indem er seinen Finger auf die Lippen legte, »dieser junge Mann ist vom Schrot und Korn der Alten!«

Bald erhob Paoli offen die Fahne des Aufruhrs. Am 26. Juni 1793 von Englands Parteigängern zum Generalissimus und Präsidenten einer Konsulata zu Corte ernannt, wurde er am 17. Juli von dem Nationalkonvent für vogelfrei erklärt. Bonaparte war nicht in der Hauptstadt; er hatte endlich die so oft nachgesuchte Verwendung im aktiven Dienst erlangt. Zum Kommandanten der besoldeten Nationalgarde befördert, stand er

---

[5] Dummkopf

[6] Bei den »Septembermorden« (2. u. 6. Sept. 1792) wurden 2000 politische Gefangene hingerichtet. A. d. Ü.

an Bord der Flotte des Admirals Truguet und bemächtigte sich indessen des Forts St. Etienne, das die Sieger bald wieder räumen mussten. Als Bonaparte Korsika wieder betrat, fand er die Insel im Aufstand. Die Konventsmitglieder Salicetti und Lacombe Saint-Michel, die mit der Vollziehung des gegen den Rebellen geschleuderten Dekrets beauftragt waren, hatten sich nach Calvi zurückziehen müssen. Bonaparte eilte ihnen zu Hilfe und versuchte mit ihnen einen Angriff auf Ajaccio, der abgeschlagen wurde. Am gleichen Tage brach ein Brand in der Stadt aus, und die Bonaparte sahen ihr Haus in einen Aschenhaufen verwandelt. Bald darauf verurteilte sie ein Beschluss der revolutionären Regierung zu ewiger Verbannung von dem Eiland. Hatte ihnen das Feuer ein Obdach geraubt, so raubte ihnen die Acht das Vaterland. In dieser Not wendeten sie ihre Augen auf den Leutnant Bonaparte, und dieser blickte nach Frankreich. Die ganze arme Verbanntenfamilie schiffte sich auf einem schwachen Fahrzeug ein, und der zukünftige Cäsar ging unter Segel und deckte mit den Fittichen seines Glückes seine vier Brüder, von denen drei Könige werden sollten, und seine drei Schwestern, auf deren eine das Diadem wartete.

Die ganze Familie verweilte in Marseille und rief den Schutz Frankreichs an, für das sie verbannt war. Die Regierung hörte ihre Klagen; Joseph und Lucian erhielten Anstellungen bei der Armeeverwaltung, Ludwig wurde Unteroffizier, und Bonaparte trat als Oberleutnant, also mit Beförderung, zum vierten Infanterieregiment über. Nicht lange nachher stieg er zum Kapitänsrang in der zweiten Kompagnie desselben Korps, das damals in Nizza lag, empor.

Das Jahr mit der blutigen Zahl 93 war angebrochen, die eine Hälfte Frankreichs rang mit der andern, und der Westen und der Süden standen in Flammen. Lyon war nach viermonatiger Belagerung eingenommen, Marseille hatte dem Konvent seine Tore geöffnet, Toulon seinen Hafen den Engländern überantwortet.

Eine Armee von 30 000 Mann, aus Truppen zusammengesetzt, die unter Kellermanns Befehlen Lyon belagert hatten, ferner aus einigen Regimentern der Alpen und der italienischen Armee und endlich aus den in den nächsten Departements gepressten Rekruten, drang gegen das verkaufte Toulon vor. Der Kampf begann bei den Schluchten von Ollioules. General Du Teil, der die Artillerie leiten sollte, war abwesend; General Dommartin, sein Stellvertreter, wurde im ersten Scharmützel kampfunfähig gemacht; so hatte ihn sein Ersatzmann zu vertreten, und dies war Bonaparte. Hier kam der Zufall dem Genie zu Hilfe, vorausgesetzt, dass für das Genie der Zufall nicht Vorsehung heißt.

Bonaparte erhält seine Ernennung, stellt sich dem Generalstab vor und wird bei dem General Carteaux eingeführt, einem stolzen, vom Kopf bis zum Fuß vergoldeten Manne, der ihn fragt, womit er ihm dienen könne. Der junge Offizier zeigt ihm die Bestallung, der gemäß er unter seinen Befehlen die Operationen der Artillerie zu leiten hat. »Artillerie!« - antwortete der tapfere General - »wir brauchen keine; heute Abend werden wir Toulon mit dem Bajonett nehmen, und morgen werden wir es verbrennen.«

Indes, so zuversichtlich auch der Obergeneral war, er konnte Toulon nicht nehmen, ohne es erst auszukundschaften. Darum hatte er die Geduld, bis zum anderen Tage zu warten; aber mit der Morgenröte stieg er, von seinem Adjutanten Dupas und dem Bataillonschef Bonaparte begleitet, in seinen Feldwagen, um die ersten Anordnungen zum Angriff zu besichtigen. Auf Bonapartes Vorstellungen hatte er, wiewohl ungern, das Bajonett aufgegeben und der Artillerie die erste Aufgabe zuerteilt. Infolgedessen hatte er selbst die ihm nötig scheinenden Befehle gegeben, und er kam jetzt eben, um die Ausführung dieser Befehle zu prüfen und ihren Erfolg zu sichern.

Die Höhen, von denen man Toulon zuerst erblickt, wie es, die Füße im Meere badend, sich inmitten seines halborientalischen Gartens verbirgt, waren kaum hinter ihnen, als der General mit den beiden jungen Männern aus dem Wagen steigt und sich in einen Weinberg verliert. Hier bemerkt er einige Kanonen, die hinter einer Art Schulterwehr aufgestellt waren. Bonaparte sieht sich um und ahnt nichts von dem, was vorgeht; der General ergötzt sich einen Augenblick an dem Erstaunen seines Bataillonschefs, dann sagt er, sich mit selbstgenügsamem Lächeln seinem Adjutanten zuwendend:

»Sind das unsere Batterien, Dupas?«

»Ja, General,« antwortet dieser.

»Und unser Park?«

»Vier Schritte von hier.«

»Und unsere Bombenkugeln?«

»Man macht sie in den nächsten Landhäuschen glühend.«

Seinen Augen hatte Bonaparte nicht trauen können, aber seinen Ohren muss er trauen. Er misst den Raum mit dem geübten Auge des Artilleristen und findet, dass die Batterie von der Stadt wenigstens eine und eine halbe Stunde entfernt ist. Anfangs glaubt er, der General wollte seinem jungen Bataillonschef den Puls fühlen; aber der Ernst, womit Carteaux in seinen Anordnungen fortfährt, lässt ihm keinen Zweifel übrig. Da wirft er behutsam eine Bemerkung über die Entfernung hin und äußert die Furcht, die glühenden Kugeln möchten nicht zur Stadt gelangen.

»Meinst du?« sagte Carteaux.

»Ich fürchte, General,« antwortet Bonaparte; »übrigens könnte man es ja zuvor, ohne sich mit glühenden Kugeln zu bemühen, mit kalten versuchen, um die Schussweite zu messen.«

Carteaux findet den Gedanken gescheit, lässt eine Kanone laden und abschießen, und während er an den Mauern der Stadt die Wirkung des Schusses beobachten will, zeigt ihm Bonaparte ungefähr tausend Schritte entfernt die Kugel, die in die Ölbäume schlägt, den Boden furcht, aufprallt und hüpfend, nachdem sie kaum ein Drittel des von dem General berechneten Raumes durchflogen, die Kraft verliert.

Der Beweis war schlagend; aber Carteaux wollte sich noch nicht ergeben und sagte: »Diese Aristokraten von Marseillern haben das Pulver verdorben.«

Da indes das Pulver, verdorben oder nicht verdorben, nicht weiter trägt, so muss man andere Maßregeln ergreifen. Man kommt ins Hauptquartier zurück. Bonaparte, verlangt einen Plan von Toulon, entfaltet ihn auf einem Tische, und nachdem er eine Weile die Lage der Stadt und der verschiedenen Verteidigungswerke von der auf der Spitze des Mont Faron angelegten Schanze, die die Stadt beherrscht, bis zu den Forts Lamalgue und Malbousquet, die ihre rechte und linke Flanke decken, erwogen hatte, legt der junge Bataillonschef den Finger auf eine neue, von den Engländern erbaute Schanze und spricht mit der entschlossenen Kürze des Genies:

»Hier ist Toulon.«

Carteaux aber kann dem Gedankenflug nicht folgen; er hat Bonapartes Worte buchstäblich genommen und sagt, zu Dupas, seinem Getreuen, gewendet:

»Es scheint, Kapitän Kanone ist nicht stark in der Geographie.«

Das war Bonapartes erster Beiname; wir werden sehen, wie er später zu dem des »kleinen Korporals« kam.

In diesem Augenblick trat der Volksvertreter Gasparin in das Zelt. Von diesem hatte Bonaparte gehört, dass er nicht nur ein wahrer, edler und wackerer Patriot, sondern auch ein verständiger und scharfsinniger Mann sei. Der Bataillonschef geht stracks auf ihn zu mit den Worten:

»Bürgervertreter, ich bin Bataillonschef der Artillerie. Infolge der Abwesenheit des Generals Du Teil und der Verwundung des Generals Dommartin steht diese Waffe unter meiner Leitung. Ich verlange, dass sich niemand außer mir darein mischt, oder ich stehe für nichts.«

»Ei, wer bist du denn, um für etwas zu stehen?« fragt der Volksvertreter, erstaunt, dass ein junger Mann von dreiundzwanzig Jahren in solchem Ton und mit solcher Zuversicht ihn anredet.

»Wer ich bin,« entgegnete Bonaparte, ihn in eine Ecke ziehend und leise mit ihm redend, »ich bin ein Mann, der sein Fach versteht und unter Leute geraten ist, die von dem ihrigen keinen Begriff haben. Fragen Sie den Obergeneral nach seinem Schlachtplan, so werden Sie finden, ob ich recht oder unrecht habe.«

Der junge Offizier redete mit solcher Überzeugung, das, Gasparin keinen Augenblick zauderte. »General«, sagte er, sich Carteaux nähernd, »die Volksvertreter wünschen, dass du ihnen binnen drei Tagen deinen Schlachtplan vorlegst.«

»Du brauchst nur drei Minuten zu warten, so gebe ich ihn dir,« erwiderte Carteaux.

In der Tat setzte sich der General nieder, nahm die Feder und schrieb auf ein kleines Blättchen den berühmten Feldzugsplan, der das Muster seiner Art wurde und, wie folgt, lautete:

»Der Artilleriegeneral wird Toulon drei Tage lang bedonnerkeilen, nach deren Ablauf werde ich die Stadt in drei Kolonnen angreifen und nehmen.

Carteaux.«

Der Plan wurde nach Paris geschickt und dem Ausschuss für das Geniewesen eingehändigt. Der Ausschuss fand ihn weit mehr belustigend als wissenschaftlich; Carteaux wurde zurückberufen und Dugommier an seine Stelle gesendet.

Als er ankam, fand der neue General bereits alle Anstalten von seinem Bataillonschef getroffen. Es handelte sich hier um eine Belagerung, bei der Gewalt und Mut anfänglich nichts vermögen; Kanonen und Taktik müssen erst reines Feld machen. Es gab keinen Punkt der Küste, auf dem nicht Artillerie gegen Artillerie zu wirken hatte. Sie donnerte von allen Seiten, gleich einem ungeheuren Gewitter, dessen Blitze sich kreuzen, sie donnerte von der Höhe der Berge, von der Höhe der Mauern herab, sie donnerte vom Blachfeld und vom Meere her, es war, als hätten Sturm und Vulkan ihre Kraft vereint.

Inmitten dieses Flammennetzes wollten die Volksvertreter an einer von Bonaparte aufgepflanzten Batterie etwas ändern lassen; schon hatte die Bewegung begonnen, als der junge Bataillonschef ankam und alles in die alte Stellung bringen ließ. Die Volksvertreter wollten Gegenvorstellungen machen. »Sorgen Sie für Ihr Vertreteramt,« antwortete Bonaparte, »und lassen Sie mich das meinige besorgen. Diese Batterie steht hier gut, und ich bin mit meinem Kopfe dafür verantwortlich.«

Der allgemeine Angriff begann am 16., und von nun an war die Belagerung nur noch ein fortgesetzter Sturm. Am 17. morgens nahmen die Belagerer den Pas-de-Leidet und das Croix-Faron; um Mittag vertrieben sie die Verbündeten aus der Schanze St. André und den Forts Pomets und beiden St. Antoine; endlich gegen Abend drangen die Republikaner unter dem Schein der Gewitter- und Kanonenblitze in die englische Schanze. Als der durch einen Bajonettstoß am Knie verwundete Bonaparte so sein Ziel erreicht hatte, fühlte er sich als Meister der Stadt und sagte zu dem von zwei Kugeln in Arm und Bein getroffenen und von Blutverlust und Ermattung überwältigten General Dugommier: »Ruhen Sie aus, General, wir haben soeben Toulon erobert, und übermorgen können Sie darin schlafen.«

Am 18. wurden die Forts l'Eguilette und Balagnier erstürmt und Batterien auf Toulon gerichtet. Als die verbündeten Truppen mehrere Häuser in Brand sahen und das Zischen der die Straßen durchfurchenden Kugeln hörten, brach unter ihnen Uneinigkeit aus. Plötzlich sahen die Belagerer, deren Blicke sich in die Stadt und auf die Reede bohrten, eine Feuersbrunst auf Punkten ausbrechen, die sie nicht angegriffen hatten. Die Engländer, zur Abfahrt entschlossen, hatten das Zeughaus, die Marinemagazine und die französischen Schiffe, die sie nicht wegschleppen konnten, in Brand gesteckt. Beim Anblick der Flammen erhebt sich ein allgemeines Wutgeschrei. Die ganze Armee fordert den Sturm; aber es ist zu spät. Die Engländer beginnen unter dem Feuer unserer Batterien sich einzuschiffen; sie lassen die im Stich, die für sie Frankreich verraten hatten und nun zum Danke von ihnen wieder verraten werden. Inzwischen bricht die Nacht an. Die Flammen, die auf mehreren Punkten aufgestiegen waren, erlöschen unter großem Geräusch; die Galeerensklaven haben ihre Ketten gebrochen und ersticken den von den Engländern gelegten Brand.

Am nächsten Tage, dem 19., zieht die republikanische Armee in die Stadt ein, und abends schlief der Obergeneral, wie es ihm Bonaparte vorausgesagt hatte, in Toulon.

Dugommier vergaß die Dienste des jungen Bataillonschefs nicht; zwölf Tage nach der Einnahme der Stadt erhielt dieser den Rang eines Brigadegenerals.

Von nun an wird er ein Mann der Geschichte und bleibt es für alle Zeit.

Jetzt wollen wir mit raschem Schritte Bonaparte auf der Laufbahn begleiten, die er als Obergeneral, Konsul, Kaiser und Verbannter durchmessen hat. Wenn wir ihn dann, ein hell leuchtendes Meteor, wiedererscheinen und einen Moment auf dem Throne strahlen gesehen haben, folgen wir ihm nach jenem Eiland, wohin er zum Sterben ging, wie wir ihn auf jenem Eiland fanden, wo er geboren wurde.

Der General Bonaparte

Bonaparte war, wie wir gesehen, zur Belohnung für seine der Republik vor Toulon geleisteten Dienste, zum Artilleriegeneral der Armee von Nizza befördert worden. Hier trat er in ein vertrautes Verhältnis mit dem jüngeren Robespierre, der bei dieser Armee abgeordneter Volksvertreter war. Kurze Zeit vor dem 9. Thermidor nach Paris zurückberufen, gab sich Robespierre alle Mühe, den jungen General zu bestimmen, ihm in die Hauptstadt zu folgen; aber Bonaparte weigerte sich beharrlich; noch war die Stunde nicht gekommen, wo er Partei nehmen sollte.

Zudem hielt ihn vielleicht noch ein anderer Beweggrund zurück, und – war es diesmal wieder der Zufall, der das Genie schützte? In diesem Falle hatte sich der Zufall in der Gestalt einer schönen jungen Volksvertreterin verkörpert, die zu Nizza die Sendung ihres Gemahls teilte. Bonaparte hegte eine ernste Neigung für sie, die er durch echt kriegerische Huldigungen bewies. Eines Tags, als er mit ihr in der Nähe des Col di Tenda spazieren ging, wollte der junge General seiner schönen Begleiterin das Schauspiel eines kleinen Krieges bieten und befahl ein Vorpostengefecht. Ein Dutzend Soldaten fielen dieser Belustigung zum Opfer, und Napoleon hat mehr als einmal auf St. Helena gestanden, dass diese zwölf ohne wirklichen Grund, aus bloßer Laune getöteten Menschen ihm größere Gewissensbisse verursachten als der Tod der 600 000 Soldaten, deren Gebeine er in den Eissteppen Russlands gelassen hatte.

Inzwischen fassten die Volksvertreter bei der italienischen Armee folgenden Beschluss:

»Der General Bonaparte hat sich nach Genua zu begeben, um in Verbindung mit den Geschäftsträgern der französischen Republik seinen Aufträgen gemäß mit der Regierung von Genua zu unterhandeln.

»Der Geschäftsträger bei der genuesischen Republik hat ihn anzuerkennen und bei der Regierung von Genua zu beglaubigen.

Loano, den 25. Messidor im II. Jahr der Republik.«

Der wahre Zweck dieser Sendung war, den jungen General die Festungen Savona und Genua mit eigenen Augen sehen zu lassen, ihm Gelegenheit zu geben, über die Artillerie und sonstige Kriegsvorräte alle möglichen Aufschlüsse zu erhalten, endlich ihn instand zu setzen, alles Tatsächliche festzustellen, woraus man die Absichten der genuesischen Regierung der Koalition gegenüber erkennen könnte. Während Bonaparte diese Sendung erfüllte, bestieg Robespierre das Schafott, und an die Stelle der terroristischen Volksvertreter traten Albitte und Salicetti. Bei ihrer Ankunft zu Barcelonette machten sie folgenden Beschluss – es war dies der Dank, der des rückkehrenden Bonaparte wartete, – bekannt:

»Die Volksvertreter bei der Alpen- und bei der italienischen Armee fassen, in Erwägung, dass der General Bonaparte, Oberbefehlshaber bei der Artillerie der italienischen Armee, ihr Vertrauen durch das verdächtigste Benehmen und besonders durch seine jüngste Reise nach Genua gänzlich verloren hat, folgenden Beschluss:

»Der Brigadegeneral Bonaparte, Oberbefehlshaber bei der Artillerie der italienischen Armee, ist vorläufig seiner Stelle enthoben: er soll durch Maßnahme und unter Verantwortlichkeit des Obergenerals der genannten Armee in Verhaft genommen und unter guter und sicherer Bedeckung vor den öffentlichen Wohlfahrtsausschuss nach Paris geführt werden; alle seine Papiere und Effekten, von denen die von den Volksvertretern Albitte und Salicetti an Ort und Stelle zu ernennenden Kommissare ein Verzeichnis zu machen haben, sind unter Siegel zu legen, und was davon verdächtig erscheint, ist nach Paris an den öffentlichen Wohlfahrtsausschuss zu senden.

Gegeben zu Barcelonette den 19. Thermidor des Jahres II der einen, unteilbaren und demokratischen französischen Republik.

Gezeichnet:

Albitte, Salicetti, Laporte.

Für die Richtigkeit der Abschrift der Obergeneral der italienischen Armee:

Gezeichnet: *Dumerbion.*«

Der Beschluss wurde vollzogen; Bonaparte, zu Nizza ins Gefängnis geführt, blieb vierzehn Tage darin, worauf er durch einen von denselben

Männern unterzeichneten zweiten Beschluss vorläufig wieder in Freiheit gesetzt ward.

Übrigens entkam Bonaparte einer Gefahr nur, um in eine Unannehmlichkeit zu geraten. Die Ereignisse des Thermidor[7] hatten eine Umgestaltung in den Konventsausschüssen mit sich gebracht; ein alter Kapitän, namens Aubry, stand nun an der Spitze des Ausschusses und entwarf eine neue Heeresordnung, auf der er sich als Artilleriegeneral verzeichnet hatte. Was Bonaparte betrifft, so erteilte man ihm als Ersatz für den entzogenen Rang eines Artilleriegenerals den eines Infanteriegenerals in der Vendée. Bonaparte, der den Schauplatz eines Bürgerkriegs in einem Winkel Frankreichs für seinen Ehrgeiz zu eng fand, weigerte sich, diesen Posten zu übernehmen, und wurde kraft eines Beschlusses des öffentlichen Wohlfahrtsausschusses aus der Liste der aktiven Oberoffiziere gestrichen.

Schon hielt sich Bonaparte für zu unersetzlich für Frankreich, um nicht durch eine solche Ungerechtigkeit tief niedergeschlagen zu werden; aber da er noch nicht auf einem jener Gipfel des Lebens angelangt war, von wo aus man den ganzen Horizont überblickt, den man noch zu durchlaufen hat, so hatte er allerdings schon Hoffnungen, aber noch keine Gewissheiten. Diese Hoffnungen zerrannen jetzt; er, der sich so voll Aussichten und Genie gefühlt hatte, glaubte sich nun zu einer langen, wo nicht ewigen Untätigkeit verdammt, und das in einem Zeitpunkte, wo jeder, der vorwärts ging, zum Ziele gelangte! Vorläufig mietete er ein Zimmer in einem Hause der Rue Mail, verkaufte für 6000 Franken seine Pferde und Wagen, raffte das wenige Geld, das ihm gehörte, zusammen und beschloss, sich aufs Land zurückzuziehen. Eine gesteigerte Einbildungskraft springt leicht von einer Übertreibung zur andern. Aus dem Lager verbannt, sah Bonaparte nichts mehr vor sich als das Landleben; da er nicht Cäsar sein konnte, machte er sich zu einem Cincinnatus.

Da kam ihm wieder Valence in den Sinn, wo er so unbekannt, so glücklich drei Jahre lang verlebt hatte. Dorthin wendete er seinen forschenden Blick, und sein Bruder Joseph, der nach Marseille zurückkehrte, begleitete ihn. In der Nähe von Montélimar machen die beiden Wanderer halt; Bonaparte findet Lage und Klima der Stadt nach seinen Wünschen und fragt, ob nicht in der Umgegend ein Gut von geringem Wert zu kaufen sei. Man schickt ihn zu Herrn Grasson, einem gefälligen Anwalt, bei dem er bis zum anderen Tage verweilt, wo sie ein kleines Landgut, namens Beauserret, besichtigen, dessen Beiname »Schönsitz« schon die anmutige

---

[7] Sturz und Hinrichtung Robespierres. A. d. Ü.

Lage bezeugte. Wirklich nehmen Bonaparte und Joseph dieses Gut in Augenschein. Es passt für sie in jeder Hinsicht, nur fürchten sie, es würde nach seinem Umfang und Zustand im Preis zu hoch sein. Sie wagen eine Frage - »Dreißigtausend Franken« - wie geschenkt!

Bonaparte und Joseph kommen nach Montélimar zurück und beraten sich. Ihr vereinigtes kleines Vermögen gestattet ihnen, diese Summe an ihre künftige Einsiedelei zu setzen, und sie sagen auf den dritten Tag ihre Entschließung zu. Noch an Ort und Stelle wollen sie handelseinig werden, so sehr gefällt ihnen Beauserret. Herr Grasson begleitet sie von neuem dahin; sie besichtigen das Anwesen noch genauer als das erste Mal; da fragt Bonaparte, erstaunt, dass man für ein so schönes Landgut so wenig fordert, mit einem Mal, ob kein besonderer Grund vorliege, der den Preis herunterdrücke.

»Ja,« antwortete Herr Grasson, »aber für Sie ist er ohne Wichtigkeit.«

»Gleichviel,« erwidert Bonaparte, »ich möchte ihn doch wissen.«

»Es wurde ein Mord darin begangen.«

»Und von wem?«

»Von einem Sohn an seinem Vater.«

»Ein Vatermord!« ruft Bonaparte aus und wird noch blässer als gewöhnlich, »fort von hier, Joseph!«

Und seinen Bruder am Arme fassend, stürzte er aus den Zimmern, stieg wieder auf seinen Wagen, forderte, in Montélimar angekommen, Pferde und reiste stehenden Fußes nach Paris zurück, während Joseph seinen Weg nach Marseille fortsetzte.

Letzterer ging dahin, um die Tochter eines reichen Kaufmanns, namens Clary, zu heiraten, der später auch Bernadottes Schwiegervater wurde.

Bonaparte aber nahm nun, vom Schicksal abermals nach Paris, diesem großen Mittelpunkt der Ereignisse, verschlagen, dort das dunkle und verborgene Leben wieder auf, das ihm so schwer fiel. Da er bald seine Tatenlosigkeit unerträglich fand, legte er der Regierung ein Schriftstück vor, worin er auseinandersetzte, wie es in Frankreichs Interesse liege, in einem Augenblick, wo die Kaiserin von Russland ihr Bündnis mit Österreich noch enger schloss, die Militärmacht der Türkei so viel wie möglich zu vergrößern. Demgemäß machte er der Regierung das Anerbieten, nach Konstantinopel zu gehen und sechs bis sieben Offiziere der verschiedenen Waffengattungen mitzunehmen, die die zahlreichen und tapferen, aber undisziplinierten Truppen des Sultans nach militärischen Grundsätzen einüben könnten.

Die Regierung würdigte das Schriftstück nicht einmal einer Antwort, und Bonaparte blieb in Paris. Was wären die Folgen für die Weltgeschichte gewesen, wenn ein Mitglied des Ministeriums ans Ende dieser Bittschrift das Wort: *Bewilligt!*« gesetzt hätte! - Gott allein weiß es.

Inzwischen war am 22. August 1795 die Verfassung des Jahres III angenommen worden; die Gesetzgeber, die sie schufen, haben darin bestimmt, dass zwei Drittel der Mitglieder des Nationalkonvents in den neuen gesetzgebenden Körper übergehen sollten. Dabei stürzten die Hoffnungen der Gegenpartei zusammen, die bei einer gänzlichen Neuwahl eine andere, *ihre* Meinung vertretende Majorität zu gewinnen hoffte. Diese Gegenpartei wurde von den meisten Pariser Sektionen unterstützt, die erklärten, die Verfassung nur dann annehmen zu wollen, wenn die Bestimmung über die Wiederwahl der zwei Drittel aufgehoben würde.

Der Konvent beharrte auf seinem unveränderten Beschluss. Die Sektionen begannen zu murren, am 25. September kam es zu vorläufigen Unordnungen; endlich am 4. Oktober oder 12. Vendemiaire wurde die Gefahr so dringend, dass der Konvent es an der Zeit erachtete, ernstlich seine Stellung zu wahren. Demgemäß erließ er an den General Alexander Dumas,[8] den Obergeneral der Alpenarmee, der zurzeit beurlaubt war, folgendes Schreiben, dessen Kürze schon die Dringlichkeit der Umstände beweist:

»Der General Alexander Dumas wird sich stehenden Fußes nach Paris begeben, um daselbst den Befehl der bewaffneten Macht zu übernehmen.«

Das Schreiben des Konvents wurde ins Hotel Mirabeau, wo sich der General aufhalten sollte, getragen; aber Dumas war drei Tage vorher nach Villers-Cotterets abgereist, wo er am 13. morgens den Brief erhielt.

Inzwischen wuchs die Gefahr von Stunde zu Stunde; unmöglich konnte man die Ankunft des Generals erwarten. So wurde während der Nacht der Volksvertreter Barras zum Oberbefehlshaber der Armee des Innern ernannt; er bedurfte eines Helfers und warf seine Augen auf - Bonaparte.

Wie man sieht, hatte das Schicksal seinen Pfad geklärt; die Stunde der Zukunft, die, heißt es, einmal für jeden Menschen schlagen muss, war für ihn angebrochen, und die Kanone des 13. Vendemiaire brüllte in der Hauptstadt.

---

[8] Vater des Verfassers. A. d. Ü.

Die Sektionen, die er vernichtet hatte, gaben ihm den Namen »*Kartätscher*«, und der Konvent, den er gerettet, den Titel eines Obergenerals der italienischen Armee.

Aber dieser große Tag sollte nicht allein auf Bonapartes politisches Leben Einfluss haben; auch sein Privatleben sollte davon abhängen und neue Gestalt gewinnen. Die Entwaffnung der Sektionen war mit einer Strenge vorgenommen worden, die bei den Umständen unerlässlich war. Da verschafft sich eines Tages ein Knabe von zehn bis zwölf Jahren beim Generalstab Eingang und flehte den General Bonaparte an, er möchte ihm den Degen seines Vaters, der General der Republik gewesen war, zurückgeben lassen. Bonaparte, von der Bitte und der jugendlichen Anmut, womit sie ihm vorgetragen worden war, gerührt, ließ den Degen suchen und gab ihn dem Knaben zurück.

Beim Anblick der ihm heiligen, verloren geglaubten Waffe küsste das Kind weinend den Griff, den die Vaterhand berührt hatte. Dem General ging diese Sohnesliebe zu Herzen, und er erwies dem Kinde so viel Wohlwollen, dass die Mutter sich verbunden glaubte, ihm am folgenden Tage einen Dankesbesuch abzustatten.

Das Kind war - Eugen, und die Mutter - Josephine, die Witwe des Generals v. Beauharnais, mit der Bonaparte am 9. März 1796 sich bürgerlich trauen ließ, nachdem er zwei Tage vorher vom Direktorium auf Carnots Vorschlag zum Chefgeneral der italienischen Armee ernannt worden war.

Am 12. März 1796 reiste Bonaparte zur italienischen Armee ab. In seinem Wagen hatte er 2000 Louisdor, das war alles, was er, wenn er sein und seiner Freunde Vermögen zu den Subsidien des Direktoriums legte, hatte zusammenbringen können. Mit dieser Summe geht er, Italien zu erobern; sie betrug den siebenten Teil von dem, was Alexander zur Eroberung Indiens mitnahm.

In Nizza fand er eine Armee ohne Kriegszucht, ohne Munition, ohne Lebensmittel, ohne Kleidung. Im Hauptquartier angekommen, lässt er jedem General, damit er sich zum Feldzug ausrüsten könne, die Summe von vier Louisdor reichen; darauf sagte er zu den Soldaten, indem er nach Italien hinwies:

»Kameraden, inmitten dieser Felsen hier fehlt es euch an allem; schaut auf die reichen Ebenen, die sich zu euren Füßen entfalten; sie gehören uns! Auf, nehmen wir sie!«

Das war ungefähr dieselbe Rede, wie sie Hannibal vor neunzehn Jahrhunderten an seine Soldaten gerichtet hatte. In der Zwischenzeit war nur einer hier gewandelt, der würdig wäre, diesen beiden Männern an die Seite gestellt zu werden, - Cäsar!

Die Soldaten, an die Bonaparte solche Worte richtete, waren die Trümmer einer Armee, die sich seit zwei Jahren in den öden Felsen des Gestades von Genua mit Mühe des Feindes erwehrten, der, 200 000 Mann stark, aus den besten Truppen Österreichs und des Königreichs Sardinien gebildet, vor ihnen stand. Bonaparte griff diese Masse mit kaum 30 000 Mann[9] an und schlägt sie fünfmal in elf Tagen, bei Montenotte, bei Millesimo, bei Dego, bei Vico und bei Mondovi. Darauf nimmt er, mit der einen Hand die Tore der Städte brechend, mit der anderem die Schlachten schlagend, die Festen Coni (Cuneo), Tortona, Alessandria und Ceva. In elf Tagen sind die Österreicher von den Piemontesen getrennt, Provera ist gefangen, und der König von Sardinien genötigt, in seiner eigenen Hauptstadt eine Kapitulation zu unterzeichnen. Jetzt dringt Bonaparte nach Oberitalien vor und schreibt, auf Grund der errungenen Erfolge die künftigen vorahnend, an das Direktorium: »Morgen marschiere ich gegen Beaulieu, ich zwinge ihn, über den Po zurückzugehen, ich setze unmittelbar nach ihm hinüber, ich bemächtige mich der ganzen Lombardei, und ehe ein Monat vergeht, hoffe ich, auf den Tiroler Bergen zu sein, dort die Rheinarmee zu treffen und mit ihr zusammen den Krieg nach Bayern zu tragen.«

In der Tat, Beaulieu wird verfolgt. Vergeblich wendet er sich, den Übergang über den Po zu verhindern: der Übergang wird ins Werk gesetzt. Er rettet sich hinter die Mauern von Lodi, ein dreistündiger Kampf verjagt ihn daraus. Er stellt sich auf dem linken Ufer der Adda in Schlachtordnung und verwehrt mit seiner ganzen Artillerie den Übergang über die Brücke, die abzubrechen er nicht die Zeit gefunden hatte. Am 10. Mai treffen die französischen Kolonnen vor dem Flusse ein und erzwingen unter Bonapartes eigener kühner Führung den Übergang; die österreichische Nachhut flüchtet. Nun unterwirft sich Pavia; Pizzighetone und Cremona fallen, das Schloss von Mailand öffnet seine Tore, der König von Sardinien unterzeichnet den Friedensvertrag, die Herzöge von Parma und Modena folgen seinem Vorgang, und Beaulieu hat nur noch Zeit, sich in Mantua einzuschließen.

Bei diesem Vertrag mit dem Herzog von Modena gab Bonaparte die erste Probe seiner Uneigennützigkeit, indem er vier Millionen in Gold ablehnte, die ihm der Kommandant von Este im Namen seines Bruders

[9] Nach dem Ergebnis der neuesten Forschungen waren die Streitkräfte auf beiden Seiten nahezu gleich. A. d. Ü.

anbot, und zu deren Annahme ihn Salicetti, der Regierungskommissär bei der Armee, drängte.

In diesem Feldzuge erhielt er auch den volkstümlichen Namen, der ihm im Jahre 1815 die Tore Frankreichs wieder öffnete, und zwar bei folgender Gelegenheit. Als er den Oberbefehl der Armee übernahm, setzte seine Jugend die Veteranen nicht wenig in Erstaunen, weshalb sie beschlossen, ihm selber die niederen Grade zu übertragen, deren ihn die Regierung enthoben zu haben schien. Somit traten sie nach jeder Schlacht zusammen, um ihm einen Grad zu erteilen, und wenn er ins Lager zurückkehrte, wurde er von den ältesten Schnurrbärten empfangen, die ihn mit seinem neuen Titel begrüßten. So geschah es, dass er bei Lodi Korporal wurde. Daher der Beiname *Kleiner Korporal,* der ihm dann für immer blieb.

Indessen hat Bonaparte auf einen Augenblick haltgemacht, und während dieses Haltes ereilt ihn der Neid. Das Direktorium, das aus der Korrespondenz des Soldaten den Staatsmann erkennt, gerät in Furcht, der Sieger möchte sich zum Schiedsrichter von Italien aufwerfen, und macht Miene, ihm Kellermann beizugeben. Bonaparte erfährt es und schreibt:

»Mir Kellermann beigeben heißt alles verderben wollen. Ich kann nicht freiwillig neben einem dienen, der sich für den besten Taktiker Europas hält; zudem glaube ich, dass *ein* schlechter General Besseres leistet als zwei gute. Der Krieg ist, wie das Regieren, eine Sache des Taktes.«

Darauf hält er seinen feierlichen Einzug in Mailand, wo er sich zur Eroberung Oberitaliens rüstet, während das Direktorium zu Paris den von Salicetti am Turiner Hofe geschlossenen Frieden unterzeichnet, und die mit Parma angeknüpften Unterhandlungen zu Ende gebracht sowie die mit Neapel und Rom eröffnet werden.

Der Schlüssel zu Deutschland ist Mantua, also muss Mantua genommen werden. Hundertfünfzig im Mailänder Schloss eroberte Kanonen werden auf die Stadt gerichtet; Serrurier erstürmt ihre Außenwerke, und die Belagerung beginnt.

Da fühlt das Wiener Kabinett die ganze Schwere seiner Lage. Es schickt Beaulieu 25 000 Mann unter Quosdanovichs Befehlen und 35 000 unter Wurmser zu Hilfe. Ein mailändischer Spion erhält Depeschen, die diese Verstärkung anmelden, und macht sich verbindlich, in die Stadt zu gelangen.

Der Spion fällt einer von dem Adjutanten Dermoncourt kommandierten Nachtrunde in die Hände und wird vor den General Dumas geführt. Umsonst durchsucht man ihn, man findet nichts. Eben will man ihn wieder in Freiheit setzen, als der General, von einer bedeutungsvollen Ahnung getrieben, auf den Gedanken kommt, dass er seine Depesche verschluckt habe. Der Spion leugnet, aber als der General Dumas befiehlt, ihn zu erschießen, gesteht es der Spion ein. Er wird der Obhut des Adjutanten Dermoncourt überlassen, der vermittels eines von dem Oberchirurgen verordneten Brechmittels in den Besitz eines Wachsklo-ßes von der Größe eines Sandkügelchens gelangt. Dieser enthält Wurmsers Brief auf einem mit einer Rabenfeder beschriebenen Pergament. Der Brief, der die ausführlichste Auskunft über die Bewegungen der feindlichen Armee gibt, wird an Bonaparte geschickt. Quosdanovich und Wurmser haben sich getrennt: ersterer marschiert auf Brescia. letzterer auf Mantua, ein Fehler, der bereits Provera und Argenteau zum Verderben gereicht hat. Bonaparte lässt 10 000 Mann vor der Stadt und eilt mit 25 000 Quosdanovich entgegen, den er in die Engpässe von Tirol zurückwirft, nachdem er ihn bei Salo und Lonato geschlagen hat. Dann wendet er sich urplötzlich gegen Wurmser, der die Niederlage seines Mitfeldherrn durch die Gegenwart der feindlichen Armee, die ihn überwunden hat, erfährt. Mit französischer Heftigkeit angefallen, wird er bei Castiglione geschlagen. So haben die Österreicher in fünf Tagen 20 000 Mann und 50 Kanonen, verloren. Doch hat der letzte Kampf Quosdanovich Zeit gegeben, sich wieder zu sammeln; Bonaparte kommt gegen ihn zurück und schlägt ihn bei San-Marco, Serravalle und Roveredo: dann kehrt er wieder um und schreitet, nach den Kämpfen bei Bassano, Rimolano und Cavalo, zum zweiten Mal zur Belagerung Mantuas, in das sich Wormser mit den Trümmern seiner Armee geworfen hat.

Während er so in Oberitalien gewaltige Aufgaben vollendet, bilden sich hier auf sein Wort neue Staaten. Er gründet die zispadanische und transpadanische Republik, verjagt die Engländer aus Korsika und hält zugleich Genua, Venedig und den Heiligen Stuhl so unter dem Daumen, dass sie sich nicht zu erheben vermögen. Aufs Neue entreißt ihn diesen umfassenden politischen Neuordnungen das Herannahen einer neuen kaiserlichen Armee unter Alvinczys Befehlen, aber eine verhängnisvolle Macht erdrückt diesen wie die früheren Gegner. Denselben Fehler, den sich seine Vorgänger zuschulden kommen ließen, begeht auch Alvinczy. Er teilt seine Armee in zwei Korps; das eine von 30 000 Mann soll unter seiner Anführung durch das Veronesische ziehen und Mantua gewinnen, das andere von 25 000 Mann unter Quosdanovichs Kommando sich an der Etsch ausbreiten. Bonaparte marschiert gegen Alvinczy und erreicht ihn bei Arcole. Am 15. November stellen sich ihm in der Nähe dieses Dorfes an dem Flüsschen Alpone ein paar Bataillone Kroaten und

Siebenbürger Wallachen entgegen und suchen die dortige Brücke zu halten, bis Verstärkungen herankommen. Es gilt für die Franzosen, den Übergang zu erzwingen, bevor diese eintreffen, allein alle Stürme vereitelt das mörderische Feuer der Gegner. Da stellt sich Bonaparte, eine Fahne ergreifend, persönlich an ihre Spitze und stürmt mit seinem Stabe den Truppen voran auf die Brücke. Allein auch dies ist umsonst; neben ihm fällt ein Adjutant, mehrere andere Offiziere werden verwundet, und ein Gegenangriff der Österreicher bringt alles in Verwirrung. Der Obergeneral wird von seinen fliehenden Truppen fortgerissen, und gerät, in einen Sumpf gestürzt, in persönliche Gefahr, so dass er nur mit Mühe gerettet werden kann. Am 16. und 17. November entbrennt alsdann die eigentliche Schlacht gegen die ganze Macht Alvinczys. Bonaparte lässt ihn nicht eher los, als bis er von den Österreichern 500 Tote auf dem Schlachtfeld gebettet und ihnen 8000 Gefangene und 30 Kanonen abgenommen hat. Dann wirft er sich, jede Rast nach dem schweren Ringen verschmähend, zwischen Davidovich, der aus Tirol hervorbricht, und Wurmser, der von Mantua ausfällt, und wirft den einen in seine Berge, den andern in seine Stadt zurück. Auf dem Schlachtfeld erfährt er, dass Alvinczy und Provera im Begriff sind, ihre Vereinigung zu bewerkstelligen. Da jagt er Alvinczy bei Rivoli in wilde Flucht, zwingt Provera, durch die Kämpfe von San Giorgio und la Favorita, die Waffen niederzulegen, und eilt wieder gegen Mantua, das er umringt, erstickt und zwingt, in dem Augenblicke sich zu ergeben, wo eine fünfte Armee, aus den Rheinreserven gezogen, unter den Befehlen des Erzherzogs Karl herbeieilt.

Kein Schlag soll Österreich erspart bleiben; die Niederlagen seiner Generale müssen bis zum Throne reichen. Am 10. März 1797 wird Prinz Karl beim Übergang über den Tagliamento geschlagen, ein Sieg, der uns die Staaten Venedigs und die Engpässe Tirols öffnet. Die Franzosen dringen im Sturmmarsch auf dem geöffneten Wege vor, triumphieren bei Lavis, Trasmis und Clausen, ziehen in Triest ein, nehmen Tarvis, Gradiska und Villach. setzen dem blutenden Erzherzog auf den Fersen nach, lassen von ihm nur ab, um die Straßen nach der Hauptstadt Österreichs zu besetzen, und dringen endlich bis auf 30 Stunden von Wien vor.

Hier macht Bonaparte halt, um die Unterhändler zu erwarten. Ein Jahr nur ist's, dass er Nizza verließ, und während dieses Jahres hat er sechs Armeen vernichtet, Alessandria, Turin, Mailand, Mantua genommen und die dreifarbige Fahne auf den piemontesischen, italienischen und Tiroler Alpen aufgepflanzt. Um ihn her und neben ihm beginnen bereits andere Namen zu glänzen: Massena, Augereau, Joubert, Marmont, Berthier. Das Siebengestirn bildet sich, die Planeten drehen sich um ihre Sonne, der Himmel des Kaiserreichs bestirnt sich!

Bonaparte hatte sich nicht getäuscht, die Unterhändler langen an. Leoben wurde zum Ort der Unterhandlungen gewählt, zu denen Bonaparte keiner Vollmachten vom Direktorium mehr bedarf. Er hat den Krieg geführt, er wird auch den Frieden machen. »Bei der Sachlage sind sogar die Unterhandlungen mit dem Kaiser zu einer militärischen Operation geworden.« Nichtsdestoweniger zieht sich diese Operation in die Länge, mit allen möglichen Schlichen und Schlingen der Diplomatie wird sie umringt und gelähmt. Aber der Tag kommt, wo der Löwe müde wird, im Garn stillzuhalten. Mitten in einer Erörterung springt er auf, fasst ein prächtiges Porzellanservice, wirft es in Stücke und zertritt es mit den Füßen. Dann ruft er den erstarrenden Bevollmächtigten zu: »So werde ich euch alle zermalmen, da ihr es nicht besser haben wollt!« Die Diplomaten zeigen sich gefügiger. Man liest den Vertrag vor. Im ersten Artikel erklärt der Kaiser von Österreich, dass er die Französische Republik anerkenne. »Streicht diesen Artikel,« ruft Bonaparte, »die Französische Republik ist wie die Sonne am Firmament, nur die Blinden trifft ihr Glanz nicht!«[10]

So halt Bonaparte im Alter von 27 Jahren in der einen Hand den Degen, der die Staaten zerteilt, und in der anderen die Waage, die die Könige wägt. Mag ihm das Direktorium immerhin seine Bahn vorzeichnen, er folgt der eigenen; befiehlt er auch noch nicht, so gehorcht er doch schon nicht mehr. Das Direktorium schreibt ihm, er solle daran denken, dass Wurmser ein Emigrant ist; Wurmser fällt in die Hände Bonapartes, und er hat für ihn alle seinem Unglück und seinem Alter schuldigen Rücksichten. Das Direktorium bedient sich dem Papst gegenüber beschimpfender Formen; Bonaparte schreibt ihm immer mit Achtung und nennt ihn nie anders als Heiliger Vater. Das Direktorium deportiert und ächtet die Priester; Bonaparte befiehlt seiner Armee, sie als Brüder zu achten und als Diener Gottes zu ehren. Das Direktorium versucht, die Aristokratie mit der Wurzel auszurotten; Bonaparte erlässt an die Demokratie in Genua ein tadelndes Schreiben wegen der maßlosen Verfolgung des Adels und lässt sie wissen, dass sie Dorias Standbild ehren muss, wenn sie seine Achtung nicht verlieren soll.

---

[10] Diese und ähnliche romantische Ausschmückungen gehören der Napoleonlegende an. A .d. Ü.

Am 15. Vendemiaire des Jahres VI (17. Oktober 1797) wird der Friede von Campo Formio unterzeichnet, und Österreich, dem man Venedig lässt, entsagt seinen Rechten auf Belgien und seinen Ansprüchen auf Italien. Bonaparte verlässt Italien und geht nach Frankreich; am 15. Frimairé desselben Jahrs (5. Dezember 1797) kommt er in Paris an.

Bonaparte war zwei Jahre entfernt gewesen, und in diesen zwei Jahren hatte er 150 000 Gefangene gemacht, 170 Fahnen, 550 Kanonen, 600 Feldstücke, 4 Pontontrains, 9 Schiffe von 64 Kanonen, 12 Fregatten von 52, 12 Korvetten und 18 Galeeren erbeutet; noch mehr! 2000 Louisdor hatte er, wie wir oben gesehen haben, aus Frankreich mitgenommen und dafür nach und nach 50 Millionen dahin geschickt; so war es diesmal gegen alle alten und neuen Traditionen die Armee, die das Vaterland nährte.

Mit dem Frieden musste Bonaparte dem Ende seiner militärischen Laufbahn entgegensehen. Da er aber nicht in Untätigkeit bleiben konnte, so strebte sein Ehrgeiz nach der Stelle eines der beiden austretenden Direktoren. Unglücklicherweise war er erst 28 Jahre alt, und so wäre seine Ernennung eine so große und so schnelle Verletzung der Verfassung vom Jahre III gewesen, dass man nicht einmal den Vorschlag zu machen wagte. So bezog er denn wieder sein kleines Haus in der Rue Chantereine und rang mit den Erfindungen seines Genies vor allem gegen den fürchterlichsten Feind, den er bis dahin bekämpft hatte, - gegen das Vergessen werden.

»In Paris,« sagte er, »behält man nichts im Gedächtnis; bleibe ich lange müßig, so bin ich verloren. In diesem großen Babel verschlingt ein Ruhm den andern, und wenn man mich ganze drei Male im Schauspielhause des Anblicks würdig geachtet hat, wird man mich nicht mehr ansehen.«

Deshalb ließ er sich bis auf Besseres zum Mitglied des Instituts ernennen.

Endlich am 29. Januar 1798 sagte er zu seinem Geheimschreiber: »Bourrienne, ich mag hier nicht bleiben, es gibt nichts zu tun. Ich merke wohl, wenn ich bleibe, bin ich in kurzem unten. Hier nutzt sich alles ab; schon habe ich keinen Ruhm mehr. Dieses kleine Europa bietet nicht genug, es ist ein Maulwurfshügel. Nur im Orient hat es große Reiche und große Revolutionen gegeben, im Orient, wo 600 Millionen Menschen leben, dorthin gilt es zu gehen; alle großen und berühmten Männer stammen dorther.«

Ihn aber treibt es, die großen und berühmten Männer zu überragen. Bereits hat er mehr getan als Hannibal, er wird so viel tun wie Alexander und Cäsar zusammen. An den Pyramiden, wo diese beiden großen Namen eingegraben sind, soll auch der seinige nicht fehlen.

Am 12. April 1798 wurde Bonaparte tatsächlich zum Obergeneral der Armee des Orients ernannt.[11]

Man sieht, schon brauchte er bloß noch zu verlangen, um zu erhalten. In Toulon, wo er Anfang Mai ankommt, zeigt ihm die Probe, dass er nur zu befehlen hat, um Gehorsam zu finden.

Ein achtzigjähriger Greis war zwei Tage vor seiner Ankunft in dieser Stadt erschossen worden. Am 16. Mai 1798 schreibt er an die auf Grund des Gesetzes vom 19. Fruktidor ernannten Kriegsausschüsse der 9. Division folgenden Brief:

»Bonaparte, Mitglied des Nationalinstituts.

Mit größtem Schmerze, Bürger, habe ich erfahren, dass siebzig- bis vierundachtzigjährige Greise, arme, schwangere Frauen oder Mütter kleiner Kinder, nachdem sie der Auswanderung überwiesen, erschossen worden sind.

»Sind denn die Soldaten die Henker der Freiheit geworden?

»Ist das Mitleid, das sie bis ins Handgemenge begleitete, jetzt in ihrem Herzen erstorben?

Das Gesetz vom 19. Fruktidor war eine Maßregel der öffentlichen Wohlfahrt; die Verschwörer wollte es treffen, nicht aber elende Weiber und hinfällige Greise.

Ich ermahne euch darum, Bürger, sooft das Gesetz Greise über sechzig Jahre oder Frauen vor euren Richterstuhl führt, zu erklären, dass ihr mitten im Kampfe die Greise und Frauen eurer Feinde geschont habt.

Der Krieger, der einen Blutbefehl gegen eine Person unterzeichnet, die nicht imstande ist, die Waffen zu tragen, ist ein Feiger.

Bonaparte.«

Dieser Brief rettete einem unglücklichen Angeklagten das Leben. Drei Tage darauf schiffte sich Bonaparte ein. So ist sein letztes Lebewohl an Frankreich ein königlicher Akt der Ausübung des Begnadigungsrechtes.

Malta war zum Voraus erkauft; Bonaparte ergriff ohne Schwierigkeit davon Besitz und steigt bereits am 1. Juli 1798 in Ägypten in der Nähe des Forts Marabu nicht weit von Alexandria ans Land.

---

[11] Das Direktorium hoffte so, vor den ehrgeizigen Plänen des gefürchteten Mannes sicher zu sein. A. d. Ü.

Sobald dies Murad Bei, den der Feind wie einen Löwen in seiner Höhle aufsuchen will, erfuhr, umgab er sich mit seinen Mamelucken, ließ den Nilstrom hinab eine Flottille von kriegsgerüsteten Djermen, Kangen und Schaluppen gehen und sie am Ufer des Flusses von einem 12 000 bis 15 000 Reiter starken Korps begleiten, dem Desaix, der unsere Vorhut befehligte, am 14. bei dem Dorfe Minieh-Salam begegnete. Das war seit den Kreuzzügen das erste Mal, dass der Orient und der Okzident einander gegenüberstanden.

Der Stoß war fürchterlich. Die goldbedeckte, windschnelle, flammengleich verzehrende Schar warf sich furchtlos auf unsere Vierecke, deren Flintenläufe sie mit ihren trefflichen Damaszener Säbeln zerhackte. Als aber aus diesen Vierecken das Feuer wie aus einem Vulkan hervorsprühte, entrollte sie sich gleich einer goldgestickten Seidenschärpe, sauste auf ihren Rennern von einem Eisenwinkel zum andern, doch jeder spie ihr seine Ladung ins Gesicht. Als sie jedes Eindringen unmöglich sah, floh sie endlich wie eine lange Reihe verscheuchter Vögel, ließ rings um unsere Bataillone einen zuckenden Gürtel verstümmelter Pferde und Menschen zurück und flog weit hinaus, um, neu zusammengeschlossen, zu neuem Anlaufsversuche zurückzukehren, der vergeblich und mörderisch war, wie der erste.

Da der Tag am heißesten war, sammelten sich diese Reiter zum letzten Mal; aber statt auf uns zurückzukommen, nahmen sie den Weg der Wüste zu und verschwanden am Horizont in einem Sandwirbel.

Zu Gizeh erfuhr Murad das Unglück vom 14. Juli,[12] und an demselben Tage wurden Boten nach Saïd, nach Fayum, in die Wüste geschickt. Beis, Scheiks, Mamelucken - alles wurde von allen Seiten gegen den gemeinsamen Feind zusammenberufen. Jeder musste kommen mit seinem Ross und seinen Waffen, und drei Tage später zählte Murad 6000 Reiter um sich.

Diese ganze Schar, die auf den Kriegsruf ihres Führers herbeigeeilt war, lagerte sich in Unordnung am Ufer des Nils, im Angesicht Kairos und der Pyramiden, zwischen dem Dorfe Embabeh, an das sie ihren rechten Flügel lehnte, und Gizeh, dem Lieblingssitze Murads, wohin sie ihren linken streckte. Murad hatte sein Zelt unter einem Riesenmaul-

[12] Am 13. Juli stieß das französische Heer bei Schebrachit auf Murads Reiterhaufen, die sich aber nach dem Kampfe der Nilflotten ohne Gefecht zurückzogen. Zum ersten ernstlichen Zusammenstoß zwischen Napoleons weit überlegenen und mit starker Artillerie versehenen Streitkräften mit den 5000-6000 Mamelucken und dem ungeordneten Haufen bewaffneter Fußknechte Murads kam es erst am 21. Juli bei den Pyramiden. A. d. Ü.

beerbaum aufgeschlagen, dessen Schatten 50 Reiter bedeckte. In dieser Stellung erwartete er, nachdem er einige Ordnung in seine Milizen gebracht, die französische Armee, die am Nil heraufzog. Den 21. bei Tagesanbruch bemerkte Desaix, der immer den Vortrab führte, einen Streifzug von 500 Mamelucken, der auf Kundschaft ausgeschickt war und eben zurückkehrte, aber fortwährend den Blicken ausgesetzt war. Um 4 Uhr morgens hörte Murad laute Zurufe; es war die französische Armee, die die Pyramiden begrüßte.

Um 6 Uhr standen Franzosen und Mamelucken Stirn gegen Stirn.

Man denke sich dieses Schlachtfeld! – Es war dasselbe, das Kambyses, ebenfalls ein Eroberer, der aber vom anderen Ende der Welt kam, gewählt hatte, um die Ägypter zu zermalmen. Zweitausendvierhundert Jahre waren inzwischen verflossen; der Nil und die Pyramiden waren immer da; aber die granitne Sphinx, die die Perser im Gesichte verstümmelten, ragte nur noch mit ihrem Riesenkopf aus dem Sande; der Koloss, von dem Herodot spricht, hatte sich eingesenkt; Memphis war verschwunden, Kairo entstanden. Alle diese Erinnerungen schwebten den französischen Führern klar und lebhaft und den Soldaten verworren vor Augen, jenen unbekannten Vögeln gleich, die einst über den Schlachten dahinflogen und den Sieg weissagten.

Der Schauplatz des Kampfes ist eine ungeheure Sandebene, wie man sie zur Verwendung der Reiterei braucht. In der Mitte erhebt sich ein Dorf, Bekir genannt, und ein kleiner Bach begrenzt den Raum unweit Gizeh. Murad und seine ganze Reiterei lehnten sich mit dem Rücken an den Nil und hatten Kairo hinter sich.

Aus der Beschaffenheit des Schlachtfeldes und der Stellung seiner Feinde erkannte Bonaparte, dass es ihm möglich sei, die Mamelucken nicht allein zu besiegen, sondern auch zu vernichten. Er entwickelte seine Armee im Halbkreis und bildete aus jeder Division riesige Vierecke, in deren Mitte die Artillerie stand. Desaix, der gewöhnlich das Vordertreffen führte, befehligte das erste Viereck zwischen Embabeh und Gizeh. Dann kamen die Division Reynier, die Division Kleber, die an Stelle ihres bei Alexandria verwundeten Führers Dugua kommandierte; hierauf die Division Menou unter Vial; zuletzt als äußerster linker Flügel, an den Nil gelehnt und Embabeh am nächsten, die Division des Generals Bon.

Alle Vierecke sollten sich zugleich in Bewegung setzen, auf Embabeh marschieren und Dorf, Pferde, Mamelucken, Palisaden samt und sonders in den Nil werfen.

Aber Murad war nicht der Mann, hinter einem Sandhaufen auf den Feind zu warten. Kaum waren die Vierecke in Ordnung gestellt, als die Mamelucken aus ihren Verschanzungen in ungeordneten Massen hervorstürmten und ohne Wahl, ohne Berechnung sich auf die Vierecke stürzten, die sie zunächst vor sich fanden; es waren die Divisionen Desaix und Reynier.

Sobald sie auf Schussweite nahekamen, teilten sich die Stürmenden in zwei Reihen, die erste ritt mit verhängten Zügeln auf den linken Flügel der Division Reynier, die zweite auf den rechten der Division Desaix zu. Die Vierecke ließen sie bis auf zehn Schritte ansprengen, dann schlugen sie an, und Ross und Reiter sahen vor sich eine Flammenmauer; die beiden ersten Reihen der Mamelucken stürzten, dass die Erde unter ihnen erbebte: der Rest jagte, von seinem Anlauf fortgerissen und durch den Eisen- und Feuerwall aufgehalten, da er weder umlenken konnte noch wollte, betäubt längs dem ganzen Viereck Reynier hin, dessen Feuer ihn auf die Division Desaix zurückwarf. Da diese so zwischen die beiden Menschen- und Pferdewirbel, die sie umbrausten, eingekeilt war, streckten sie ihnen die Bajonettspitzen ihrer ersten Reihe entgegen, während die beiden anderen Blitze speien und ihre Flügel sich aufrollen, um den Kugeln Raum zu geben, die gierig an dem blutigen Feste teilnehmen.

Eine ganze Weile waren die beiden Divisionen von allen Seiten umwogt und wurden alle Mittel versucht, diese den Weg versperrenden, aber sterblichen Vierecke zu sprengen. Die Mamelucken sprengen auf zehn Schritte an, trotzen dem Doppelfeuer der Flinten und Kanonen. Dann werfen sie ihre Pferde, die beim Anblick der Bajonette schaudern, herum, lassen sie zunächst rückwärtsgehen, dann sich bäumen und überschlagen sich mit ihnen, worauf die abgeworfenen Reiter auf den Knien sich fortschleppen, wie die Schlangen kriechen und unsern Soldaten die Kniekehlen durchschneiden. Dreiviertel Stunden dauerte dieses grässliche Gemetzel. Bei solchen Kämpfen, wenn man es kämpfen nennen kann, sahen unsere Soldaten in ihren Gegnern keine Menschen mehr; Spukgestalten, Gespenster, Teufel glaubten sie vor sich zu haben. Endlich schwand, wie von einer Windsbraut davongetragen, alles dahin, wütende Mamelucken, Menschengeschrei, Pferdegewieher, Flammen und Rauch. – Nichts blieb zwischen den beiden Divisionen zurück, als ein blutiges Schlachtfeld, starrend von Waffen und Standarten, übersät von Toten und Sterbenden, die noch ächzten und aufzuckten wie die Dünung nach halbgedämpftem Sturme.

In diesem Augenblicke drangen alle Vierecke mit regelmäßigem Schritte, als wäre es zur Parade, vorwärts und schlossen Embabeh in ihren

Feuerkreis ein. Da entflammte sich plötzlich ihrerseits die Schlachtlinie des Beis, siebenunddreißig Stücke entsandten ihre feurigen Schlangen über die Ebene; es hüpften auf dem Nil die Schiffe, vom Rückstoß der Bombarden emporgerissen, und Murad selbst stürzte an der Spitze von dreitausend Reitern hervor, um sich in diese höllischen Vierecke einzubeißen.

Jetzt erkannte ihn die Reitermasse, die sich zurückgezogen, aber Zeit gehabt hatte, sich wieder zu schließen, und auch sie wandte sich aufs Neue gegen ihre ersten, tödlichen Feinde.

Wundervoll musste der Anblick für das Auge des Adlers sein, der über dem Schlachtfelde schwebte, wie diese sechstausend Reiter, die ersten der Welt, auf Pferden, deren Huf keine Spur im Sande zurückließ, gleich einer Meute, jene unbeweglichen, flammensprühenden Vierecke umkreisten, sie mit ihren Windungen umstrickten, mit ihren Knoten umschlangen, zu erdrosseln suchten, da sie sie nicht zu öffnen vermochten, sich zerstreuten, sich wieder zusammenschlossen, um sich abermals zu zerstreuen, und hin und wieder wogten, wie die Wellen am Ufer, und wie sie dann in einer Linie, einer Riesenschlange gleich, deren Kopf man bisweilen sich über die Vierecke emporrecken sah, von dem unermüdlichen Murad geführt, zurückkehrten. Da geschah plötzlich etwas Unbegreifliches in den Verschanzungsbatterien; die Mamelucken hörten ihre eigenen Kanonen donnern und sahen sich durch ihre eigenen Kugeln zerrissen. Schiffe fingen Feuer und sprangen in die Luft. Während Murad sich die Krallen und Zähne an unsern Vierecken abstumpfte, hatten wir in drei Angriffsreihen die Verschanzungen genommen, und Marmont, der nun die Ebene beherrschte, donnerte von den Höhen Embabehs herab auf die mit uns im Todeskampf ringenden Mamelucken.

Jetzt befahl Bonaparte ein letztes Manöver, das die Vollendung brachte. Die Vierecke öffneten, entwickelten, vereinten sich und schweißten sich zusammen, wie die Ringe einer Kette: Murad und die Mamelucken fanden sich zwischen ihren eigenen Verschanzungen und die französische Schlachtlinie eingekeilt. Er sah, dass die Schlacht verloren war; er sammelte den Rest seiner Leute und schwang sich mit verhängtem Zügel, auf seinen windschnellen Rennern durch diese doppelte Feuerlinie hindurch in die Öffnung, die die Division Desaix zwischen sich und dem Nil ließ, brauste wie ein Windwirbel unter den letzten Kugeln unserer Soldaten weg, verschwand in dem Dorfe Gizeh und erschien einen Augenblick darauf oberhalb des Ortes, mit zwei- bis dreihundert Reitern, den einzigen Trümmern seiner Macht, auf dem Rückzug nach Oberägypten.

Auf dem Schlachtfelde hatte er dreitausend Mann, vierzig Stücke schweres Geschütz, vierzig beladene Kamele, seine Zelte, seine Pferde, seine Sklaven gelassen. Die ganze mit Gold, Kaschmir und Seide bedeckte Ebene des Schlachtfeldes gab man den siegreichen Soldaten preis, die eine unermessliche Beute machten, denn die Mamelucken waren in ihre allerschönsten Rüstungen gehüllt und trugen alles, was sie an Edelgestein, Gold und Silber besaßen, an sich.

Bonaparte schlief dieselbe Nacht in Gizeh, und am dritten Tag zog er durch das Tor des Sieges in Kairo ein.

Kaum ist er in Kairo, so träumt Bonaparte nicht allein von der Kolonisierung des kaum eroberten Landes, sondern auch von der Eroberung Indiens auf dem Wege der Euphratlinie. An das Direktorium richtet er eine Zuschrift, worin er Verstärkungen, Waffen, Kriegszeug, Wundärzte, Apotheker. Mediziner, Gießer, Destillateure, Schauspieler, Gärtner, Krämer, um Hampelmänner an das Volk zu verkaufen, und fünfzig Französinnen fordert. An Tippu Sahib[13] schickt er einen Kurier, um ihm ein Bündnis gegen die Engländer anzubieten. Dann machte er sich doppelt hoffnungsfroh, an die Verfolgung Ibrahims, des mächtigsten Beis nach Murad, zerschmettert ihn bei Saheleyh; aber während man ihm zu diesem Siege Glück wünscht, bringt ihm ein Bote die Nachricht von dem gänzlichen Verlust seiner Flotte. Nelson hat Brueys auf der Reede von Abukir in die Luft gesprengt, die Flotte ist, wie bei einem Schiffbruch, verschwunden: keine Verbindung mit Frankreich, keine Hoffnung auf Indiens Eroberung mehr!

In Ägypten bleiben muss er nun oder groß, wie die alten Helden, daraus hervorgehen.

Bonaparte kommt nach Kairo zurück und feiert den Geburtstag Mohammeds und die Gründung der Republik. Inmitten dieser Festlichkeiten empört sich Kairo, und während er, von der Höhe des Mokattam herab, auf die Stadt Blitze speit, kommt ihm Gott mit einem Gewitter zu Hilfe. In vier Tagen ist alles in Ruhe. Bonaparte reist nach Suez ab: er will das Rote Meer sehen und, nicht älter als Alexander, den Fuß nach Asien setzen. Fast geht er unter wie Pharao, ein Guide rettet ihn. Jetzt wenden sich seine Augen nach Syrien. Der Zeitpunkt einer Landung in Ägypten ist vom Feind verpasst und kommt erst im Juli folgenden Jahres wieder; aber über Gaza und el Arisch könnten die Feinde heranziehen, denn Ali Pascha, genannt Djezzar, das ist der *Schlächter*, hat sich der letztgenannten Stadt bemächtigt. Diese Vorhut der Ottomanischen Pforte gilt es zu

---

[13] Den indischen Fürsten, der nicht müde wurde, die Engländer zu bekriegen.

vernichten, die Wälle von Jaffa, Gaza und Acre umzustürzen, das Land zu verheeren und alle seine Hilfsquellen zu vernichten, um den Zug eines feindlichen Heeres durch die Wüste unmöglich zu machen. So weit ist der Plan bekannt; aber vielleicht verbirgt sich dahinter eine jener Riesenunternehmungen, wie sie Bonaparte immer im Grunde seiner Gedanken wälzt; wir werden ja sehen!

An der Spitze von zehntausend Mann bricht er auf, teilt das Fußvolk in vier Korps, die er unter Bon, Kleber, Lannes und Reynier stellt, überweist Murat die Reiterei, Dammartin die Artillerie und Cafarelli-Dufalga die Pioniere. El Arisch wird angegriffen und am 1. Ventose (20. Febr. 1799) genommen, am 7. Gaza ohne Widerstand besetzt und am 17. Jaffa erstürmt, dessen aus fünftausend Mann bestehende Besatzung über die Klinge springen muss.[14] Dann geht es im Triumph vorwärts; St. Jean d'Acre (Akka) wird erreicht, und noch am 30. desselben Monats werden die Laufgräben eröffnet. Hier beginnt das Unglück.

Ein Franzose befehligt den Platz, ein alter Kamerad Napoleons. Miteinander in der Militärschule geprüft, waren sie am gleichen Tage jeder zu seinem Korps geschickt worden. Als royalistischer Parteigänger lässt Phélipeaux den Engländer Sydney Smith aus dem Temple entrinnen, folgt ihm nach England und geht ihm nach Syrien voraus. An seinem Genie mehr als an Acres Wällen bricht sich Bonapartes Ungestüm: auch erkennt er auf den ersten Blick, dass die Verteidigung von einem höherstehenden Manne geleitet wird. Eine regelrechte Belagerung ist unmöglich, es gilt, die Stadt zu erstürmen. Dreimal hintereinander wird der Sturm versucht, vergeblich!

Während eines dieser Stürme fällt eine Bombe zu Bonapartes Füßen nieder. Augenblicklich werfen sich zwei Grenadiere auf ihn, schließen ihn in ihre Mitte, legen ihre Arme über sein Haupt und decken ihn von allen Seiten. Die Bombe platzt, und, wunderbar, ihre Splitter achten schonend solche Hingebung; niemand wird verwundet. Einer von diesen Grenadieren heißt Daumesnil; er wird im Jahre 1809 General; 1812 verliert er in Moskau ein Bein und 1814 ist er Kommandant in Vincennes.

Inzwischen erhält Djezzar von allen Seiten Beistand: die Paschas von Syrien haben ihre Macht gesammelt und marschieren gegen Acre, Sydney Smith eilt mit der englischen Flotte herbei, die Pest endlich, dieser schrecklichste aller Bundesgenossen, kommt dem Henker Syriens zu Hilfe. Zuerst gilt es, sich der Armee von Damaskus zu erwehren. Statt sie zu erwarten oder bei ihrem Herannahen zurückzuweichen, geht ihr Bona-

---

[14] Fast die Hälfte war vorher im Kampfe gefallen.

parte entgegen, erreicht und zerstreut sie in der Ebene am Berge Tabor und kehrt dann zurück, um noch fünf Stürme zu wagen, die ebenso vergeblich wie die früheren sind. St. Jean d'Acre ist für ihn eine Stadt des Fluches, über die er nicht hinwegkommt.

Alles staunt, dass er sich so abringt, um ein Felsennest zu nehmen, dass er Tag für Tag sein Leben daran wagt, dass er seine besten Offiziere und seine tapfersten Soldaten in die Schanze wirft; alles tadelt ihn wegen dieser blutdürstigen Verstocktheit, die zwecklos scheint. Der Zweck aber – hier ist er, er erklärt ihn selbst nach einem jener fruchtlosen Stürme, wobei Duroc verwundet ward, denn er fühlt das Bedürfnis, einige ihm ebenbürtige Herzen wissen zu lassen, dass er nicht das Spiel eines Unsinnigen spiele. »Ja,« sagte er, »ich sehe, dass mir dieses elende Nest viele Leute und viel Zeit geraubt hat, aber schon sind die Dinge zu weit gediehen, als dass ich nicht eine neue Anstrengung wagen sollte. Gelingt mir's, so finde ich in der Stadt die Schätze des Paschas und Waffen für dreimal hunderttausend Mann. Ich empöre und bewaffne Syrien, das voll Entrüstung ist über die Abscheulichkeit des Djezzar, dessen Sturz die Bevölkerung bei jedem Sturme von Gott erfleht. Ich marschiere auf Damaskus und Aleppo; beim Vorrücken vermehre ich meine Armee durch alle Missvergnügten. Ich verkünde dem Volke die Abschaffung der Sklaverei und der tyrannischen Herrschaft der Paschas. Mit bewaffneten Massen dringe ich nach Konstantinopel vor; ich stürze das türkische Reich, gründe im Orient ein neues, großes Kaiserreich, das meinen Namen bei der Nachwelt verewigt, und kehre über Adrianopel und Wien nach Paris zurück, nachdem ich das Haus Österreich vernichtet habe.« – Dann fährt er mit einem Seufzer fort: »Gelingt's mir nicht mit diesem letzten Sturme, den ich wagen will, so breche ich auf; die Zeit drängt. Vor Mitte Juni werde ich nicht in Kairo sein, und dann sind dem Feinde die Winde günstig, um nach dem Norden Ägyptens zu segeln. Konstantinopel wird Truppen nach Alexandria und Rosette schicken, ich *muss* dort sein; die Landarmee, die später anlangen wird, fürchte ich für dieses Jahr nicht. Bis zum Rand der Wüste werde ich alles mit Feuer und Schwert verwüsten lassen; zwei Jahre von heute an werde ich den Durchzug einer Armee unmöglich machen, denn unter Schutt und Trümmern kann man nicht leben.«

Und er muss sich zur Umkehr entschließen. Die Armee zieht sich auf Jaffa zurück, wo Bonaparte das Spital der Pestkranken besucht. Mitgenommen wird jeder, der transportiert werden kann, zur See über Damiette und zu Land über Gaza und el Arisch, an sechzig bleiben zurück, die nur noch einen Tag zu leben haben, aber in einer Stunde in die

Hände der Türken fallen werden. Dieselbe stahlherzige Notwendigkeit, die die Besatzung von Jaffa über die Klinge springen ließ, erhebt abermals ihre Stimme. Der Apotheker R... lässt, sagt man, den Sterbenden einen Trank reichen: statt der Martern, die ihrer von den Türken warten, werden sie wenigstens einen sanften Tod haben.

Endlich Mitte Juni kehrt die Armee nach einem langen und beschwerlichen Marsch nach Kairo zurück. Es war Zeit, denn Murad Bei, der Desaix entwischt war, bedrohte Unterägypten. Zum zweiten Mal stößt er am Fuße der Pyramiden auf die Franzosen. Bonaparte trifft alle Anordnungen zu einer Schlacht. Diesmal nimmt er die frühere Stellung der Mamelucken ein, die sich an den Fluss lehnt; aber am andern Morgen ist Murad Bei verschwunden. Bonaparte ist erstaunt: doch am nämlichen Tage noch wird ihm alles klar. Die Flotte, die er vermutet hatte, war bei Abukir genau zu der Zeit, die er vorausgesagt hatte, gelandet, und Murad zog ab, um sich auf Umwegen mit dem türkischen Lager zu vereinigen.

Bei seiner Ankunft trifft er den Pascha voll hoher Hoffnungen: als dieser erschien, hatten sich die französischen Abteilungen, die zu schwach sind, ihn zu schlagen, zusammengezogen. »Siehst du,« sagte Mustapha Bei zum Bei der Mamelucken, »diese gefürchteten Franzosen, deren Nähe du nicht aushalten konntest, sie fliehen vor mir, sobald ich mich zeige.« »Pascha,« erwiderte Murad Bei, »danke dem Propheten, dass es den Franzosen gefällt, sich zurückzuziehen: denn kehrten sie um, so würdest du vor ihnen verschwinden wie der Staub vor dem Sturme.«

Er hatte wahrgesagt, der Sohn der Wüste. Einige Tage nachher kam Bonaparte an, und nach dreistündigem Kampfe weichen die Türken und fliehen. Mustapha Bei übergibt Murat mit blutender Hand seinen Säbel: mit ihm ergeben sich 200 Mann als Gefangene. 2000 decken das Schlachtfeld, 10 000 sind ertrunken: 20 Kanonen, alle Zelte und die ganze Bagage fällt in unsere Hände. Die Festung Abukir wird genommen, die Mamelucken sind in die Wüste zurückgeworfen, und die Engländer und Türken haben auf ihren Schiffen Zuflucht gesucht.

Bonaparte schickt einen Boten auf das Admiralschiff, der über die Zurückgabe der Gefangenen, die man unmöglich bewachen kann, und die er nicht, wie zu Jaffa, erschießen lassen will, unterhandeln soll. Dafür schickt der Admiral Bonaparte Wein, Früchte und die Frankfurter Zeitung vom 10. Juni 1799.

Seit dem Monat Juni 1798, d. h. seit mehr als einem Jahre, hat Bonaparte keine Nachrichten von Frankreich; er wirft die Augen auf das Blatt, überfliegt es schnell und ruft: »Meine Ahnungen haben mich nicht getäuscht, Italien ist verloren; ich muss abreisen.« In der Tat sind die Franzosen auf dem Punkt angekommen, wo er sie zu haben wünscht, sie stecken so im Unglück, dass sie ihn nicht als einen Ehrgeizigen, sondern als einen Retter ankommen sehen. Gantheaume, den er hat rufen lassen, kommt alsbald an, und Napoleon gibt ihm den Auftrag, die zwei Fregatten, den Muiron und die Carrère, und zwei kleine Fahrzeuge, die Revanche und die Fortune, mit Lebensmitteln für 400 bis 500 Mann auf zwei Monate zu versehen. Am 22. August schreibt er an die Armee: »Die Nachrichten aus Europa haben mich bestimmt, nach Frankreich abzureisen, den Oberbefehl überlasse ich dem General Kleber, die Armee wird bald von mir hören. Mehr kann ich jetzt nicht sagen. Es fällt mir schwer, die Soldaten zu verlassen, mit denen ich aufs engste verknüpft bin; aber es geschieht nur auf einen Augenblick. Zu dem General, den ich ihnen hinterlasse, hat die Armee und habe ich Zutrauen.«

Am andern Tag schifft er sich auf dem Muiron ein. Gantheaume will in die hohe See stechen; Napoleon widersetzt sich. »Ich will,« sagt er. »dass Sie so viel wie möglich den Küsten Afrikas folgen, und Sie werden diesen Weg bis südlich von Sardinien verfolgen. Ich habe eine Handvoll Tapferer, aber wenig Artillerie: zeigen sich die Engländer, so laufe ich auf den Strand. Dann werde ich zu Lande Oran, Tunis oder einen anderen Hafen erreichen und dort die Mittel finden, mich einzuschiffen.«

Einundzwanzig Tage lang werfen Ost- und Nordostwinde Bonaparte gegen den Hafen zurück, den er eben verlassen hat. Endlich fühlt man die ersten Lüfte eines Südwindes, und Gantheaume fängt ihn mit allen Segeln auf: in kurzer Zeit fährt man an der Stelle vorbei, wo einst Karthago stand, umsegelt Sardinien, dessen Westküste man folgt: am ersten Oktober läuft man in den Hafen von Ajaccio ein, wo man 17 000 Franken türkische Zechinen gegen französisches Geld einwechselt, – das ist alles, was Bonaparte von Ägypten mitbringt. Endlich den 7. desselben Monats verlässt man Korsika und steuert Frankreich zu, von dem man nur noch 70 Meilen entfernt ist. Am Abend des 8. wird ein Geschwader von 14 Schiffen gemeldet: Gantheaume schlägt vor, das Schiff zu wenden und nach Korsika zurückzukehren. »Nein,« ruft gebieterisch Bonaparte. »segelt mit aller Macht, alles an seinen Posten: nordwestlich, nordwestlich fort!« Die ganze Nacht bringt man in Unruhe zu: Bonaparte geht nicht von der Brücke weg: er lässt eine große Schaluppe ausrüsten, bemannt sie mit zwölf Matrosen, befiehlt seinem Sekretär, seine wichtigsten Papiere auszuwählen und nimmt zwanzig Mann, um an den Küsten von Korsika zu scheitern. Mit Anbruch des Tages werden alle diese Vorsichtsmaßregeln unnütz, der Schrecken verschwindet, die Flotte segelt gegen Nordwest. Am 8. Oktober bemerkt man bei Tagesanbruch Fréjus; um 8 Uhr läuft man auf die Reede. Sogleich verbreitet sich das Gerücht, dass eine der Fregatten Bonaparte bringe. Das Meer bedeckt sich mit Nachen, alle Gesundheitsmaßregeln, die Bonaparte vorsätzlich verletzen wollte, hat das Volk vergessen. Vergebens macht man es auf die Gefahr, die es läuft, aufmerksam. »Lieber wollen wir die Pest,« ruft es, »als die Österreicher!« Bonaparte wird geführt, gezogen, getragen: es ist ein Fest, eine Huldigung, ein Triumph. Endlich mitten im Enthusiasmus, im Freudengeschrei, im Taumel steigt Cäsar an das Land, das keinen Brutus mehr hat.

Sechs Wochen nachher hat Frankreich keine Direktoren mehr, aber drei Konsuln,[15] und unter diesen drei Konsuln ist einer, wie Siéyes gesagt hat, der alles weiß, der alles tut, der alles kann.

Wir sind zum 18. Brumaire (9. November) 1799 gelangt.

Bonaparte Erster Konsul.

Kaum bekleidete Bonaparte die erste Ehrenstelle eines von inneren und äußeren Kriegen noch blutenden und durch die eigenen Siege ganz erschöpften Staates, so war seine erste Sorge der Versuch, auf fester Grundlage den Frieden abzuschließen. Daher schrieb er am 5. Nivose des Jahres VIII der Republik mit Umgehung aller diplomatischen Formen, worin die Regenten ihre Gedanken hüllen, direkt und eigenhändig an den König Georg III. und schlug ihm ein Bündnis zwischen Frankreich und England vor. Der König blieb stumm. Pitt nahm die Antwort auf sich, d. h. die Verbindung wurde zurückgewiesen.

Bonaparte wandte sich, von Georg III. zurückgewiesen, an Paul I. Da er den ritterlichen Charakter dieses Fürsten kannte, glaubte er, ihm gegenüber ebenfalls ritterlich handeln zu müssen. Er ließ die in Holland und der Schweiz gefangengenommenen russischen Truppen im inneren Frankreich zusammenkommen, ließ sie neu kleiden und schickte sie ohne Lösegeld oder Auswechslung in ihr Vaterland zurück. Bonaparte hatte sich nicht getäuscht, als er darauf rechnete, durch ein solches Vorgehen Paul I. zu entwaffnen. Als dieser von dem verbindlichen Verfahren des Ersten Konsuls erfuhr, zog er seine noch in Deutschland stehenden, Truppen zurück und sagte sich von der Koalition los.

---

[15] Napoleon wird durch einen Staatsstreich Erster Konsul auf zehn Jahre; neben ihm stehen zwei von ihm ernannte Konsuln mit beratender Stimme. A. d. Ü.

Frankreich und Preußen standen in gutem Einvernehmen, und König Friedrich Wilhelm hatte die Bedingungen des Vertrags von 1795 aufs pünktlichste erfüllt. Bonaparte sandte Duroc an ihn, um ihn zu bestimmen, seinen militärischen Kordon bis an den Niederrhein auszudehnen, um keine so lange Linie verteidigen zu müssen. Der König von Preußen willigte ein und versprach, seinen Einfluss bei Sachsen, Dänemark und Schweden zu verwenden, um diese neutral zu halten.

So bleiben also noch England, Österreich und Bayern übrig. Aber diese drei Mächte waren nichts weniger als bereit, die Feindseligkeiten wieder aufzunehmen. Bonaparte hatte daher Zeit, ohne sie aus dem Auge zu verlieren, seine Blicke nach innen zu richten.

Die neue Regierung hatte ihren Sitz in den Tuilerien. Bonaparte bewohnte den königlichen Palast, und allmählich wurden die alten Hofsitten in diesen Zimmern, aus denen sie die Mitglieder des Konvents vertrieben hatten, wieder lebendig; übrigens war, muss man sagen, das erste Vorrecht der Krone, das Bonaparte sich anmaßte, das der Begnadigung. Herr Defeu, ein französischer Emigrant, war in Tirol gefangengenommen,, nach Grenoble geführt und zum Tode verurteilt worden. Als Bonaparte dies erfährt, lässt er seinen Sekretär auf ein Schnitzel Papier schreiben: *»Der Erste Konsul befiehlt, die Verurteilung des Herrn Defeu aufzuheben,«* unterzeichnet diesen lakonischen Befehl, übergibt ihn dem General Férino, und Herr Defeu ist gerettet.

Sodann fängt eine Leidenschaft an bemerklich zu werden, die bei Bonaparte nach der für den Krieg den ersten Platz einnimmt, die Leidenschaft für Bauten und Denkmäler. Zunächst begnügt er sich damit, die Mauerbuden, die den Hof der Tuilerien verfinstern, wegfegen zu lassen. Als er bald darauf beim Blick aus dem Fenster voll Ärger sieht, dass der Quai d'Orsay von der Vorstadt Saint-Germain durch die Seine abgeschnitten wird, die jeden Winter ausbricht und die Verbindung hemmt, schreibt er nichts als die Worte: »Der Kai der Schwimmschule wird im nächsten Jahre fertig sein,« und schickt sie dem Minister des Innern, der sich beeilt, zu gehorchen. Aus der großen Zahl von Menschen, die sich täglich auf, Nachen über die Seine zwischen dem Louvre und den Quatre-Nations fahren lassen, ergibt sich die Notwendigkeit einer Brücke; der Erste Konsul lässt die Herren Perrier und Fontaine rufen, und von einem Ufer zum andern streckt sich wie ein magischer Bau der Pont des Arts. Der Vendôme-Platz ist der Statue Ludwigs XIV. beraubt und verwaist; eine Säule, die man aus den den Österreichern in einem Feldzug von drei Monaten abgenommenen Kanonen gießt, wird das alte Standbild ersetzen. Die abgebrannte Getreidehalle wird in Eisen wieder aufgebaut;

meilenlange Kais wurden von einem Ende der Hauptstadt zum andern geführt, um die Wasser des Flusses in ihr Bett zu dämmen. Ein Palast soll für die Börse errichtet, die Invalidenkirche ihrer ersten Bestimmung zurückgegeben werden, glänzend, wie sie zum ersten Male im Strahle der Sonne Ludwigs XIV. flammte. Vier Friedhöfe, die an die Totenstadt in Kairo erinnern, sollen an den vier Hauptpunkten von Paris angelegt werden. Endlich soll, wenn Gott ihm Zeit und Vermögen dazu lässt, eine Straße gebaut werden, die von Saint-Germain l'Auxerrois bis zur Barrière du Trone sich hinzieht, sie wird hundert Fuß breit und mit Bäumen angepflanzt werden wie die Boulevards und mit Arkaden eingefasst wie die Straße Rivoli; aber mit dieser Straße wird er noch warten müssen, denn sie soll den Namen »Kaiser-Straße« führen.

Unterdessen bereitete das erste Jahr des neunzehnten Jahrhunderts denkwürdige Kriege vor; das Rekrutierungsgesetz wurde mit Begeisterung ausgeführt, eine neue Kriegsmacht organisiert, Aushebungen nach Bedarf von der Küste von Genua bis an den Niederrhein vorgenommen. Eine Reservearmee zog sich im Lager bei Dijon zusammen: sie bestand zum großen Teil aus der holländischen Armee, die von der Vendée, der sie den Frieden gegeben hatte, heranzog.

Ihrerseits antworteten die Feinde auf diese Zurüstungen durch ähnliche Vorbereitungen. Österreich organisierte eiligst seine Aushebungen: England nahm ein Korps von 12 000 Bayern in Sold, und einer seiner geschicktesten Agenten warb in Schwaben, Franken und im Odenwald Mannschaften an: endlich traten 6000 Württemberger, die Schweizerregimenter und das adelige Korps der Emigranten unter den Befehlen des Prinzen von Condé aus den Diensten Pauls I. in den Sold Georgs III. Alle diese Truppen sollten am Rhein verwendet werden, während Österreich seine besten Soldaten nach Italien schickte, denn hier wollten, die Verbündeten den Feldzug eröffnen.

Am 17. März 1800 wendet sich Napoleon mitten in einer Arbeit über die Einrichtung der von Talleyrand gestifteten diplomatischen Schulen plötzlich an seinen Sekretär und fragt ihn mit einem Gefühl sichtbarer Freude:

»Wo glauben Sie, dass ich Melas schlagen werde?«

»Das weiß ich nicht,« antwortete ihm erstaunt der Sekretär.

»Stellen Sie in meinem Kabinett die große Karte von Italien aus, und ich will es Ihnen zeigen.«

Der Sekretär gehorcht eiligst. Bonaparte nimmt eine Anzahl Nadeln mit Köpfen von rotem und schwarzem Wachs in die Hand, legt sich über die ungeheure Karte und steckt seinen Feldzugsplan aus. In alle Punkte, wo ihn der Feind erwartet, steckt er seine Nadeln mit schwarzen Köpfen, die mit roten Köpfen überall dahin, wo er seine Truppen hinzuführen gedenkt. Dann wendet er sich an seinen Sekretär, der ihm stillschweigend zugesehen hat.

»Nun?« sagt er.

»Ja, ich weiß noch nicht,« erwiderte ihm dieser.

»Sie sind ein Dummkopf! Merken Sie auf! Melas ist in Alessandria, wo er sein Hauptquartier hat, er wird dort bleiben, solange Genua nicht übergeben wird. In Alessandria hat er seine Magazine, seine Spitäler, seine Artillerie, seine Reserven.« Indem er auf den St. Bernhard deutet, fährt Bonaparte fort: »Ich gehe hier über die Alpen, falle ihm in den Rücken, ehe er weiß, dass ich in Italien bin, unterbreche seine Verbindungen mit Österreich, dränge ihn in die Ebenen von Scrivia zusammen,« – er steckte eine rote Nadel in San-Giuliano – »und schlage ihn hier.«

Den Plan der Schlacht von Marengo hatte der Konsul hier gezeichnet. Vier Monate später war er bis aus den kleinsten Punkt ausgeführt: die Alpen waren überstiegen, das Hauptquartier war in San-Giuliano, Melas war abgeschnitten, und es fehlte nur noch die Schlacht. Bonaparte hatte seinen Namen neben den Hannibals und Karls des Großen geschrieben.

Der Erste Konsul hatte die Wahrheit gesagt. Er hatte sich von der Höhe der Alpen herabgestürzt, wie eine Lawine: schon am 2. Juni war er in Mailand, wo er ohne Widerstand einzog und dessen Fort er sogleich belagerte. Denselben Tag wurde Murat nach Piacenza und Lannes nach Montebello gesandt. Beide gingen, ohne noch daran zu denken, dass sie, der eine eine Krone, der andere ein Herzogtum erkämpfen sollten.

Den Tag nach dem Einzug Bonapartes in Mailand lässt sich ein Spion melden, den er schon in seinen ersten italienischen Feldzügen gebraucht hatte und den der General auf den ersten Anblick erkennt. Der Mann steht im Dienste der Österreicher, Melas schickt ihn, die französische Armee zu beobachten: aber er will das gefährliche Handwerk, das er treibt, aufgeben und verlangt 1000 Louisdor, wenn er Melas verraten soll: auch muss er seinem General einige genaue Nachrichten überbringen.

»Das tut nichts,« sagte der Erste Konsul, »es liegt mir wenig daran, dass man meine Macht und meine Stellung kennt, wenn ich nur die Macht und die Stellung meines Feindes kenne; sage mir etwas, was der Mühe wert ist, und die 1000 Louis sind dein.« Darauf gab ihm der Spion die Zahl der Korps, ihre Stärke und Stellung, die Namen der Generale, ihre Tapferkeit, ihren Charakter an, wobei ihm der Erste Konsul auf der Karte folgt, die er mit Nadeln spickt. Zudem sei Alessandrien nicht verproviantiert. Melas denke nicht an eine Belagerung, er habe viele Kranke und keine Arzneien. Als Gegengabe für diese Angaben stellt Berthier dem Spion eine fast ganz genaue Mitteilung über die Lage der französischen Armee zu. Der Erste Konsul aber übersieht nun klar Melas' Lage, wie wenn der Genius der Schlachten ihn über den Ebenen der Scrivia und Bormida hätte schweben lassen.

Am 8. Juni in der Nacht kommt ein von Murat gesandter Kurier von Piacenza an. Er überbringt einen aufgefangenen Brief, die Depesche Melas' an den Reichshofrat zu Wien; sie meldet die Übergabe von Genua, das Massena am 4., nachdem alles bis auf die Pferdesättel aufgezehrt war, nicht länger halten konnte.

Man weckt Bonaparte mitten in der Nacht, eingedenk seines Befehls: » *Lasst mich schlafen bei guten Nachrichten, weckt mich aber bei schlimmen*!« »Bah, Sie verstehen das Deutsche nicht,« sagte er anfangs zu seinem Sekretär. Als er denn zugeben musste, dass dieser die Wahrheit gesagt hat, steht er auf, bringt den übrigen Teil der Nacht damit zu, Befehle zu geben und Kuriere abzuschicken; und um 8 Uhr morgens ist alles gerüstet, um den möglichen Folgen dieses unerwarteten Ereignisses zu begegnen.

Denselben Tag wird das Hauptquartier nach Stradella verlegt, wo es bis zum 12. bleibt, und wo Desaix am 11. sich anschließt. Am 13. auf dem Marsch nach der Scrivia kommt der Kaiser über das Schlachtfeld von Montebello und findet die Kirchen noch voller Toter und Verwundeter.

»Teufel,« sagt er zu Lannes, der ihn herumführte, »es scheint, das Treffen war heiß.«

»Ich denke wohl,« erwiderte dieser, »die Knochen krachten in meiner Division, wie wenn Hagel auf die Fensterscheiben fiele.«

Endlich am 13. abends kommt der Erste Konsul in Torre di Garrofoli an. Obgleich es spät und er von Mattigkeit überwältigt ist, will er doch nicht zu Bette gehen, ehe er sicher weiß, dass die Österreicher keine Brücke über die Bormida haben. Um 1 Uhr morgens kehrt der mit dieser Sendung beauftragte Offizier zurück und meldet, dass keine Brücke geschlagen ist. Diese Nachricht beruhigt den Ersten Konsul; er lässt sich noch einen Bericht über die Stellung der Truppen geben und legt sich nieder, ohne an ein Treffen für den kommenden Tag zu glauben.

Unsere Truppen nahmen folgende Stellungen ein:

Die Divisionen Gardanne und Chambarliac, die das Armeekorps des Generals Victor bildeten, hatten ein Lager bei dem Landhaus Pedra-Bona vor Marengo in gleicher Entfernung von, dem Dorf und dem Fluss bezogen.

Das Korps des Generals Lannes befand sich vor dem Dorfe San-Giuliano rechts von der großen Straße von Tortona auf 600 Ellen (1200 Meter) bei dem Dorfe Marengo.

Die Konsulargarde war als Reserve hinter den Truppen des Generals Lannes auf eine Entfernung von etwa 500 Ellen (1000 Meter) aufgestellt.

Die Kavalleriebrigade unter dem Befehle des Generals Kellermann und einige Schwadronen Husaren und Jäger bildeten den linken Flügel und füllten auf der ersten Linie die Zwischenräume zwischen den Divisionen Vardanne und Chambarliac aus.

Eine zweite Kavalleriebrigade, von General Chambiaux befehligt, bildete den rechten Flügel und füllte auf der zweiten Linie die Räume zwischen der Infanterie des Generals Lannes aus.

Endlich hielt das 12. Husaren- und das 21. Jägerregiment, die von Murat abgegeben waren, unter den Befehlen des Generals Rivaud den Ausgang von Sale, einem auf der äußersten Rechten der Hauptposition gelegenen Dorf, besetzt.

Alle diese Korps, die miteinander Fühlung hatten und schräg mit dem linken Flügel nach vorn gestaffelt waren, machten einen Bestand von 80 bis 90 000 Mann Infanterie und 2500 Pferden aus. Mit ihnen sollten sich im Laufe des andern Tages die Divisionen Monnier und Boudet vereinigen, die nach den Befehlen des Generals Desaix im Rücken, etwa zehn Meilen von Marengo, die Dörfer Acqui und Castel-Novo besetzt hielten.

Seinerseits hatte General Melas während des 13. die Vereinigung der Truppen der Generale Haddick, Kaim und Ott vollendet. Am nämlichen Tage war er über den Tanes gegangen und biwakierte vor Alessandria mit 36 000 Mann Infanterie, 7000 Mann Kavallerie und einer zahlreichen, wohlbedienten und gut bespannten Artillerie.

Um 5 Uhr wurde Napoleon durch den Donner der Kanonen geweckt.

In demselben Augenblick und als er sich kaum angekleidet hatte, eilt ein Adjutant des Generals Lannes im Galopp mit der Meldung, der Feind sei über die Bormida gegangen, habe sich in der Ebene entwickelt und man schlage sich.

Der Offizier des Generalstabs, der auf Kundschaft ausgeschickt worden war, war nicht weit genug gegangen; es führte eine Brücke über den Fluss.

Bonaparte steigt sogleich zu Pferd und begibt sich in aller Eile auf den Kampfplatz.

Hier trifft er den Feind, der in drei Reihen aufgestellt ist; die eine, sein linker Flügel, der aus der ganzen Kavallerie und der leichten Infanterie besteht, marschiert über Sale auf Castelceriole zu, während Zentrum und rechter Flügel, die sich gegenseitig unterstützen und aus den Infanteriekorps der Generale Haddick, Kaim, O'Reilly und der Grenadierreserve, unter den Befehlen des Generals Ott, bestehen, auf der Straße von Tortona und über Fragarolo an der Bormida hinauf vorrücken.

Bei den ersten Schritten, die diese beiden Heeresteile machten, waren sie auf die Truppen des Generals Gardanne gestoßen, die, wie gesagt, bei Pedra-Bona aufgestellt waren. Das Getöse der zahlreichen Artillerie, die vor ihnen herzog, und hinter der sie den Angegriffenen dreimal überlegene Bataillone entwickelten, hatte Bonaparte geweckt und den Löwen auf das Schlachtfeld gelockt.

Er kam in dem Augenblick an, wo die gesprengte Division Gardanne sich wieder zu sammeln begann und ihr der General Victor die Division Chambarliac zur Hilfe sandte. Durch diese Hilfe geschützt, führten die Truppen Gardannes ihren Rückzug in guter Ordnung aus, und zogen ins Dorf Marengo ein.

Jetzt hören die österreichischen Truppen auf, in gedrängten Massen zu marschieren: sie entfalten sich auf dem sich vor ihnen erweiternden Felde in parallelen Linien, aber an Zahl bei weitem denen der Generale Gardanne und Chambailiac überlegen. Die erste dieser Linien war von General Haddick, die zweite von General Melas in Person kommandiert, während das Grenadierkorps des Generals Ott sich ein wenig rückwärts, rechts von dem Dorfe Castelceriolo, formierte.

Eine wie eine Verschanzung ausgetiefte Schlucht bildete einen Halbkreis um das Dorf Marengo. Der General Victor stellte hier die Divisionen Gardanne und Chambarliac, die eben zum zweiten Mal angegriffen werden sollen, in Linien auf. Kaum stehen sie in Schlachtordnung, so gibt ihnen Bonaparte den Befehl, Marengo so lange als möglich zu verteidigen; der Obergeneral hat erkannt, dass die Schlacht den Namen dieses Dorfes führen wird.

Nach einem Augenblick entbrennt der Kampf von neuem auf der ganzen Front der Linie, Plänkler feuern von beiden Seiten der Schlucht aufeinander, und die Kanonen donnern Kartätschen auf Pistolenschussweite auf den Feind. Unter dem Schutz dieser fürchterlichen Artillerie braucht sich der Feind nur auszudehnen, um uns zu überflügeln. Der General Rivaud, der den äußersten rechten Flügel der Brigade Gardanne kommandiert, rückt jetzt vor und stellt außerhalb des Dorfes unter dem heftigsten Feuer des Feindes ein Bataillon auf freiem Felde auf mit dem Befehle, sich töten zu lassen, ohne einen Schritt zu weichen; es bildet so eine Zielscheibe für die österreichische Artillerie, von der jede Kugel trifft. Aber inzwischen fasst General Rivaud seine Kavallerie zusammen, umreitet das Schutzbataillon, stürzt sich auf 3000 Österreicher, die mit gefälltem Bajonett vorrücken, wirft sie zurück und zwingt sie, obgleich er selbst von einer Flintenkugel verwundet ist, sich hinter ihrer Linie wieder zu sammeln: dann reitet er auf die rechte Seite des Bataillons, das wie eine Mauer stehengeblieben war, zurück.

In diesem Augenblick wird die Division des Generals Gardanne, an der sich das ganze feindliche Feuer seit dem Morgen erschöpft, nach Marengo geworfen, wohin ihr die erste Linie der Österreicher folgt, während die zweite die Division Chambarliac und die Brigade, Rivaud hindert, ihr zu Hilfe zu kommen; auch sind diese, selbst zurückgeworfen, bald gezwungen, sich auf ihrem Rückzug an den Enden des Dorfes zu schlagen. Hinter diesem vereinigen sie sich wieder; der General Victor formiert sie aufs neue, erinnert sie daran, welchen Wert der Erste Konsul auf den Besitz von Marengo legt, stellt sich an ihre Spitze und dringt in die Straßen, die die Österreicher noch nicht Zeit gehabt hatten zu verbarrikadieren, nimmt das Dorf, verliert es, nimmt es noch einmal, ist aber, von der Überzahl erdrückt, gezwungen, es zum zweiten Mal zu verlassen. Dann stellt er, von den beiden Divisionen des Generals Lannes, der ihm zu Hilfe kommt, unterstützt, seine Linie parallel mit der des Feindes auf, der seinerseits aus Marengo vorrückt, sich entwickelt und eine unermessliche Schlachtlinie darbietet. Sogleich entwickelt sich Lannes, der die beiden Divisionen des Generals Victor wieder vereinigt und kampfbereit steht, nach rechts, als eben die Österreicher im Begriff sind, uns zu überflügeln. Dieses Manöver bringt ihn den Truppen des Generals Kaim, die eben Marengo genommen haben, gegenüber; die beiden Korps, das eine durch seinen Erfolg begeistert, das andere von der Ruhe erfrischt, schlagen sich mit Wut, und der Kampf, der einen Augenblick geruht hat, entspinnt sich auf der ganzen Linie heftiger als je.

Nach einstündigem Kampfe, wo Mann gegen Mann mit dem Bajonett ringt, wankt das Armeekorps des Generals Kaim und zieht sich zurück. Der General Champeaux stürzte an der Spitze des ersten und achten

Dragonerregiments auf die Weichenden und bringt sie noch mehr in, Unordnung, worauf General Watrin sie mit dem 6. leichten und dem 22. und 40. Linienregiment verfolgt und sie auf 100 Ellen (200 Meter) hinter den Bach Barbotta zurückwirft. Aber die Bewegung, die er gemacht, hat ihn von seinem Armeekorps getrennt, die Divisionen des Generals Victor sind durch seinen Sieg gefährdet, und er ist genötigt, den Posten wieder einzunehmen, den er einen Augenblick offen gelassen hat.

Zur gleichen Zeit tat Kellermann auf dem linken Flügel, was Watrin soeben auf dem rechten getan hatte. Zwei seiner Kavallerieangriffe hatten die feindliche Linie durchbrochen; aber nach der ersten war er auf eine zweite Linie gestoßen, und da er wegen der Überzahl den Kampf nicht wagte, ging ihm die Frucht des augenblicklichen Sieges verloren.

Am Mittag wurde diese Linie, die wie eine feurige Schlange fast eine Meile lang hin und her wogte, im Zentrum zurückgedrängt, nachdem sie das Menschenmögliche geleistet hatte; sie zog sich zurück, nicht besiegt, sondern zerschmettert von dem Feuer der Artillerie und zerdrückt durch den Stoß der Massen. Das Korps entblößte durch den Rückzug seine Flügel, die daher gezwungen waren, der rückgängigen Bewegung des Zentrums zu folgen; und Watrin und Kellermann gaben beide ihren Divisionen den Befehl zum Rückzug.

Der Rückzug wurde sogleich regelmäßig, wie auf dem Schachbrett, unter dem Feuer von achtzig Stück Geschütz, die dem Marsche der österreichischen Bataillone vorarbeiteten, vollzogen. Zwei Stunden weit zog sich die ganze Armee, von Kanonenkugeln durchfurcht, von Kartätschen zerfleischt und von Haubitzen zerrissen, zurück, ohne dass ein einziger Mann seine Reihe verließ, um zu fliehen, und indem sie die verschiedenen vom Ersten Konsul angeordneten Bewegungen mit der Regelmäßigkeit und der Kaltblütigkeit einer Parade ausführte. In diesem Augenblick erschien die erste österreichische Kolonne, die, wie geschildert, nach Castelceriolo marschiert und noch nicht ins Feuer gekommen war, indem sie uns rechts überflügelte. Dieser Andrang wäre zu stark gewesen, und Bonaparte entschied sich daher, die Konsulargarde zu verwenden, die er mit zwei Grenadierregimentern als Reserve aufgespart hatte. Er ließ sie bis auf 300 Ellen (600 Meter) auf der äußersten Rechten vorrücken, befahl ihr, sich in Vierecken aufzustellen und Elsnitz mit seiner Kolonne *wie durch eine Granitschanze* aufzuhalten.

General Elsnitz beging jetzt den Fehler, in den Bonaparte gehofft hatte, dass er fallen würde. Statt diese 900 Mann, die im Rücken einer siegreichen Armee nicht zu fürchten waren, unbeachtet zu lassen und weiter zu marschieren, um den Generalen, Melas und Kaim zu Hilfe zu kommen, verbiss er sich in diese Handvoll Tapferer, die alle ihre Patronen beinahe auf Schussweite abschossen, ohne überwältigt zu werden, und, als sie ihre Kugeln verschossen hatten, den Feind mit der Spitze des Bajonetts empfingen.

Allein diese Handvoll Leute konnte es unmöglich lange so aushalten, und Bonaparte wollte ihnen daher Befehl geben lassen, der rückgängigen Bewegung der übrigen Armee zu folgen, als eine der Divisionen Desaix', die des Generals Monnier, im Rücken der französischen Linie erschien. Bonaparte zitterte vor Freude; es war die Hälfte der erwarteten Verstärkung. Sofort wechselt er ein paar Worte mit General Dupont, dem Chef des Generalstabs. General Dupont stürzt auf sie zu, übernimmt das Kommando, findet sich einen Augenblick von der Kavallerie des Generals Elsnitz umringt, durchbricht ihre Reihen und stößt mit schrecklichem Ansturm auf die Division des Generals Kaim, die schon auf General Lannes losbrach, und treibt den Feind bis zum Dorfe Castelceriolo zurück. In diesen Ort wirft er eine seiner Brigaden unter den Befehlen des Generals Carra Saint-Cyr, der die überraschten und durch den ungestümen Angriff ganz verblüfften Tiroler Jäger und die Wolfsjäger daraus vertreibt, befiehlt ihm im Namen des Ersten Konsuls, sich hier eher mit allen seinen Leuten töten zu lassen, als zu weichen; dann macht er auf dem Rückweg das Bataillon der Konsulargarde und die zwei Grenadierregimenter, die sich unter den Augen der ganzen Armee so schön verteidigt hatten, frei und schließt sich nun der rückgängigen Bewegung an, die fortwährend, mit derselben Ordnung und Genauigkeit ausgeführt wird.

Es war drei Uhr mittags. Von 19 000 Mann, die um fünf Uhr morgens die Schlacht eröffnet hatten, waren auf einem Bogen von zwei Meilen kaum noch 8000 Mann Infanterie, 1000 Pferde und 6 Kanonen übrig und kampffähig; der vierte Teil der Armee war kampfunfähig, und mehr als das zweite Viertel war aus Mangel an Wagen mit dem Transport der Verwundeten beschäftigt, die nach Bonapartes Befehl nicht zurückgelassen werden durften. Alles zog sich zurück, mit Ausnahme des Generals Carra Saint-Cyr, der, das Dorf Castelceriolo besetzt haltend, schon über eine Meile von der Hauptarmee entfernt war. Noch eine halbe Stunde, und es schien allen unvermeidlich, dass der Rückzug sich in ungeordnete Flucht auflösen musste. Da sprengt ein der Division Desaix, auf der zur Stunde nicht nur das Glück des Tages, sondern das Schicksal Frankreichs ruht, vorausgeschickter Adjutant in vollem Galopp an mit der Nachricht, dass die Spitze ihrer Kolonnen auf der Höhe von San Giuliano erscheint. Bonaparte wendet sich um, sieht den Staub, der ihre Ankunft bezeichnet, wirft einen, letzten Blick auf die ganze Linie und gebietet Halt!

Das elektrische Wort läuft durch die Front der Schlacht: alles macht halt. In diesem Augenblick kommt Desaix an, der seiner Division eine halbe Stunde vorauseilt. Bonaparte zeigt ihm die mit Toten bedeckte Ebene und fragt ihn, was er von der Schlacht denke. Desaix übersieht alles mit einem Blick: »Ich denke, sie ist verloren,« sagt er; dann zieht er seine Uhr: »aber es ist erst drei Uhr, und wir haben noch Zeit, eine zweite zu gewinnen.« »Das ist meine Absicht.« erwiderte lakonisch Bonaparte, »und ich habe zu diesem Zweck Vorkehrungen getroffen.«

In der Tat, hier fängt der zweite Abschnitt des Tages an oder vielmehr die zweite Schlacht von Marengo, wie Desaix sie genannt hat.

Bonaparte reitet an der Front der Linie, die sich jetzt von San Giuliano nach Castelceriolo erstreckt, vorüber.

»Kameraden,« ruft er mitten in den Kugeln, die die Erde unter den Füßen seines Pferdes aufwühlen, »wir haben zu viele Schritte rückwärts gemacht; der Augenblick ist gekommen, vorwärtszugehen. Vergesst nicht, dass ich gewohnt bin, auf dem Schlachtfelde zu schlafen!«

Der Ruf: »Es lebe Bonaparte! Es lebe der Erste Konsul!« erhebt sich von allen Seiten und erstirbt in den Wirbeln der Trommeln, die zum Angriff schlagen.

Die verschiedenen Armeekorps waren jetzt in folgender Ordnung aufgestellt: der General Carra Saint-Cyr behauptete fortwährend, trotz den Anstrengungen, die der Feind machte, es wiederzunehmen, das Dorf Castelceriolo, die Hauptstütze der ganzen Armee.

Nach ihm kamen die zweite Brigade der Division Monnier, die Grenadiere und die Konsulargarde, die, zwei Stunden lang allein gegen das ganze Armeekorps des Generals Elsnitz ausgehalten hatten.

Hierauf die zwei Divisionen Lannes'.

Dann die Division Boudet, die noch nicht im Feuer war, und an deren Spitze sich der General Desaix befand, der scherzend sagte, es werde ihm Unglück begegnen, da ihn die österreichischen Kugeln seit den zwei Jahren, die er in Ägypten gewesen sei, nicht mehr kennten.

Endlich die zwei Divisionen Gardanne und Chambarliac, die während des Tags am meisten mitgenommen worden und von denen kaum mehr 1500 Mann übrig waren.

Alle diese Divisionen waren in einer Diagonale hintereinander aufgestellt. Die Kavallerie stand auf der zweiten Linie, bereit, in die Zwischenräume der Korps einzurücken: die Brigade des Generals Champeaux lehnte sich an die Straße von Tortona; die des Generals Kellermann stand im Zentrum zwischen dem Korps Lannes und der Division Boudet.

Die Österreicher, die von der uns zugekommenen Verstärkung nichts gesehen haben und glauben, der Tag sei gewonnen, rücken in guter Ordnung immer weiter vor. Eine Kolonne von 5000 Grenadieren, von General Zach kommandiert, dringt auf der großen Straße vor und marschiert im Sturmschritt gegen die Division Boudet, die San Giuliano deckt. Bonaparte lässt fünfzehn Kanonen als Batterie aufstellen, die eben angekommen waren und von der Division Boudet maskiert werden; dann kommandiert er mit einem Wort, das im Umkreis einer ganzen Stunde widerhallt: »*Vorwärts!*« Das ist der allgemeine Befehl: folgendes sind die besonderen:

Carra-Saint-Cyr soll das Dorf Castelceriolo verlassen, alles, was sich ihm entgegenstellt, über den Haufen werfen und sich der Brücken über die Bormida bemächtigen, um den Österreichern den Rückzug abzuschneiden. General Marmont soll die Artillerie demaskieren, wenn man nur noch auf Pistolenschussweite vom Feinde entfernt ist. Kellermann soll mit seiner schweren Kavallerie in die gegenüberstehende Linie eine Öffnung brechen, wie er sie so gut zu brechen weiß. Desaix soll mit seinen frischen Truppen die Grenadiere General Zachs vernichten; endlich soll Champeaux mit seiner leichten Kavallerie sofort einhauen, wenn die bisherigen Sieger zum Rückzug blasen.

Die Befehle werden, kaum gegeben, sofort befolgt; mit einer einzigen Bewegung haben unsere Truppen wieder die Offensive ergriffen; auf der ganzen Linie kracht das Gewehrfeuer und donnern die Kanonen. Der schreckliche Sturmschritt, zu dem die Marseillaise den Takt gibt, lässt sich hören. Ist ein Führer auf der anderen Seite des Engpasses angekommen, so zögert er keinen Augenblick, in die Ebene zu dringen. Die von Marmont enthüllte Batterie speit Feuer; Kellermann stürzt mit seinen Kürassieren vor und durchbricht beide Linien; Desaix sprengt über die Gräben, setzt über die Hecken, langt auf einer kleinen Erhöhung an und fällt in dem Augenblick, wo er sich umdreht, um zu sehen, ob seine Division ihm folgt. Durch seinen Tod wird das Feuer seiner Soldaten nicht gedämpft, sondern verdoppelt. Der General Boudet nimmt seine Stelle ein und stürzt auf die Kolonne der Grenadiere, die ihn mit dem Bajonett empfängt. In diesem Augenblick kehrt Kellermann, der, wie oben gesagt, bereits die beiden Linien durchbrochen hat, um, sieht die

Division Boudet im Handgemenge mit dieser unbeweglichen Masse, die sie nicht zum Weichen bringen kann, fällt ihr in die Flanke, dringt in die Zwischenräume, öffnet, vierteilt und bricht sie. In weniger als einer halben Stunde sind die 5000 Grenadiere durchbrochen, geworfen, zerstreut: sie verschwinden wie Rauch, zerschmettert, vernichtet, der General Zach und sein Generalstab werden gefangen, und das ist alles, was davon übrigbleibt.

Jetzt will der Feind seinerseits seine unzählige Kavallerie angreifen lassen, aber das unaufhörliche Feuer der Musketen, die verzehrenden Kartätschen und das furchtbare Bajonett lassen ihn nicht weit kommen. Murat manövriert in seinen Mannen mit zwei Stücken leichter Artillerie und einer Haubitze, die ihm noch im Fahren den Tod zuschleudern. In diesem Augenblick zerplatzt in den Reihen der Österreicher ein Munitionswagen und vermehrt noch die Unordnung. Darauf hat General Champeaux mit seiner Reiterei gewartet; er bricht vor, verdeckt durch ein geschicktes Manöver seine geringe Zahl und dringt mitten in die Feinde ein. Die Divisionen Gardanne und Chambarliac, denen der frühere Rückzug noch schwer auf dem Herzen liegt, fallen über sie mit der ganzen Wut der Rache her: Lannes stellt sich an die Spitze seiner zwei Armeekorps und stürzt ihnen voran mit dem Rufe: »Montebello! Montebello! Bonaparte ist überall.«

Jetzt schwankt alles, alles zieht sich zurück, alles löst sich; die österreichischen Generale versuchen umsonst, den Rückzug zu regeln: der Rückzug wird zur regellosen Flucht: in einer halben Stunde durchziehen die französischen Divisionen die Ebene, die sie Fuß um Fuß vier Stunden lang verteidigt haben: erst in Marengo hält der Feind an, wo er sich wieder unter dem Feuer der Plänkler sammelt, die General Carra Saint-Cyr von Castelceriolo bis an den Bach Barbotta geworfen hat. Aber die Division Boudet, die Divisionen Gardanne und Chambailiac verfolgen ihn ihrerseits von Straße zu Straße, von Platz zu Platz, von Haus zu Haus. Marengo ist genommen: die Österreicher ziehen sich auf Pedra-Bona zurück, wo sie auf der einen Seite von den drei Divisionen, die so erbittert auf sie sind, und auf der andern von der Halbbrigade Carra Saint-Cyrs angegriffen werden. Um neun Uhr abends ist Pedra-Bona genommen, und die Divisionen Gardanne und Chambarliac haben ihre Stellungen vom Morgen wieder gewonnen. Der Feind stürzt gegen die Brücken, um über die Bormida zu gehen, aber er stößt auf den General Carra Saint-Cyr, der ihm zuvorgekommen ist. Da sucht er Furten und setzt über den Fluss unter dem Feuer aller unserer Linien, das erst um 10 Uhr abends erlischt, die Trümmer der österreichischen Armee erreichen wieder ihr

Lager von Alessandria, die französische Armee biwakiert vor den Verschanzungen des Brückenkopfs.

Der Tag hatte die Österreicher 4500 Tote, 8000 Verwundete, 7000 Gefangene, 12 Fahnen und 20 Geschütze gekostet.

Vielleicht niemals hat sich das Glück an einem und demselben Tage von zwei so verschiedenen Seiten gezeigt. Um 2 Uhr nachmittags war es für die Franzosen eine Niederlage samt allen ihren verderblichen Folgen; um 5 Uhr hatte sich der Sieg dem Banner von Arcole und Lodi wieder zugewendet; um 10 Uhr war Italien mit einem Schlage wiedererobert und winkte der französische Thron.

Am folgenden Morgen meldete sich der Fürst von Liechtenstein bei den Vorposten, um dem Ersten Konsul die Aufträge des Generals Melas zu überbringen. Da sie aber Bonaparte nicht zusagten, diktierte er ihm dafür die seinigen zur Übermittelung an Melas. Die österreichische Armee sollte frei und mit kriegerischen Ehren Alessandria verlassen dürfen, jedoch unter den bekannten Bedingungen, die ganz Italien wieder vollständig unter französische Herrschaft brachten.

Der Fürst von Liechtenstein kehrte am Abend ins französische Hauptquartier zurück. Melas, der um 3 Uhr den Tag gewonnen geglaubt, die Vervollständigung unserer Niederlage seinen Generalen überlassen und sich zum Ausruhen nach Alessandria zurückbegeben hatte, war der Ansicht gewesen, die Bedingungen seien zu hart. Aber gleich bei den ersten dahin zielenden Bemerkungen unterbrach Bonaparte den Abgesandten mit den Worten:

»Ich habe Ihnen meine letzte Willensmeinung erklärt, überbringen Sie sie Ihrem General und kommen Sie schnell zurück, denn sie ist unwiderruflich. Sie müssen wissen, dass ich Ihre Lage so gut kenne, wie Sie selbst, denn ich führe nicht erst seit gestern Krieg. Sie sind in Alessandria belagert, Sie haben viele Verwundete und Kranke, es fehlt Ihnen an Lebensmitteln und Arznei, während ich Ihre ganze Rückzugslinie besetzt halte. Sie haben an Getöteten oder Verwundeten den Kern ihres Heeres verloren. Ich könnte noch mehr verlangen, meine Stellung berechtigt mich dazu; aber ich mäßige meine Forderungen aus Achtung für die grauen Haare Ihres Generals.«

»Diese Bedingungen sind hart!« erwiderte der Fürst, »besonders die Rückgabe Genuas, das nach einer so langen Belagerung vor kaum fünfzehn Tagen gefallen ist.«

»Wenn Sie nur das beunruhigt.« entgegnete der Erste Konsul, dem Fürsten ein aufgefangenes Schreiben zeigend, »so sehen Sie hieraus, dass

Ihr Kaiser die Einnahme von Genua noch gar nicht erfahren hat, und man braucht sie ihm nur nicht zu melden.«

Noch am Abend wurden alle seine Bedingungen angenommen, und Bonaparte schrieb an seine Kollegen:

»Am Tage nach der Schlacht von Marengo, Bürger, Konsuln, hat der General Melas auf den Vorposten die Erlaubnis nachgesucht, mir den General Schall zu schicken. Im Laufe des Tages ist dann die Übereinkunft abgeschlossen worden, die hier beiliegt. Sie ist während der Nacht von General Berthier und General Melas unterzeichnet worden. Ich hoffe, das französische Volk wird mit seiner Armee zufrieden sein.

Bonaparte.«

So war die Prophezeiung erfüllt, die der Erste Konsul seinem Sekretär vier Monate zuvor im Kabinett der Tuilerien verkündet hatte.

Darauf kehrte Bonaparte nach Mailand zurück, wo er die Stadt erleuchtet und von lebhafter Freude erfüllt vorfand. Dort erwartete ihn auch Massena, den er seit dem ägyptischen Feldzuge nicht mehr gesehen hatte, und erhielt zur Vergeltung für seine schöne Verteidigung Genuas den Oberbefehl der italienischen Armee.

Dann begab sich der Erste Konsul, vom Jubelruf der Völker begleitet, nach Paris zurück. Er kam nachts in der Hauptstadt an; als aber die Pariser am Morgen seine Rückkehr erfuhren, eilten sie in Massen mit solchem Geschrei und so ungeheurer Begeisterung nach den Tuilerien, dass sich der junge Sieger von Marengo auf dem Balkon zeigen musste.

Einige Tage darauf wurde die allgemeine Freude durch eine entsetzliche Nachricht verdüstert. Kleber war zu Kairo unter dem Dolche Soliman-el-Alebis an demselben Tage gefallen, an dem Desaix auf den Ebenen von Marengo unter den Kugeln der Österreicher fiel.

Infolge der von Berthier und dem General Melas in der auf die Schlacht folgenden Nacht unterzeichneten Übereinkunft wurde am 5. Juli ein Waffenstillstand geschlossen, der aber am 5. September gebrochen und erst nach dem Sieg bei Hohenlinden wieder erneuert wurde.

Während dieser Zeit nahmen die Verschwörungen ihren Fortgang. Ceracchi, Arena, Topineau-le-Brun und Demerville waren in der Oper verhaftet worden, wo sie sich dem Ersten Konsul genähert hatten, um ihn zu ermorden. Eine Höllenmaschine war in der Straße Saint-Nicaise fünfundzwanzig Schritte hinter seinem Wagen aufgeflogen, und Ludwig XVIII. schrieb an Bonaparte einen Brief über den andern, er solle ihm seinen Thron zurückgebend.

Anmerkung:
Ein erster vom 20. Februar 1800 datierte Brief lautet folgendermaßen: »Männer wie Sie, mein Herr, flößen niemals Besorgnis ein, mag auch der Schein gegen sie sein. Sie haben einen ausgezeichneten Platz errungen, und ich weiß Ihnen Dank dafür. Besser als einer wissen Sie, dass Kraft und Macht erforderlich ist, um eine große Nation glücklich zu machen. Retten Sie Frankreich vor seiner eigenen Wut, und Sie werden den Wunsch meines Herzens erfüllen. Geben Sie ihm seinen König zurück, und die künftigen Geschlechter werden Ihr Andenken ehren. Sie werden für den Staat immer nur allzu nötig sein, als dass ich durch Übertragung wichtiger Stellen meines Ahnen Schuld und die meinige bezahlen könnte.

Ludwig.«

Da dieser Brief unbeantwortet geblieben war, so folgte ihm ein zweiter, in dem es hieß: »Lange schon, General, müssen Sie wissen, dass Sie meine Hochachtung erworben haben. Vermöchten Sie an meiner Erkenntlichkeit zu zweifeln, so bezeichnen Sie Ihren Platz, bestimmen Sie das Los Ihrer Freunde! Was meine Grundsätze betrifft, so bin ich Franzose. Milde von Charakter, werde ich es auch aus guten Gründen sein. Nein, der Sieger von Lodi, Castiglione und Arcole, der Eroberer von Italien und Ägypten kann unmöglich eine eitle Prunkstellung über wahren Ruhm stellen. Indessen verlieren Sie eine kostbare Zeit. Wir können Frankreichs Ruhm sicherstellen. Ich sage *wir*, weil ich Bonapartes dazu bedarf und er es ohne mich nicht zu erreichen vermöchte. General, Europa schaut auf Sie, der Ruhm erwartet Sie, und ich bin ungeduldig, meinem Volke den Frieden wiederzugeben.

Ludwig.«

Bonaparte antwortete am 24. September: »Ich habe Ihren Brief erhalten, mein Herr! Ich danke Ihnen für die Artigkeiten, die Sie mir darin sagen. Sie können Ihre Rückkehr nach Frankreich nicht wünschen, denn Sie müssten auf hunderttausend Leichnamen einziehen. Opfern Sie Ihr Interesse der Ruhe und dem Glück Frankreichs, die Geschichte wird es Ihnen gutschreiben. Ich bin nicht fühllos gegen das Unglück Ihrer Familie und werde mit Vergnügen erfahren, dass Sie alles um sich haben, was Ihnen in Ihrer Zurückgezogenheit Ruhe gewähren kann.

Bonaparte.«

Um das Bild dieser Unterhandlungen vollständig zu machen, wollen wir noch den vielgenannten Brief, mit dem Ludwig XVIII. drei Jahre später seine Ansprüche auf den Thron Frankreichs festhielt, ins Gedächtnis rufen: »Ich verwechsle Herrn Bonaparte nicht mit seinen Vorgängern; ich schätze seinen Wert, seine militärischen Talente; ich weiß ihm für mehrere Verwaltungsmaßnahmen Dank, was man Gutes an meinem Volke tut, wird mir immer teuer sein, aber er täuscht sich, wenn er glaubt, er könne mich zum Aufgeben meiner Rechte bewegen, im Gegenteil, er würde sie, könnten sie jemals anfechtbar werden, durch den Schritt, den er in diesem Augenblick tut, selbst begründen. Mir ist unbekannt, was Gott über meinen Stamm und mich verhängt hat, aber ich kenne die Verpflichtungen, die er mir durch den Rang, worin er mich geborenwerden ließ, auferlegte. Als Christ werde ich den Verpflichtungen bis zu meinem letzten Seufzer nachkommen, als Sohn des heiligen Ludwig werde ich mich, seinem Beispiel getreu, auch in den Fesseln zu achten wissen! als Nachfolger Franz des I. will ich wenigstens gleich ihm sagen können: »Wir haben alles verloren, nur die Ehre nicht!«

Endlich, am 9. Februar wurde der Vertrag von Lüneville unterzeichnet, der alle Bedingungen des Friedens von Campo Formio bestätigte. Alle auf dem linken Rheinufer gelegenen Staaten wurden neu an Frankreich abgetreten, die Etsch als Grenze der österreichischen Besitzungen festgesetzt, die Zisalpinische, Batavische und Helvetische Republik vom Kaiser anerkannt, endlich Toskana an Frankreich überlassen.

Die Republik war im Frieden mit der ganzen Welt, außer mit England, ihrem alten und ewigen Feind. Diesen beschloss Bonaparte mit einer gewaltigen Kundgebung in Schreck zu setzen. Ein Lager von 200 000 Mann wurde bei Boulogne angelegt, und eine ungeheure Menge flacher, zum Transport dieser Armee bestimmter Fahrzeuge in allen nördlichen Häfen Frankreichs zusammengebracht. England erschrak, und am 25. März 1802 wurde der Vertrag von Amiens unterzeichnet.

Unterdessen ging der Erste Konsul mit unvermerkten Schritten, doch rasch dem Throne entgegen, und Bonaparte machte sich allmählich zum Napoleon. Am 15. Juli 1801 unterzeichnete er ein Konkordat mit dem Papst; am 21. Januar 1802 nahm er den Präsidententitel der Zisalpinischen Republik an; am folgenden 2. August wurde er zum Lebenslänglichen Konsul ernannt; am 21. März 1804 ließ er den Herzog von Enghien in den Gräben von Vincennes erschießen.

Nachdem der Revolution dieses letztes Unterpfand gegeben war, wurde an Frankreich die große Frage gerichtet: » *Soll Napoleon Bonaparte Kaiser der Franzosen sein?*«

Fünf Millionen Unterschriften antworteten bejahend, und Napoleon stieg auf den Thron Ludwigs XVI. Nur drei Männer legten im Namen der Wissenschaft, dieser ewigen Republik, die keine Cäsaren hat und keinen Napoleon anerkennt, Verwahrung ein.

Diese Männer waren Lemercier, Ducis und Chateaubriand.

Napoleon Kaiser.

Die letzten Augenblicke des Konsuls dienten dazu, mit Hinrichtungen oder Gnadenerweisen die Wege zum Thron zu ebnen. Einmal auf den Kaiserthron gelangt, machte sich Napoleon an eine neue Organisation des Reiches.

Der alte Lehnsadel war verschwunden, Napoleon schuf einen neuen volkstümlichen. Die verschiedenen Ritterorden waren in Missachtung gesunken. Napoleon setzte die Ehrenlegion ein. Seit zwölf Jahren war der Generalsrang die höchste militärische Auszeichnung, Napoleon setzte zwölf Marschälle ein.

Diese zwölf Marschälle waren die Gefährten seiner Mühen, Geburt und Gunst hatten keine Stimme bei ihrer Wahl. Alle hatten ihre Tapferkeit zur Mutter und den Sieg zum Vater. Die Auserkorenen waren Berthier, Murat, Moncey, Jourdan, Massena, Augereau, Bernadotte, Soult, Brune, Lannes, Mortier, Ney, Daooust, Bessieres, Kellermann, Lefèvre, Pérignon und Serrurier.[16]

Heute, nach 39 Jahren, leben noch drei, die die Sonne der Republik aufgehen und den Stern des Kaiserreichs sinken sahen; der erste ist zur Stunde, wo wir diese Zeilen schreiben, Gouverneur der Invaliden (Moncey), der zweite Präsident des Ministerrats (Soult) und der dritte König von Schweden (Bernadotte), als die einzigen und letzten Reste der kaiserlichen Plejaden; die beiden ersten haben sich auf ihrer Höhe gehalten, und der dritte ist noch höher gestiegen.

---

[16] Ich kann nichts dafür, aber wenn man diese »zwölf« zählt, so kommen achtzehn heraus. Es wurden zunächst 14 Marschälle ernannt, und zwar die oben zuerst genannten 14. Zwei Marschallstäbe wurden zur Belohnung für tüchtige Dienste aufbewahrt, und die 4 oben zuletzt genannten alten Generale empfingen den Titel Ehrenmarschall. A. d. Ü.

Am 2. Dezember 1804 fand die Salbung in der Kirche Notre-Dame statt; der Papst Pius VII. war ausdrücklich von Rom gekommen, um die Krone auf das Haupt des neuen Kaisers zu setzen. Von seiner Garde begleitet, in einem achtspännigen Wagen, Josephine neben ihm, begab sich Napoleon in die Hauptkirche. Der Papst, die Kardinäle und die Erzbischöfe, die Bischöfe und alle großen Staatskörperschaften erwarteten ihn in der Kathedrale, auf deren Stufen er einige Augenblicke stillhielt, um eine Anrede anzuhören und darauf zu antworten. Sodann trat er in die Kirche ein und stieg, die Krone auf dem Haupt und das Zepter in der Hand, auf den für ihn bereiteten Thron. In dem durch das Zeremoniell bezeichneten Augenblick kam ein Kardinal, der Groß-Almosenier, und ein Bischof, um ihn abzuholen, und geleiteten ihn zum Fuße des Altars; jetzt nahte sich ihm der Papst und sprach, indem er ihm auf Haupt und beide Hände die dreifache Salbung erteilte, mit lauter Stimme folgende Worte:

»Gott, Allmächtiger, der du Hasael gesetzt hast, Syrien zu regieren, der du Jehu gemacht hast zum König in Israel und ihnen geoffenbart deinen Willen durch den Mund des Propheten Elias, du, der gleichermaßen ausgegossen hat die heilige Ölung der Könige auf das Haupt von Saul und David durch die Hand des Propheten Samuel, gieße durch meine Hände die Schätze deiner Gnade und deiner Segnungen über deinen Knecht Napoleon aus. den wir trotz unserer persönlichen Unwürdigkeit heute in deinem Namen zum Kaiser weihen.«

Darauf stieg der Papst langsam und majestätisch wieder auf seinen Thron. Man brachte dem neuen Kaiser die heiligen Evangelien: er streckte die Hand darüber aus und leistet den durch die Konstitution vorgeschriebenen Eid. Nach Leistung des Eides rief der Oberste der Wappenherolde mit starker Stimme:

»Der sehr glorreiche und sehr erhabene Kaiser der Franzosen ist gekrönt und auf den Thron gesetzt. – Es lebe der Kaiser!«

Sofort ertönte die Kirche von demselben Rufe; eine Artilleriesalve erwiderte ihn mit eherner Stimme, und der Papst stimmte das *Te Deum* an. Ganz aus war es von dieser Stunde an mit der Republik; *die Revolution hatte sich verkörpert.*

Aber an *einer* Krone genügte es nicht; der Riese mit den hundert Armen des Geryon hatte, schien es, auch dessen drei Köpfe. Am 17. März 1805 kam Herr von Melzi, Vizepräsident per Staatskonsulta der Zisalpinischen Republik, ihm die Vereinigung des *Königreichs* Italien mit dem französischen Kaiserreiche anzubieten, und am 26. Mai empfing er zu Mailand in dem Dome, dessen Stein Galeas Visconti gelegt hatte, und dessen letzte Verzierungen er selbst meißeln lassen sollte, die eiserne Krone der alten Lombardenkönige, die Karl der Große getragen hatte, und die er nun auf sein Haupt setzte, mit den Worten: »Gott hat sie mir gegeben, wehe dem, der sie berührt!«

Von Mailand, wo er Eugen mit dem Titel eines Vizekönigs zurücklässt, begibt sich Napoleon nach Genua, das seiner Souveränität entsagt, und dessen mit dem Kaiserreich vereintes Gebiet fortan die drei Departements Genua, Montenotte und Apenninen bilden. Bei dieser Gelegenheit machte er auch die Republik Lukka zum Fürstentum Piombino. Napoleon, der aus seinem Stiefsohn einen Vizekönig und aus seiner Schwester eine Prinzessin macht, schickt sich an, aus seinen Brüdern Könige zu machen.

Mitten in dieser Neugestaltung von Ruinen erfährt Napoleon, dass England, um der ihm angedrohten Landung zu entgehen, Österreich abermals zu dem Entschluss bewogen hat, Frankreich mit Krieg zu überziehen. Nicht genug! Paul I., unser ritterlicher Bundesgenosse, war ermordet worden; Alexander hat des Vaters Doppelkrone als Hoherpriester und Kaiser geerbt. Eine seiner ersten Regierungshandlungen war der Abschluss eines Allianzvertrages mit dem britischen Ministerium am 11. April 1805 gewesen; und eben diesem Vertrag, der Europa zu einer dritten Koalition aufbietet, ist Österreich am 9. August beigetreten.

Diesmal sind es wiederum die verbündeten Monarchen, die den Kaiser zwingen das Zepter niederzulegen, und den General, wieder zum Degen zu greifen. Napoleon begibt sich am 25. September in den Senat, erwirkt eine Aushebung von 80 000 Mann, reist am folgenden Tag ab, geht am 1. Oktober über den Rhein, betritt am 6. Bayern, entsetzt München am 12., nimmt Ulm am 20. und bemächtigt sich Wiens am 13. November. Am 29. d. M. vereinigt er sich mit der italienischen Armee und steht am 2. Dezember, dem Jahrestag seiner Krönung, den Russen und Österreichern in den Ebenen von Austerlitz gegenüber.

Am Abend zuvor hatte Napoleon den Fehler entdeckt, den seine Feinde begingen, indem sie alle ihre Streitkräfte um das Dorf Austerlitz zusammenzogen, um den linken[17] Flügel der Franzosen zu umgehen.

Gegen Mittag war er mit den Marschällen Soult, Bernadotte und Bessières zu Pferde gestiegen, durch die Reihen der Gardeinfanterie und -kavallerie, die auf der Ebene von Schlapanitz unter den Waffen standen, geritten und hatte sich dabei bis auf die Vorpostenlinie von Murats Reiterei, die einige Karabinerschüsse mit dem Feinde wechselte, hinausge-

---

[17] Den rechten Flügel. A. d. Ü.

wagt. Von da hatte er mitten in dem Kugelregen die Bewegungen der verschiedenen Kolonnen beobachtet und, von einem plötzlichen Geistesblitz erleuchtet, wie sie seinem Genie eigen waren, Kutusoffs ganzen Plan geahnt. Von diesem Augenblick an war Kutusoff in seiner Vorstellung geschlagen, und als er in seine Baracke, die er sich inmitten seiner Garde auf einer die ganze Ebene beherrschenden Plattform hatte aufschlagen lassen, zurückkehrte, sagte er, sein Ross umwendend, mit einem letzten Blick auf den Feind: »Bevor morgen die Sonne untergeht, wird diese ganze Armee mein sein.«

Gegen 5 Uhr nachmittags wurde der Armee folgender Tagesbefehl bekanntgegeben:

»Soldaten, die russische Armee steht vor euch, um den Unfall der Österreicher bei Ulm zu rächen. Es sind dieselben Bataillone, die ihr bei Hollabrunn geschlagen und seither ununterbrochen verfolgt habt.

Unsere Stellungen sind furchtbar, und während der Feind versuchen wird, meinen rechten Flügel zu umgehen, wird er mir seine Flanke preisgeben.

Soldaten, ich selbst werde eure Bataillone führen; ich werde weit vom Feuer bleiben, wenn ihr mit eurer gewohnten Tapferkeit Verderben und Verwirrung in den feindlichen Reihen verbreitet; sollte aber der Sieg nur einen Augenblick zweifelhaft sein, so würdet ihr sehen, wie sich euer Kaiser den ersten Streichen aussetzt; denn der Sieg darf nicht ungewiss sein, am wenigsten an einem Tage, wo es sich um die Ehre der französischen Infanterie handelt, die so viel zur Ehre der ganzen Nation beiträgt.

»Keiner verlasse unter dem Vorwand, die Verwundeten fortzubringen, die Reihen, und jeder durchdringe sich mit dem Gedanken, dass diese Söldlinge Englands überwunden werden müssen, die von so großem Hasse gegen unsere Nation beseelt sind.

»Dieser Sieg wird unserm Feldzug ein Ende machen, und wir werden Winterquartiere beziehen können, wo die neuen Armeen, die sich in Frankreich bilden, zu uns stoßen, und dann werde ich einen Frieden schließen, der meines Volkes, euer und meiner würdig ist.«

Lassen wir jetzt Napoleon selbst reden; hören wir, wie Cäsar von Pharsalus erzählt!

»Den 30. bezogen die Feinde ein Biwak bei Hogieditz. Diesen ganzen Tag über durchritt ich die Gegend; ich sah, dass es bloß von mir abhing, meinem rechten Flügel einen guten Stützpunkt zu verschaffen und das Vorhaben des Feindes zu vereiteln, wenn ich nämlich die Hochebene von Pratzen, vom Santon an bis Kresenowitz, mit starker Macht besetzte, um ihn in der Front aufzuhalten. Dadurch wäre aber bloß ein Zusammenstoß mit gleichen Aussichten für beide Teile herbeigeführt worden, und ich wollte etwas Besseres. Die Absicht der Verbündeten, sich um meine rechte Flanke zu ziehen, lag zutage; ich glaubte, einen ganz sicheren Streich führen zu können, wenn ich sie ungestört ihren linken Flügel ausdehnen ließ, und stellte nur eine Reiterabteilung auf den Höhen von Pratzen auf.

Am 1. Dezember rückte der Feind aus Austerlitz vor und stellte sich uns gegenüber in der Stellung von Pratzen auf, indem er seinen linken Flügel bis Aujest ausdehnte. Bernadotte, der aus Böhmen zurückkam, rückte in die Linie ein, und Davoust erreichte mit einer seiner Divisionen die Abtei Raigern, Gudins Division biwakierte bei Nikolsburg.

Die von allen Seiten über den Marsch der feindlichen Kolonnen einlaufenden Berichte bestätigten mich in meiner Meinung. Um 9 Uhr abends durchritt ich meine Linie, sowohl um die Richtung der feindlichen Feuer zu erkennen, als um meine Truppen anzufeuern. Ich hatte ihnen eben erst einen Tagesbefehl verlesen lassen, der ihnen nicht nur den Sieg verhieß, sondern auch mitteilte, welches Manöver ihn uns verschaffen sollte. Es war dies wohl das erste Mal, dass ein General seiner ganzen Armee den Plan kundgab, wodurch er den Sieg zu erreichen hoffte. Ich befürchtete nicht, dass der Feind davon Kenntnis erhalte; er würde auch nicht daran geglaubt haben. Dieser Ritt war die Veranlassung zu einer der rührendsten Begebenheiten, die ich je erlebt habe. Meine Anwesenheit vor der Front der Armeekorps teilte ihnen einen elektrischen Schwung mit, der, von einem zum andern fortschwingend, mit Blitzesschnelle zum äußersten Ende der Linie gelangte; in unwillkürlicher Bewegung schwangen alle Infanteriedivisionen brennende Strohbunde an langen Stangen in die Höhe und bereiteten mir so ein Feuerwerk, dessen erhabener und sonderbarer Anblick etwas Majestätisches hatte. Es war der erste Jahrestag meiner Krönung!!

Der Anblick dieser Feuer erinnerte mich an die Reisigbüschel, durch die Hannibal die Römer täuschte, und an die Biwaks bei Liegnitz, wo Daun und Laudon sich dadurch anführen ließen und Friedrichs Armee gerettet wurde. Bei meinem Vorüberreiten erschallt der Ruf: » *Es lebe der Kaiser* !«, und dieser Ruf, den jedes Korps, dem ich mich näherte, immerfort wiederholt, trägt den lauten Beweis von der Begeisterung meiner Soldaten ins feindliche Lager hinüber. Nie machte ein kriegerischer Auftritt einen feierlicheren Eindruck, und jeder Soldat teilte das Vertrauen, das eine solche Ergebenheit mir einflößen musste.

Es erstreckte sich diese von mir bis Mitternacht durchrittene Linie von Kobelnitz bis an den Santon. Soults Korps bildete deren rechten Flügel; zwischen Sokelnitz und Puntowitz aufgestellt, befand er sich demnach dem feindlichen Zentrum gerade gegenüber. Bernadotte biwakierte hinter Girskowitz. Murat links von diesem Dorfe und Lannes auf beiden Seiten der Straße nach Brünn; meine Reserven stellten sich hinter Soult und Bernadotte auf.

Dadurch, dass ich meinen rechten Flügel unter Soult dem Zentrum des Feindes gegenüberstellte, musste die schwerste Aufgabe der Schlacht natürlich ihm zuteilwerden. Damit aber seiner Begegnung der von mir gehoffte Erfolg nicht fehle, musste man damit anfangen, die feindlichen Truppen, die sich auf Blasowitz zu und über die Austerlitzer Heerstraße entwickelten, von ihm abzuhalten. Wahrscheinlich befanden sich die Kaiser und das Hauptquartier in Austerlitz, vor allem musste daher ein Streich dorthin geführt werden, um sich sodann mit einer Frontveränderung gegen ihren linken Flügel wenden zu können: auch wurde hierdurch jener linke Flügel von der Olmützer Straße abgeschnitten.

Ich fasste daher den Entschluss, zuerst die Bewegung von Bernadottes Korps auf Blasowitz mit meinen Garden und der Grenadierreserve zu unterstützen, um den feindlichen rechten Flügel zurückzutreiben und mich dann gegen seinen linken zu wenden, der, je weiter er über Telnitz herausrückte, umso mehr preisgegeben war.

Schon den Abend vorher war mein Plan gefasst, den ich ja auch meinen Soldaten mitgeteilt hatte. Nun kam es aber hauptsächlich darauf an, den rechten Augenblick zu treffen. Die Nacht hatte ich im Biwak zugebracht, und die Marschälle hatten sich bei mir eingefunden, um meine letzten Befehle einzuholen.

Um vier Uhr morgens stieg ich zu Pferde: der Mond war untergegangen, die Nacht kalt und ziemlich dunkel, das Wetter jedoch heiter. Es lag mir daran, zu erfahren, ob der Feind keine nächtliche Bewegung gemacht habe, die meinen Plan hätte stören können. Die Berichte der Feldwachen kamen darin überein, dass sich alles Geräusch vom rechten Flügel des Feindes nach dem linken hingezogen habe, die Feuer schienen mehr gegen Aujest zu ausgedehnt. Mit Tagesanbruch verdunkelte ein leichter Nebel den Horizont ein wenig, besonders in den Gründen. Plötzlich fällt dieser Nebel, die Sonne beginnt mit ihren Strahlen die Gipfel der Berge zu vergolden, während ein dunstiges Gewölk noch auf den Tälern lag. Wir erkennen ganz deutlich die Höhen von Pratzen. Unlängst noch mit Truppen bedeckt, sind sie jetzt vom linken Flügel des Feindes verlassen; es ist klar, dass er seinen Vorsatz, seine Linie bis jenseits Telnitz auszudehnen, verfolgt hat. Jedoch zugleich entdecke ich eine andere Masse, die sich vom Zentrum aus gegen den rechten Flügel in der Richtung nach Holubitz bewegt. Nun ist es zweifellos, dass der Feind sein entblößtes Zentrum allen Streichen, die ich dagegen führen will, selbst preisgibt. Es war 8 Uhr morgens; Soults Truppen waren im Hintergrunde von Puntowitz auf zwei Linien, in Bataillonsangriffskolonnen zusammengedrängt. Ich frage den Marschall, wie viel Zeit er bedürfe, um die Höhen von Pratzen zu erreichen; er verspricht mir, in weniger als 20 Minuten dort zu sein. – Wir wollen noch warten, antwortete ich ihm ... solange der Feind eine falsche Bewegung macht, muss man sich wohl hüten, ihn darin zu unterbrechen.

Bald wird das Kleingewehrfeuer gegen Sokelnitz und Telnitz zu lebhafter; ein Adjutant meldet mir, dass der Feind mit drohender Macht daraus hervorbreche. Darauf hatte ich gewartet; ich gebe das Zeichen, und im Augenblick sprengen Murat, Lannes, Bernadotte und Soult davon. Auch ich steige zu Pferde, um mich zum Zentrum zu begeben: beim Vorüberreiten bei meinen Truppen feuere ich sie aufs Neue mit den Worten an: *Der Feind stellt sich in seiner Unklugheit euren Streichen selbst bloß; beendigt den Feldzug durch einen Donnerstreich!* Der Ruf: *Es lebe der Kaiser!* bezeugt, dass man mich verstanden habe, und gibt die eigentliche Losung zum Angriffe; bevor ich aber diesen schildere, wollen wir sehen, was bei der Armee der Verbündeten vorgegangen ist.

Wenn man dem von Weyrother stammenden Entwurfe Glauben schenken darf, so war ihre Absicht, nach demselben Plane, den sie anfänglich durch strategische Manöver ausführen wollten, nun taktisch zu verfahren, das heißt, sie wollten durch ihren verstärkten linken Flügel meinen rechten zu fassen suchen, mir die Straße nach Wien abschneiden und mich, geschlagen, auf Brünn zurückwerfen. Obwohl mein Schicksal nicht an jene Straße gebannt war, und ich, wie schon früher bemerkt, die Straße nach Böhmen vorgezogen hätte, so ist es doch gewiss, dass jener Plan den Verbündeten mehrfach günstige Aussichten bot. Sollte er aber gelingen, so musste man den hauptsächlich zum Handeln bestimmten linken Flügel nicht abtrennen, sondern es war im Gegenteil wesentlich, ihm nach und nach das Zentrum und den rechten Flügel, die sich in derselben Richtung hätten ausdehnen müssen, folgen zu lassen. Weyrother manövrierte, wie früher bei Rivoli, mit beiden Flügeln, oder, wenn dies nicht seine Absicht war. so verfuhr er wenigstens so, dass man es glauben musste.

Der linke Flügel, unter Buxhövden, bestand aus Kienmayers Vorhut und den drei russischen Divisionen Doktoroff, Langeron und Pribischefsky, alles in allem 30 000 Mann: er sollte von den Höhen von Pratzen in drei Kolonnen über Aujest auf Telnitz und Sokelnitz vorrücken, den Bach, der links zwei Seen bildet, überschreiten und sich auf Turas zuwenden.

Die vierte Kolonne, unter Kollowrats Befehlen, bei der sich das Hauptquartier befand, bildete das Zentrum; sie sollte etwas hinter der dritten Kolonne über Pratzen auf Kobelnitz vorrücken: sie bestand aus 12 schwachen russischen Bataillonen von der letzten Aushebung.

»Die fünfte, aus 80 Schwadronen unter dem Fürsten Johann Liechtenstein bestehend, sollte das Zentrum, hinter dem sie die Nacht über gestanden hatte, verlassen und den rechten Flügel durch ihre Bewegung gegen die Brünner Straße zu unterstützen.

Die sechste, am äußersten rechten Flügel, begriff Bagrations Vorhut in sich und bestand aus 12 Bataillonen und 40 Schwadronen, die dazu bestimmt waren, von der großen Brünner Straße her die Höhen des Santon und die von Bosenitz anzugreifen. Die siebente enthielt die Garden unter dem Großfürsten Konstantin; sie sollte als Reserve des rechten Flügels auf der Brünner Straße verbleiben.

Man sieht, dass der Feind meine rechte Flanke überflügeln wollte, die er bis Melnitz ausgedehnt glaubte, während meine Armee, für jeden Fall gerüstet, zwischen Schlapanitz und der Brünner Straße in Massen beisammen stand.

Dieser Disposition gemäß hatte sich Buxhövden, der ohnedies schon der übrigen Armee voraus war, noch vor den andern Kolonnen in Bewegung gesetzt: auch war Liechtensteins Reiterei vom Zentrum nach dem rechten Flügel abmarschiert, so dass die Höhen von Pratzen, der Schlüssel des ganzen Schlachtfeldes, gänzlich entblößt waren.

Im Augenblicke, wo ich das Zeichen dazu gebe, brechen alle meine Kolonnen auf. Bernadotte geht durch den Engpass von Girskowitz und rückt, in seiner linken Flanke durch Murat gedeckt, auf Blasowitz vor; in gleicher bähe marschiert Lannes zu beiden Seiten der Brünner Straße: meine Garde und meine Reserven folgen in einiger Entfernung Bernadottes Korps: sie sind bestimmt, über das Zentrum des Feindes herzufallen, sowie er dieses wieder verstärken will.

Wie ein Wetterstrahl bricht Soult aus der Schlucht bei Kobelnitz und Puntowitz mit den Divisionen St. Hilaire, und Vandamme hervor: die Brigade Levasseur unterstützt ihn. Zwei andere Brigaden von der Division Legrand bleiben, in Plänklerketten aufgelöst, zurück, um Buxhövden die Engpässe von Telnitz und Sokelnitz zu verdecken und streitig zu machen. Da mit Gewissheit angenommen werden kann, dass er sie erstürmen wird, so erhält Marschall Davoust den Befehl, mit der Division Friant und Bourciers Dragonerdivision von Raygern aufzubrechen und die Spitzen der russischen Kolonnen so lange im Schach zu halten, bis der passende Augenblick zum ernstlicheren Angriffe gekommen ist.

Kaum hat Soult die Höhen von Pratzen erklommen, als er unvermutet auf Kollowrats Kolonne (die vierte) stößt, die hinter der dritten im Zentrum marschiert und, in der Meinung, durch diese gesichert zu sein, sich, in Marschkolonne mit Zügen vorwärts bewegt. Kaiser Alexander, Kutusoff und sein Generalstab befinden sich bei ihr. Alles, was unerwartet in einem Hauptquartier selbst vorfällt, erregt Staunen und Bestürzung. Miloradovich, der an der Spitze marschiert, gewinnt kaum Zeit, seine Bataillone nacheinander zu formieren und ins Gefecht zu führen, er wird über den Haufen geworfen, und ein gleiches widerfährt den auf ihn folgenden Österreichern. Kaiser Alexander gibt Beweise von Kaltblütigkeit und setzt sich persönlicher Gefahr aus, um die Truppen wieder zu sammeln: allein er hat, dank Weyrothers lächerlichen Dispositionen, keine einzige zur Reserve verwendbare Division zur Hand. Die verbündeten Truppen werden bis Hostiradek gejagt: die zur dritten Kolonne gehörige Brigade Kamensky, in ihrer rechten Flanke angegriffen, vereinigt ihre Anstrengungen mit Kutusoff und stellt auf einen Augenblick die Ordnung wieder her. Aber diese Unterstützung ist St. Hilaires, Vandammes und Levasseurs vereinigten Angriffen gegenüber nur von kurzer Dauer. Kollowrats Kolonne, die befürchtet, in das sumpfige Tal bei Birnbaum hinabgeworfen zu werden, zieht sich nach Vorschrift der Disposition auf Wischau zurück, wobei die ganze Artillerie dieser Kolonne, die tief in den halbgefrorenen Lehmboden eingesunken ist, uns zur Beute wird, und die ihrer Kanonen und Reiterei beraubte Infanterie vermag nichts mehr gegen den siegreichen Soult.

Zu gleicher Zeit, als dieser entscheidende Schlag geschah, hatten sich die Kolonnen des rechten Flügels unter Buxhövden gekreuzt und sich bei Sokelnitz den Weg versperrt: dessen ungeachtet und trotz der Anstrengungen der Division Legrand gelang es ihnen durch Sokelnitz vorzubrechen. Buxhövden selbst entwickelte sich über Telnitz, und die vier ihm entgegengestellten Bataillone waren nicht imstande, ihn aufzuhalten.

In diesem Augenblicke traf Davoust von Raygern ein, und die Division Friant warf die feindliche Vorhut auf Telnitz zurück. Da aber das Gefecht bei Sokelnitz eine ernstlichere Wendung zu nehmen droht, lässt Davoust nur Bourciers Dragoner vor Telnitz stehen und zieht sich mit der Division Friant den Bach hinauf. Hier entspinnt sich ein äußerst hitziges Gefecht; Sokelnitz, genommen und wieder genommen, verbleibt einen Augenblick in den Händen der Russen. Langeron und Pribischefsky brechen sogar gegen die Marxdorfer Höhen vor, wogegen unsere in einem Halbmond aufgestellten Truppen mehrere Flankenangriffe mit Vorteil gegen sie ausführen. Aber dieser ganze, wenn auch blutige Kampf war nur Nebensache, es genügte, den Feind festzuhalten, ohne ihn gerade zurückzuwerfen: es hätte nicht einmal was getan, wenn man ihn noch etwas weiter vorgelassen hätte.

Während so die Dinge auf unserm rechten Flügel eine günstige Wendung nahmen, machten wir auch im Zentrum und auf dem linken Flügel keine geringeren Fortschritte. Hier widerfuhr dem Großfürsten Konstantin und den russischen Garden genau das gleiche, was kurz vorher dem Hauptquartier und der vierten Kolonne widerfahren war: sie sollten die Reserven bilden und waren die zuerst Angegriffenen.

Bagration verlängerte seinen rechten Flügel gegen Dwaroschena zu, um die Stellung am Santon zu umfassen und anzugreifen. Liechtensteins Reiterei, zu seiner Unterstützung vom Zentrum herbeigerufen, hatte sich auf ihrem Marsche mit den übrigen Kolonnen gekreuzt, so dass der Großfürst, der vor ihr mit seinen Garden bei Krug anlangte, sich in dem Augenblicke in erster Linie befand, wo Bernadotte auf Blasomitz und Lannes zu beiden Seiten der Brünner Straße vorrückten; sogleich entspann sich ein lebhaftes Gefecht.

»Fürst Liechtenstein, der nach einem langen Spazierritt endlich auf dem rechten Flügel des Großfürsten eintraf, war im Begriffe aufzumarschieren, als die russischen Gardeulanen, von unzeitiger Kampflust hingerissen, sich zwischen Bernadottes und Lannes' Divisionen warfen, um Kellermanns leichte Reiterei, die sich vor ihnen zurückzog, einzuholen. Sie wurden ein Opfer ihrer Hitze; Murats Reserven hieben auf sie ein, warfen sie und jagten sie unter das Feuer unserer beiden Infanterielinien zurück, wodurch die Hälfte zu Boden gestreckt wurde.

Unterdessen hatte sich Kutusoff durch unsere Fortschritte bei Pratzen genötigt gesehen, Liechtenstein zur Unterstützung des Zentrums zurückzurufen, und dieser, rechts und links gleich stark bedroht, wusste nicht, auf wen er hören und wohin er zuerst zu Hilfe eilen sollte; zunächst entsandte er vier Reiterregimenter, die gerade noch ankamen, um Zeugen von Kollowrats Niederlage zu sein. General Uwarroff wurde mit 30 Schwadronen zwischen Bagration und dem Großfürsten aufgestellt, und die übrige Reiterei nahm ihre Stellung auf dessen linkem Flügel.

Wie aber der Großfürst die französische Infanteriekolonnen nach Blasowitz eindringen und daraus sich entwickeln sieht, fasst er den Entschluss, sich von den Höhen herabzuziehen und ihnen die Hälfte des Wegs zu ersparen. Es scheint ihm diese Bewegung zu seiner eigenen Sicherheit ebenso notwendig, wie um dem Zentrum, dessen Lage Anlass zur Beunruhigung gibt, Luft zu verschaffen.

Während sich nun ein wütendes Infanteriegefecht zwischen den russischen Garden und der Division Erlon entspann, befiehlt der Großfürst dem Gardekürassierregiment, in die rechte Flanke der letzteren einzuhauen, wo das vierte Linienregiment zur Deckung des Abstandes von der Division Vandamme aufgestellt war. Auf dieses Regiment warfen sich die russischen Kürassiere und sprengten das eine Bataillon: allein mit dem Leben ihrer Tapfersten bezahlen sie die Ehre, diesem Bataillon seinen Adler genommen zu haben. Gefährlich war dieses abgesonderte Scharmützel an sich nicht, da ich jedoch nicht wusste, ob es der Feind nicht fortsetzen würde, so hielt ich für nötig, den Marschall Bessières mit meiner Gardereiterei dorthin zu senden. Es musste dem Dinge ein Ende gemacht werden, und so erteilte ich ihm den Befehl zum Angriffe. Nach der ehrenvollsten Verteidigung sieht sich die russische Linie genötigt, Bernadottes und Bessières' vereinten Anstrengungen zu weichen. Die Gardeinfanterie, deren Widerstandskraft erschöpft ist, zieht sich auf Krzenowitz zurück. Die Reitergarden, die in diesem Augenblicke von Austerlitz hier eintrafen, schmeichelten sich vergeblich, eine günstige Wendung herbeizuführen. Es war diesem Musterregiment unmöglich, noch etwas auszurichten: meine Grenadiere zu Pferde, die ich unter Rapps Befehlen dagegen ansprengen lasse, werfen es, und nun schlägt das ganze Zentrum den Weg nach Austerlitz ein.

Mittlerweile hatten Murat und Lannes Bagrations Korps und Uwaroffs Reiterei mit Erfolg angegriffen, und unsere Kürassiere waren in die linke Flanke dieses durch die Divisionen Suchet und Caffarelli hart gedrängten Flügels eingebrochen. Auf allen Seiten krönte der Sieg unsere Schritte.

In der Überzeugung, dass Bernadotte, Lannes und Murat mehr als genügten, um mit dem Feinde auf dieser Seite vollends fertigzuwerden, wendete ich mich mit meinen Garden und Oudinots Reserve rechts, um

Soult bei der Bedrängung des im Rücken gefassten und mitten zwischen Seen schwer bloßgestellten linken Flügels hilfreiche Hand zu leisten. Es war 2 Uhr; Soult, durch unsere Annäherung neu belebt, zog die Divisionen St. Hilaire und Legrand zusammen, um Sokelnitz von hinten anzugreifen, während Davousts Truppen von vorn darauf einstürmen sollten, Vandamme seinerseits wirft sich auf Aujest und meine Garde und die Grenadiere folgen, um bei diesen Angriffen im Notfälle beistehen zu können.

Die in Sokelnitz eingeschlossene Division Pribischefsky streckt das Gewehr; nur einige Flüchtlinge überbringen die Kunde von diesem Unfalle. Langeron, den nunmehr die Reihe trifft, ist nicht viel glücklicher, und nur der Hälfte seiner Mannschaft gelingt es, zu Buxhövden zu entkommen. Dieser, der 5-6 Stunden mit unnötigen Scharmützeln bei Telnitz verloren hatte, statt sich schon um 10 Uhr auf Sokelnitz zurückzuziehen, glaubt endlich, es sei Zeit, auf sein eigenes Heil bedacht zu nehmen. Zwischen 2 und 3 Uhr beginnt er seinen Marsch zurück nach Aujest und sucht, indem er sich längs des Grundes zwischen den Höhen und den Seen fortzieht, aus der Mausefalle, in die er geraten war, zu entkommen. Seine Kolonne bricht aus dem Dorfe hervor, als Vandamme sich mit Ungestüm auf seine Flanke wirft, nach Aujest eindringt und die Kolonne durchbricht. Buxhövden, nicht mehr imstande, umzukehren, setzt mit den vordersten zwei Bataillonen seinen Weg zu Kutusoff fort; dagegen sehen sich Doctoroff und Langeron nun mit den übrigen 28 Bataillonen in den Schlund zwischen den Seen und den von St. Hilaire, Vandamme und meinen Reserven besetzten Höhen eingezwängt. Die Spitze der nach Aujest marschierenden Kolonne, die das Geschütz geleitete, will über die nach der Austrocknung des Sees verbliebenen Kanäle flüchten, aber unter der Last der Kanonen stürzt die Brücke ein. Nun suchen die wackeren Leute, um ihr Geschütz zu retten, über das äußerste Ende des gefrorenen Sees wegzukommen, allein das von unseren Kanonenkugeln durchfurchte Eis bricht unter dem Gewichte jener Masse ein. so dass Mann und Pferd und Kanonen versinken und mehr als 200 Mann ihren Tod finden. Nur *ein* Ausweg bleibt Doctoroff übrig, nämlich der, sich unter unserem Feuer längs des Seeufers bis nach Telnitz zu ziehen und einen Damm, der den Telnitzer See vom Melnitzer scheidet, zu erreichen. Mit ungeheurem Verluste gelang es ihm so, nach Satschann zu entkommen, das durch Kienmayers Reiterei gedeckt war: es zeichnete sich diese hierbei sehr vorteilhaft aus. Von dort schlugen sie miteinander den Weg über die Gebirge nach Czeitsch ein, wobei sie von den unsrigen lebhaft verfolgt wurden. Die wenige Artillerie, die der Feind vom Zentrum und von dem linken Flügel gerettet hatte, ging bei diesem Rückzuge verloren, der über furchtbare, vom Regen des vergangenen Tages und durch Tauwetter unfahrbar gewordene Wege führte.

Des Feindes Lage war schrecklich; ich hatte ihm die Straße nach Wischau verlegt, die er aber sowieso nicht hätte benützen können, da sie schon völlig zerstört war, und die Trümmer seines linken Flügels nicht mehr imstande waren, sie noch zu erreichen. Er war daher gezwungen, den Weg nach Ungarn einzuschlagen: allein Davoust, dessen *eine* Division nach Nikolsburg kam, konnte durch einen Flankenmarsch vor ihm nach Göding gelangen, während wir ihn von hinten lebhaft bedrängten. Die ganze, durch einen Verlust; von 180 Kanonen und 25 000 Toten, Verwundeten und Gefangenen, ohne die zahlreichen Versprengten, sehr geschwächte Armee befand sich in der größten Unordnung.«

So lautet Napoleons eigener Bericht. Er ist klar, einfach und ernst, wie es sich für eine solche Tat schickt; seine Voraussicht hatte ihn keinen Augenblick getäuscht, die Schlacht entwickelte sich wie auf einem Schachbrett, und ein einziger Donnerschlag zerblitzte, wie er sich ausgedrückt hatte, die dritte Koalition.

Am dritten Tag erschien der Kaiser von Österreich in Person, um wieder den Frieden zu begehren, den er gebrochen hatte. Die Zusammenkunft der beiden Kaiser fand bei einer Mühle, neben der Heerstraße und unter freiem Himmel statt.

»Sire,« sagte Napoleon, Franz II. entgegengehend, »ich empfange Sie in dem einzigen Palast, den ich seit zwei Monaten bewohne.«

»Sie ziehen aus ihrer Wohnung solchen Nutzen, dass sie Ihnen gefallen muss,« erwiderte Franz.

Bei dieser Besprechung kam man über einen Waffenstillstand überein, und die Hauptbedingungen des Friedens wurden festgesetzt. Die Russen, die man bis auf den letzten Mann hätte vertilgen können, durften an dem Waffenstillstand teilnehmen auf die Bitte des Kaisers Franz und das einfache Versprechen des Kaisers Alexander, dass er Deutschland sowie das österreichische und preußische Polen räumen werde. Die Vereinbarungen wurden eingehalten, und er zog sich in Tagesmärschen zurück.

Der Sieg von Austerlitz war für das Kaiserreich, was der von Marengo für das Konsulat gewesen war, Bestätigung für die Vergangenheit, Verheißung für die Zukunft.

König Ferdinand von Neapel wurde, weil er im Laufe des letzten Krieges den Friedensvertrag mit Frankreich gebrochen hatte, seiner Königswürde über die beiden Sizilien für verlustig erklärt, und Joseph, des Kaisers ältester Bruder, als sein Nachfolger eingesetzt. Die Batavische Republik, zum Königreich erhoben, kam an Ludwig. Murat erhielt das Großherzogtum Berg; Marschall Berthier wurde Fürst von Neuchâtel und Herr von Talleyrand Fürst von Benevent. Dalmatien, Istrien, Friaul, Cadore, Conegliano, Belluno, Tréviso, Feltre, Bassano, Vicenza, Padua und Rovigo stiegen zu Herzogtümern empor, und das große Kaiserreich mit den abhängigen Königreichen, den Lehen, dem Rheinbund[18] und seiner Schweizer Mediation erreichte in weniger als zwei Jahren den Umfang dessen, was einst Karl der Große beherrschte.

Nicht mehr ein Zepter, sondern eine Weltkugel hielt Napoleon in der Hand.

Der Friede von Preßburg dauerte ungefähr ein Jahr. In dessen Verlaufe gründete Napoleon die Kaiserliche Universität und ließ den *Code civil* samt der Prozessordnung veröffentlichen. Mitten in seiner Verwaltungstätigkeit durch die feindliche Haltung Preußens unterbrochen, dessen Streitkräfte infolge der in den letzten Kriegen beobachteten Neutralität verschont geblieben waren, ist Napoleon in kurzem genötigt, einer vierten Koalition gegenüberzutreten. Die Königin Luise hat den Kaiser Alexander daran erinnert, dass sie über dem Grabe des großen Friedrich sich eine unauflösliche Allianz gegen Frankreich zugeschworen haben, Kaiser Alexander vergisst über sein erstes sein zweites Gelöbnis, und Napoleon erhält, bei Strafe der Kriegserklärung, den Befehl, seine Soldaten über den Rhein zurückgehen zu lassen.

Napoleon lässt seinen Kriegsminister Berthier kommen und zeigt ihm Preußens Ultimatum.

»Man ladet uns,« sagte er, »zu einem Ehrenstelldichein; nie hat ein Franzose so etwas ausgeschlagen; und weil eine schöne Königin Kampfzeugin sein will, wollen wir höflich sein und, damit sie nicht zu warten braucht, ohne zu rasten, bis nach Sachsen marschieren!«

Und diesmal erneut er und übertrifft aus Galanterie an reißender Schnelle noch den letzten Feldzug. Der preußische wird am 7. Oktober 1806 durch die Korps Murat, Bernadotte und Davoust eröffnet, dauert während der folgenden Tage in den Kämpfen von Schleiz und Saalfeld fort und endigt am 14. mit der Schlacht von Jena und Auerstädt. Am 16. strecken 14 000 Preußen bei Erfurt die Waffen, und am 25. zieht die französische Armee in Berlin ein. Sieben Tage haben hingereicht, die Monarchie Friedrichs des Großen dem großen Errichter und Vernichter von

[18] Der Rheinbund wurde 1806 unter Napoleons Protektorat geschlossen. A. d. Ü.

Thronen in die Hände zu liefern, der Bayern, Württemberg und Holland Könige gegeben, der die Bourbonen aus Neapel und das Haus Lothringen aus Italien und Deutschland vertrieben hat. Am 27. richtet Napoleon von seinem Hauptquartier in Potsdam an seine Soldaten folgenden Tagesbefehl, der den ganzen Feldzug zusammenfasst:

»Soldaten,

Ihr habt meine Erwartung gerechtfertigt und dem Vertrauen des französischen Volks auf würdige Weise entsprochen. Ihr habt die Entbehrungen und Mühen mit ebenso vielem Mute ertragen, wie ihr im Kampf Unerschrockenheit und kaltes Blut bewährt habt; solange dieser Geist euch beseelt, wird nichts euch widerstehen können. Die Reiterei hat mit Fußvolk und Artillerie so gewetteifert, dass ich fortan nicht weiß, welcher Waffe ich den Vorzug geben soll: alle seid ihr gute Soldaten. Hört die Erfolge unserer Anstrengungen: Eine der ersten Mächte Europas, die eben noch wagte, uns eine schmähliche Kapitulation vorzulegen, ist vernichtet: die Wälder, die Engpässe Frankens, die Saale, die Elbe, über die unsere Väter nicht in sieben Jahren gedrungen wären, - wir haben sie in sieben Tagen bezwungen und in der Zwischenzeit noch vier Gefechte und eine große Schlacht geliefert. Nach Potsdam und Berlin sind wir dem Ruhm unserer Siege vorausgeeilt: mir haben 60 000 Gefangene gemacht, 65 Fahnen, darunter die der Garden des Königs von Preußen, 600 Kanonen, drei Festungen genommen und mehr als 20 Generale gefangen. Und doch bedauert über die Hälfte von euch, dass sie noch keinen Flintenschuss getan hat! Alle Provinzen der preußischen Monarchie bis zur Oder sind in unserer Gewalt. Soldaten! Die Russen brüsten sich, zu uns zu kommen; wir werden ihnen entgegengehen und die Hälfte des Weges ersparen. Mitten in Preußen werden sie noch einmal ein Austerlitz finden. Eine Nation, die sogleich die Großmut vergaß, die wir nach dieser Schlacht gegen sie geübt, wo ihr Kaiser, ihr Hof, die Trümmer ihrer Armee nur der ihnen von uns gewährten Kapitulation ihre Rettung verdankten, - eine solche Nation kann nicht mit Erfolg gegen uns kämpfen. Übrigens werden noch, während wir den Russen entgegenmarschieren, neue im Innern des Kaiserreichs gebildete Armeen an unsern Platz treten, um unsere Eroberungen zu hüten. Mein ganzes Volk hat sich voll Entrüstung über die schmähliche Kapitulation, die die preußischen Minister in ihrem Wahnsinn uns vorschlugen, erhoben: unsere Straßen und Grenzstädte wimmeln von Ausgehobenen, die darauf brennen, euren Fußtapfen zu folgen. Fortan werden wir nicht mehr einem verräterischen Frieden preisgegeben sein und die Waffen nicht eher niederlegen, als bis wir die Engländer, diese ewigen Feinde unserer Nation, gezwungen haben, ihren Anschlägen auf die Ruhe des Kontinents und ihrer angemaßten Herrschaft über die Meere zu entsagen. Soldaten, ich kann euch meine Gesinnungen nicht besser ausdrücken, als indem ich euch versichere, dass, ich für euch *die* Liebe im Herzen trage, die ihr mir alle Tage beweist.«

Während der König von Preußen auf Grund des am 16. November unterzeichneten Waffenstillstandes den Franzosen alle ihm noch gebliebenen festen Plätze übergibt, macht Napoleon halt, wendet sich gegen England zurück und schlägt es in Ermanglung anderer Waffen mit einem Erlass. Großbritannien wird in Blockadezustand erklärt, jeder Handel und jeder Briefwechsel mit den britischen Inseln werden untersagt, kein Brief in englischer Sprache darf durch die Post befördert werden. Jeder Untertan des Königs Georg, der in Frankreich oder in den von unsern Truppen und den von unsern Verbündeten besetzten Ländern betroffen wird, soll Gefangener sein; jedes Geschäft, jeder Grundbesitz, jede Ware, die einem Engländer gehören, soll dem Staate verfallen sein; der Handel mit Waren, die einem Engländer angehören oder aus dessen Fabriken oder Kolonien stammen, wird verboten; endlich darf kein Schiff, das aus England oder den englischen Kolonien kommt, in irgendeinem Hafen einlaufen.

Nachdem er so wie ein politischer Papst, über ein ganzes Königreich den Bann verhängt hat, ernennt er den General Hullin zum Gouverneur von Berlin, belässt den Fürsten Hatzfeld in seinem Zivilkommando und zieht den Russen entgegen, die, wie bei Austerlitz, ihren Verbündeten zu Hilfe eilen und, wie bei Austerlitz, eintreffen, wenn jene vernichtet sind.[19] Napoleon nimmt sich nur noch Zeit, den Degen Friedrichs des Großen, sein Ordensband vom Schwarzen Adler, seine Generalsschärpe und die Fahne, die seine Garde in dem weltberühmten Siebenjährigen Krieg trug, nach Paris zu schicken, und eilt am 25. November von Berlin aus dem Feinde entgegen.

Vor Warschau stoßen Murat, Davoust und Lannes auf die Russen. Nach einem kurzen Scharmützel räumt Bennigsen die Hauptstadt Polens, in die die Franzosen einziehen: das polnische Volk erhebt sich wie ein Mann für die Franzosen, bietet sein Gut, sein Blut, sein Leben an und verlangt nur seine Selbständigkeit dafür. Napoleon erfährt diesen ersten

---

[19] Bei Austerlitz wurden die vereinigten Russen und Österreicher geschlagen. A. d. Ü.

Erfolg in Posen, wo er haltgemacht hat, um einen König zu machen, es ist der alte Kurfürst von Sachsen, dessen Krone er befestigt.[20]

Das Jahr 1806 endigte, mit den Kämpfen von Pultusk und Golymin, und das von 1807 begann mit der Schlacht von Eylau, einer seltsamen, unentschiedenen Schlacht, in der die Russen 8000 und die Franzosen 10 000 Mann verloren, wobei jede der beiden Parteien sich den Sieg zuschrieb, und infolge deren der Zar ein *Te Deum* dafür singen ließ, dass er 15 000 Gefangene, 40 Kanonen und 7 Fahnen in unsern Händen zurückgelassen hatte. Indessen war dies das erste Mal, dass er sich wirklich mit Napoleon gemessen hatte: er war dabei auf recht geblieben und darum schon Sieger.

Dieses stolze Bewusstsein dauerte übrigens kurze Zeit. Am 26. Mai wird Danzig genommen: einige Tage darauf wurden die Russen bei Spanden, bei Lomitten, bei Altkirchen, bei Deppen, bei Guttstadt, bei Heilsberg geschlagen. Endlich am 13. Juni abends stehen sich beide Armeen in Schlachtordnung vor *Friedland* gegenüber. Am folgenden Morgen beginnt die Kanonade, und Napoleon marschiert dem Feind entgegen mit dem Ausruf: »Heute ist ein Glückstag, es ist der Jahrestag von Marengo!« In der Tat brachte die Schlacht, wie bei Marengo, die Entscheidung. Die Russen wurden zermalmt. Alexander ließ 60 000 Mann[21] auf dem Schlachtfelde, ertränkt in der Alle oder gefangen, zurück: 120 Kanonen und 25 Fahnen waren die Trophäen des Sieges, und die Trümmer der überwundenen Armee liefen, ohne auch nur an die Möglichkeit eines Widerstandes zu denken, fliehenden Fußes, um sich jenseits des Pregels zu decken, dessen sämtliche Brücken sie zerstörten.

Trotz dieser Vorsicht gingen die Franzosen am 16. über den Fluss und marschierten sogleich auf den Niemen zu, die letzte Schranke, die Napoleon noch zu durchbrechen hatte, um den Krieg auf das eigene Gebiet des Kaisers von Russland zu tragen. Da erschrak der Zar: der Zauber der britischen Verführungen verschwindet. Er befindet sich in gleicher Lage wie nach Austerlitz, ohne Hoffnung auf Beistand; zum zweiten Mal beschließt er, sich zu demütigen. Diesen Frieden, den er so hartnäckig zurückgewiesen hat, solange er dessen Bedingungen diktieren konnte, den muss er sich nun erbitten und in der von seinem Überwinder befohlenen Form entgegennehmen. Am 21. Juni wird ein Waffenstillstand unterzeichnet, und am 22. folgender Tagesbefehl erlassen:

---

[20] Der 56 jährige Kurfürst von Sachsen, Friedrich August der Gerechte, wird 1806 von Napoleon als »König« in den Rheinbund aufgenommen. A. d. Ü.

[21] Die Russen zählten überhaupt nur rund 50 000 Mann. A. d. Ü.

»Soldaten!

Am 5. Juni wurden wir in unsern Kantonierungen von der russischen Armee angegriffen. Der Feind hatte sich aber in den Ursachen unserer Untätigkeit verrechnet; zu spät hat er erfahren, dass unsere Ruhe die Ruhe des Löwen ist; er bereut nun, dass er dies vergessen.

In den Tagen von Guttstadt, von Heilsberg und an jenem ewig denkwürdigen von Friedland, kurz in den zehn Tagen des Feldzugs, haben wir 120 Kanonen, 70 Fahnen genommen, 60 000 Russen getötet, verwundet oder gefangen und der feindlichen Armee alle ihre Vorräte, Spitäler, Feldlazarette, die Festung Königsberg und die mit Munition aller Art und mit 160 000 von England unsern Feinden geschickten Gewehren beladenen Schiffe in dessen Hafen abgenommen.

Mit Adlersflug sind wir von den Ufern der Weichsel an die des Niemen geeilt. Ihr feiertet bei Austerlitz den Jahrestag der Krönung, dieses Jahr habt ihr den von Marengo, der dem Krieg der zweiten Koalition ein Ziel setzte, festlich begangen. Franzosen, ihr wart euer und meiner würdig. Ihr werdet mit Lorbeeren bedeckt und nach Erringung eines Friedens, der die Gewähr seiner Dauer in sich trägt, nach Frankreich zurückkehren. Es ist Zeit, dass unser Vaterland in Ruhe und vor dem bösartigen Einflusse Englands behütet lebe. Meine Wohltaten werden euch meine Dankbarkeit und den ganzen Umfang der Zuneigung, die ich zu euch hege, beweisen!«

Am 24. Juni ließ der Artilleriegeneral La Riboissière ein Floß auf dem Niemen erbauen und darauf ein zum Empfang der beiden Kaiser bestimmtes Zelt errichten. Jeder sollte sich von dem Ufer, das er besetzt hielt, darauf begeben.

Am 25. um 1 Uhr nachmittags verließ der Kaiser Napoleon in Begleitung Murats, des Großherzogs von Berg, der Marschälle Berthier und Bessières, des Generals Duroc und des Großstallmeisters Caulaincourt das linke Ufer des Flusses und begab sich nach dem bereitgehaltenen Zelt. Zu gleicher Zeit brach der Kaiser Alexander in Begleitung des Großfürsten Konstantin, des Obergenerals Bennigsen, des Fürsten Lobanoff, des Generals Uwaroff und des Generaladjutanten Grafen von Lieven vom rechten Ufer auf.

Die beiden Fahrzeuge legten zu gleicher Zeit an. Als sie auf die Flöße traten, umarmten sich die beiden Kaiser.

Diese Umarmung war das Vorspiel des Friedens von Tilsit, der am 9. Juli 1807 unterzeichnet wurde.

Preußen zahlte die Kriegskosten; die Königreiche Sachsen und Westfalen wurden wie zwei Festungen zu seiner Überwachung errichtet. Alexander und Friedrich Wilhelm ernannten feierlich Joseph, Ludwig und Jerome als ihre gekrönten Brüder an. Der Erste Konsul Bonaparte hatte Republiken geschaffen, der Kaiser Napoleon verwandelte sie in Lehen. Als Erbe der drei Dynastien, die über Frankreich geherrscht hatten, wollte er die Hinterlassenschaft Karls des Großen noch vermehren, und Europa war genötigt, ihn gewähren zu lassen.

Am 27. Juli desselben Jahres kehrte Napoleon, nachdem er diesen glanzvollen Feldzug mit einem Zug des Milde beschlossen, nach Paris zurück. Kein Feind blieb ihm mehr übrig als England, das allerdings an den Niederlagen seiner Verbündeten blutete und furchtbar litt, aber immer noch an den beiden Enden des Festlandes, in Schweden und Portugal, aufrecht stand.

Durch die Verfügung der Kontinentalsperre von Berlin aus war England, wie gesagt, von Europa in den Bann getan. Russland und Dänemark hatten ihm in den Nordmeeren, Frankreich, Holland und Spanien im Ozean und Mittelmeer ihre Häfen verschlossen und sich feierlich verpflichtet, keinen Handel mit ihm zu treiben. Es blieben also nur noch Schweden und Portugal übrig. Napoleon nahm Portugal, Alexander Schweden auf sich. Napoleon entschied durch eine Verfügung vom 27. Oktober 1807, dass das Haus Braganza aufgehört habe zu regieren, und Alexander verpflichtete sich am 27. Oktober 1808, gegen Gustav von Schweden ins Feld zu ziehen.

Einen Monat später waren die Franzosen in Lissabon.

Die Besetzung Portugals war nur die Einleitung zur Eroberung Spaniens, wo Karl IV. zwischen dem Kreuzfeuer zweier entgegengesetzter Machthaber, des Günstlings Godoy und Ferdinands, des Prinzen von Asturien, regierte. Durch eine ungeschickte, von Godoy veranlasste Schilderhebung zur Zeit des preußischen Krieges vor den Kopf gestoßen, hatte Napoleon nur einen Blick auf Spanien geworfen, einen kurzen, unbemerkten Blick, der aber genügt hatte, ihm die Aussicht auf Neubesetzung eines bald erledigten Thrones zu eröffnen. Kaum waren daher seine Truppen im Besitze Portugals, als sie in die Iberische Halbinsel vordrangen. Hier besetzten sie unter dem Vorwand des Seekriegs und der Blockade zuerst die Küsten, sodann die Hauptplätze und bildeten endlich rings um Madrid einen Kreis, den sie nur enger zu ziehen brauchten, um in drei Tagen Herren der Hauptstadt zu sein. Unterdessen brach gegen den spanischen Minister ein Aufstand aus, und der Prinz von Asturien wurde unter dem Namen Ferdinand VII. an seines Vaters Stelle zum König ausgerufen. Weiter hatte Napoleon nichts gewünscht.

Sogleich ziehen die Franzosen in Madrid ein. Der Kaiser eilt nach Bayonne, beruft die spanischen Fürsten zu sich, zwingt Ferdinand VII., die Krone seinem Vater zurückzugeben, und schickt ihn gefangen nach Valençan. Unmittelbar darauf dankt der alte Karl IV. zugunsten Napoleons ab und zieht sich nach Compiègne zurück. Karls V. Krone wird Napoleons' ältestem Bruder Joseph zugesprochen. Durch diese Veränderung wird der Thron von Neapel frei, den Napoleon seinem Schwager Murat zuspricht, so dass nun außer seiner eigenen fünf Kronen im Besitz seiner Familie sind.

Aber indem Napoleon den Kreis seiner Macht erweiterte, erweitert er seinen Kampfplatz. Die durch die Blockade geschädigten Interessen Hollands, das durch die Erschaffung der Königreiche Bayern und Württemberg erniedrigte Österreich, das in seinen Hoffnungen getäuschte Rom, dem die Rückgabe der von dem Direktorium mit der Zisalpinischen Republik vereinigten Provinzen an den Heiligen Stuhl verweigert wird, endlich Spanien und Portugal, deren nationale Gefühle schrecklich vergewaltigt werden, bilden ebenso viele Echos, die Englands unaufhörlichen Kriegsruf widerhallen lassen.

Von allen Seiten bildete sich mit einem Male ein gewaltiger Gegenstoß, wenn er auch zu verschiedenen Zeiten losbrach.

Rom ging voran. Am 3. April verließ der Legat des Papstes Paris, und sofort erhielt der General Miollis den Befehl, Rom militärisch zu besetzen. Der Papst bedrohte unsere Truppen mit Exkommunikation, unsere Truppen antworteten ihm mit der Einnahme von Ankona, Urbino, Macerata und Camerino.

Spanien folgt. Sevilla erkannte durch eine Provinizialjunta Ferdinand VII. als König an und rief alle unbesetzten spanischen Provinzen unter die Waffen; die Provinzen erhoben sich, General Dupont musste die Waffen strecken, und Joseph wurde gezwungen, Madrid zu verlassen.

Dann kam Portugal. Die Portugiesen standen am 16. Juni zu Oporto auf; Junot, dem es zur Behauptung seiner Eroberung an Truppen mangelte, musste das Land gemäß dem Vertrag von Cintra räumen, und hinter ihm besetzte es Wellington mit 25 000 Mann.

Napoleon erachtete die Sachlage für ernst genug, um seine Gegenwart zu erheischen. Wohl wusste er, dass Österreich im geheimen waffne, aber vor Jahresfrist konnte es nicht gerüstet sein, wohl wusste er, dass Holland den Ruin seines Handels beklage, aber solange es sich mit Klagen begnügte, war er entschlossen, es unbeachtet zu lassen. So blieb ihm mehr als genug Zeit übrig, um Portugal und Spanien wiederzuerobern.

Napoleon erschien an den Grenzen Navarras und Biscayas mit 80 000 deutschen Veteranen, die Erstürmung von Burgos war das Signal seiner Ankunft. Ihr folgte der Sieg von Tudela. Darauf wurden die Linien der Somosierra mit dem Bajonette genommen, und am 4. Dezember hielt Napoleon seinen feierlichen Einzug in Madrid, wohin ihm folgende Kundgebung vorausgegangen war:

»Spanier!

»Ich komme nicht zu euch als Gebieter, sondern als Befreier, ich habe das Inquisitionstribunal, gegen das unser Jahrhundert und Europa laut ihre Stimme erhoben, abgeschafft, die Priester sollen die Gewissen leiten, aber keine äußerliche und körperliche Gerichtsbarkeit über die Bürger ausüben. Ich habe die Lehensrechte unterdrückt, und jeder kann fortan Herbergen, Bäckereien, Mühlen, Thunfischfänge und Fischereien errichten, überhaupt seine Betriebsamkeit betätigen.

Die Selbstsucht, der Reichtum und das Glück einer kleinen Zahl von Leuten schadeten eurem Ackerbau mehr als der Brand der Hundstagssonne. Wie es nur *einen* Gott gibt, so soll auch im Staat nur *eine* Gerechtigkeit sein: alle besonderen Gerichtsbarkeiten waren von Anfang an ein Machtraub und den Rechten der Völker zuwider; ich habe sie zerstört. Das lebende Geschlecht mag verschiedener Ansicht sein, allzu viele Leidenschaften sind erregt; aber eure Enkel werden mich segnen als den zweiten Vater eures Vaterlandes; als denkwürdige Tage werden sie die zählen, wo ich unter euch erschienen bin, und von diesen Tagen wird sich Spaniens Wohlergehen herschreiben.«

Das eroberte Spanien war stumm, und die Inquisition antwortete mit folgendem Katechismus:

»Sage mir, mein Kind, wer bist du?« »Ein Spanier durch Gottes Gnade.« »Wer ist der Feind unseres Glückes?« »Der Kaiser der Franzosen.« »Wie viele Naturen hat er?« »Zwei, die menschliche und die teuflische.« »Wie viele Kaiser der Franzosen gibt es?« »Einen wirklichen in drei trügenden Personen.« »Wie heißen sie?« »Napoleon, Murat und Manuel Godoy.« »Welcher von den dreien ist der schlimmste?« »Sie sind alle drei gleich.« »Von wem stammt Napoleon?« »Von der Sünde.« »Murat?« »Von Napoleon.« »Und Godoy?« »Aus der Kreuzung beider.« »Was ist der Geist des ersten?« »Stolz und Despotismus.« »Des zweiten?« »Raubsucht und Grausamkeit.« »Des dritten?« »Wollust, Verräterei und Unwissenheit.« »Was sind die Franzosen?« »Verketzerte Christen.« »Ist es eine Sünde, einen Franzosen zu ermorden?« »Nein, mein Vater, man verdient den Himmel, wenn man einen dieser ketzerischen Hunde totschlägt.« »Welche Strafe verdient der Spanier, der seinen Pflichten nicht nachkommt?« »Den Tod und die Schmach der Verräter.« »Wer wird uns von unseren Feinden befreien?« »Das gegenseitige Vertrauen auf uns selbst und die Waffen!«

Indessen ruhte Spanien scheinbar im Frieden und fügte sich fast ganz seinem neuen Könige: zudem riefen die feindlichen Rüstungen Österreichs Napoleon nach Paris zurück. Dort am 23. Januar 1809 angekommen, lies er sogleich den österreichischen Gesandten um Erklärungen ersuchen. Was dieser vorbrachte, schien ihm unzulänglich, und nach einigen Tagen erfuhr er, dass das österreichische Heer am 9. April über den Inn gesetzt sei und Bayern überfallen habe. Diesmal kam uns Österreich zuvor und war eher in Bereitschaft als Frankreich. Napoleon wendet sich an den Senat.

Am 14. entsprach der Senat seinem Ansuchen durch ein Gesetz, das die Aushebung von 40 000 Mann verordnete, am 17. war Napoleon in Donauwörth mitten unter seiner Armee: am 20. hatte er die Schlacht bei Thann, am 21. die bei Abensberg. am 22. die bei Eckmühl, am 23. die bei Regensburg gewonnen, und am 24. richtete er nachstehenden Tagesbefehl an seine Armee:

»Soldaten!

Ihr habt meine Erwartung gerechtfertigt, die geringere Zahl habt ihr durch eure Tapferkeit wettgemacht, glorreich habt ihr den Unterschied gezeigt zwischen den Legionen eines Cäsar und den bewaffneten Kohorten eines Xerxes. Im Laufe von vier Tagen haben wir in den Schlachten von Thann, Abensberg und Eckmühl, in den Gefechten von Landshut und Regensburg triumphiert. 100 Kanonen, 40 Fahnen, 50 000 Gefangene sind die Erfolge eurer schnellen Bewegungen und eures Mutes. Der durch ein meineidiges Kabinett betörte Feind schien nicht mehr zu wissen, wer ihr seid. Furchtbar schnell ist er aus seinem Wahn erwacht, ihr seid ihm entsetzlicher erschienen als je. Eben erst ist er über den Inn gesetzt und hat das Gebiet unserer Verbündeten überfallen, und heute flieht er geschlagen in tödlicher Angst und ohne Ordnung. Schon hat meine Vorhut den Inn überschritten; bevor ein Monat vergeht, werden wir in Wien sein.«

Am 27. waren Bayern und die Pfalz geräumt: am 3. Mai verlieren die Österreicher das Treffen bei Ebersberg, am 9. war Napoleon unter den

Mauern Wiens, am 9. öffnete es seine Tore, und am 13. hielt Napoleon seinen Einzug.

Man sieht, Prophezeiungen galten damals noch mit Recht etwas. 10 000 Mann, unter den Befehlen des Prinzen Karl, hatten sich auf das linke Ufer der Donau zurückgezogen. Napoleon verfolgt sie und holt sie den 21. bei Essling ein, wo Massena seinen Herzogstitel mit dem eines Fürsten vertauscht.[22] Während des Kampfes werden die Brücken der Donau durch das plötzliche Anschwellen des Stromes fortgerissen, aber in vierzehn Tagen schlägt Bertrand drei neue Brücken darüber, die erste mit 60 Jochen, auf der drei Wagen nebeneinander passieren können, die zweite auf Pfählen ist acht Fuß breit: die dritte endlich ruht auf Kähnen. Und der Tagesbefehl vom 3. Juli aus Wien meldet, dass es hinfort keine Donau mehr gebe, wie Ludwig XIV. das gleiche von den Pyrenäen erklärt hatte.

Wirklich wurde am 4. Juli die Donau überschritten, den 5. die Schlacht bei Engersdorff gewonnen, am 7. endlich lassen die Österreicher 4000 Tote und 9000 Verwundete auf dem Schlachtfeld von Wagram und 20 000 Gefangene, 10 Fahnen, 40 Kanonen in den Händen ihrer Besieger.[23]

Den 11. zeigte sich der Fürst von Liechtenstein bei den Vorposten, um einen Waffenstillstand zu verlangen: er war kein Unbekannter: am Tag nach der Schlacht von Marengo hatte er sich schon mit der gleichen Botschaft eingestellt. Den 12. wurde der Stillstand zu Znaim geschlossen. Alsbald begannen die Verhandlungen: sie dauerten drei Monate, während deren Napoleon Schönbrunn bewohnte, wo er wie ein Wunder dem Dolche des Thüringer Pfarrerssohnes Staps entging. Endlich wurde am 14. Oktober der Friede unterzeichnet.

Österreich trat an Frankreich alle auf dem rechten Ufer der Save gelegenen Länder, das Gebiet von Görz und von Montefeltro, Triest, die Krain und den Kreis Villach ab. Es erkannte die Vereinigung der illyrischen Provinzen mit dem französischen Reiche an sowie jede künftige Einverleibung italienischen, portugiesischen und spanischen Gebiets, die Eroberung oder diplomatische Kombinationen mit sich bringen konnten, und verzichtete unwiderruflich auf das Bündnis mit England, um dem Kontinentalsystem mit allen seinen Anforderungen beizutreten.

---

[22] In der blutigen Schlacht bei Aspern-Essling brachte der Erzherzog Karl seinem großen Gegner zum ersten Mal eine schwere Niederlage bei. A. d. Ü.

[23] Der Gesamtverlust von 50 000 Mann verteilte sich fast gleichmäßig auf beide Seiten. A. d. Ü.

Man sieht, alles begann Napoleon entgegenzuwirken, aber noch vermochte ihm nichts zu widerstehen. Portugal hatte mit den Engländern gemeinschaftliche Sache gemacht. Er überschwemmte Portugal mit Truppen. Die Spanier hatten durch eine ungeschickte Schilderhebung ihre feindselige Gesinnung an den Tag gelegt: er nötigte Karl IV. abzudanken.[24] Der Papst hatte Rom zum allgemeinen Stelldichein der Sendboten Englands gemacht; er behandelte den Papst wie einen weltlichen Souverän und setzte ihn ab. Die Natur verweigerte Josephine aus ihrer Ehe mit Napoleon Kinder: er heiratete die Tochter des österreichischen Kaisers, Marie Luise und erhielt von ihr einen Sohn. Holland war, trotz seiner Zusagen, ein Stapelplatz für englische Waren geworden: er setzte Ludwig ab und schlug dessen Königreich zu Frankreich.

Jetzt zählte der Kaiserstaat 130 Departements: er erstreckte sich vom britischen Ozean bis zu den Meeren Griechenlands, vom Tajo bis zur Elbe, und 120 Millionen Menschen einem einzigen Willen gehorsam, einer einzigen Gewalt unterworfen und auf ein und demselben Wege geführt, riefen in acht verschiedenen Sprachen: *Es lebe Napoleon!*

Der General ist im Zenit seines Ruhmes und der Kaiser auf dem Gipfel seines Glückes. Bisher haben wir ihn ohne Unterlass emporsteigen sehen. Jetzt macht er halt und bleibt ein Jahr auf der Höhe seiner Herrlichkeit stehen; denn er muss ja wohl Atem schöpfen zum Abstieg.

Am 1. April 1810 heiratete Napoleon Marie Luise, die Erzherzogin von Österreich: elf Monate später verkündeten 101 Kanonenschüsse der Welt die Geburt eines Thronerben.

Eine der ersten Wirkungen von Napoleons Verbindung mit dem Hause Habsburg-Lothringen war eine Abkühlung zwischen ihm und dem Kaiser von Russland, der ihm, wenn man Dr. O'Meara glauben darf, seine Schwester, die Großfürstin Anna, hatte anbieten lassen. Seit 1810 hatte Alexander, der Napoleons Kaiserreich wie einen schwellenden Ozean näher und näher auf sich zufluten sah, seine Armeen vermehrt und aufs neue Verbindungen mit Großbritannien angeknüpft. Das ganze Jahr 1811 verstrich mit fruchtlosen Unterhandlungen, die nach der Art, wie sie scheiterten, den neuen Ausbruch eines Krieges immer wahrscheinlicher machten. Daher begannen beide Teile zu rüsten, noch ehe er erklärt war. Preußen stellte nach dem Vertrag vom 24. Februar Napoleon 20 000 und Österreich nach dem vom 14. März 30 000 Mann. Italien und der Rheinbund trugen zu dem geplanten Unternehmen 25 000 und 80 000 Streiter bei. Endlich schied ein Senatsbeschluss die Nationalgarde für

[24] Vergl. oben

den inneren Dienst in drei Banne: davon stellte der erste zum aktiven Dienst bestimmte außer der Riesenarmee, die an den Niemen rückte, 100 Kohorten von je 1000 Mann zur Verfügung des Kaisers.

Am 9. März reiste Napoleon von Paris ab, indem er den Herzog von Bassano beauftragte, dem Gesandten des Zaren, Fürsten Kurakin, seine Pässe so lange als möglich vorzuenthalten. Dieser Befehl, der dem Anschein nach eine Friedenshoffnung übrigließ, hatte tatsächlich keinen andern Zweck, als Alexander über die wahren Gesinnungen seines Feindes so lange wie möglich in Ungewissheit zu lassen, damit dieser unversehens über die russische Armee herfallen und ihn überrumpeln könne. Napoleon hatte gewöhnlich diese Taktik verfolgt, die ihm, wie immer, so auch diesmal gelang. Daher begnügte sich der Moniteur anzuzeigen, dass der Kaiser Paris verlasse, um die große, an der Weichsel Vereinigte Armee zu besichtigen, und dass ihn die Kaiserin bis Dresden zum Zweck eines Besuchs bei ihrer erlauchten Familie begleiten würde.

Nachdem er dort vierzehn Tage verweilt und Talma und Fräulein Mars, wie er ihnen in Paris versprochen, vor einem Parterre von Königen hatte spielen lassen, verließ Napoleon Dresden und langte am 2. Juni in Thorn an. Am 22. verkündete er seine Rückkehr nach Polen durch folgenden Tagesbefehl aus dem Hauptquartier von Wilkowski:

»Soldaten, Russland hat Frankreich ein ewiges Bündnis und England Krieg geschworen: es bricht heute seinen Eid und will keine Erklärung seines befremdenden Verhaltens geben, bevor nicht die französischen Adler über den Rhein zurückgegangen und damit unsere Verbündeten seiner Willkür überantwortet wären. So meint es denn, wir seien entartet? Sollten wir nicht mehr die Soldaten von Austerlitz sein? Es stellt uns die Wahl zwischen Schande und Krieg, und diese kann nicht zweifelhaft sein. Vorwärts! Lasst uns den Niemen überschreiten, tragen wir den Krieg auf Russlands Boden! Die französische Armee wird dort Ruhm ernten. Der Friede, den wir schließen werden, soll dem unheilvollen Einflusse ein Ziel setzen, den das moskowitische Kabinett seit einem halben Jahrhundert auf die Angelegenheiten Europas ausübt.«

Die Armee, an die Napoleon diese Worte richtete, war die schönste, die zahlreichste und zugleich die stärkste, die er je befehligt hatte. Sie war in 15 Korps geteilt, jedes von einem Herzog, Fürsten oder Könige geführt, und bildete eine Masse von 400 000 Mann Infanterie, 70 000 Mann Kavallerie und von 1000 Feuerschlünden.[25]

[25] Der Gesamtbestand der großen Armee belief sich mit Einschluss der 50 000 Österreicher und Preußen auf 650 000 Mann.

Drei Tage waren zum Übergang über den Niemen erforderlich: man wählte dazu den 23., 24. und 25. Juni.

Napoleon stand einen Augenblick still, gedankenvoll und unbeweglich auf dem linken Ufer dieses Flusses, wo ihm Kaiser Alexander drei Jahre vorher ewige Freundschaft geschworen hatte. Dann sagte er hinüberschreitend: »Das Verhängnis zieht die Russen hinab; mögen die Lose in Erfüllung gehen!«

Mit Riesenschritten begann er, wie immer, seinen Lauf; nach zweitägigem, wohl berechnetem Marsche war die völlig ahnungslose russische Armee auseinander gesprengt und ein ganzes Armeekorps von ihr abgetrennt.[26]

Da ließ Alexander, der an den furchtbaren und entscheidenden Schlägen aufs neue die Gefährlichkeit dieses Gegners erkannte, diesem sagen, er sei zu Unterhandlungen bereit, wenn er das von seinen Truppen überschwemmte Gebiet räumen und an den Niemen zurückgehen wolle. Napoleon fand diesen Schritt so befremdend, dass er darauf nur mit seinem am andern Tag erfolgenden Einzug in Wilna antwortete. Hier blieb er 20 Tage, errichtete eine vorläufige Regierung, während ein Reichstag in Warschau zusammentrat, um sich mit der Wiederherstellung des Königreichs Polen zu beschäftigen, worauf er sich wieder zur Verfolgung der russischen Armee anschickte.

Am zweiten Marschtage wurde er sich mit Entsetzen über das von Alexander angenommene Verteidigungssystem klar. Die Russen hatten auf ihrem Rückzuge alles zerstört. Ernten, Schlösser und Hütten. Eine Armee von 500 000 Mann rückte in Wüsten vor. die ehemals nicht einmal Karl XII. und seine 20 000 Schweden hatten ernähren können.

Vom Niemen bis zur Wilna marschierte man beim Leuchten der Feuersbrünste, über Leichen und Trümmer. In den letzten Tagen des Juli langte die Armee zu Witebsk an, voll Erstaunen über einen Krieg, der keinem andern glich, in dem man auf keine Feinde stieß, und wo man, wie es schien, nur mit Dämonen der Vernichtung zu tun hatte. Napoleon selbst war, wie gesagt, ganz erstarrt über einen solchen Feldzugsplan, den er in seine Berechnungen nicht hatte aufnehmen können; er sah vor sich nichts als unermessliche Wüsten, deren Ende er erst in einem Jahre erreicht hätte, und wo jeder Schritt, den er tat, ihn von Frankreich, von seinen Verbündeten, von allen seinen Hilfsquellen entfernte. In Witebsk angelangt, warf er sich niedergeschlagen auf einen Sessel, ließ sofort den

---

[26] Die Teilung des russischen Heeres entsprach dem Feldzugsplan der russischen Armeeleitung. A. d. Ü.

Grafen Daru rufen und sagte ihm: »Ich bleibe hier, ich will mich hier wieder finden, hier meine Armee zusammenziehen, hier ihr Ruhe gönnen und Polen organisieren. Der Feldzug von 1812 ist beendigt, der von 1813 wird das übrige tun. Was Sie betrifft, mein Herr, sorgen Sie dafür, dass wir hier leben können, denn wir werden nicht die Torheit Karls XII. begehen.« - Dann fügte er, zu Murat gewendet, hinzu: »Pflanzen wir hier unsere Adler auf! Das Jahr 1813 wird uns in Moskau sehen. 1814 zu St. Petersburg, der Krieg mit Russland dauert drei Jahre.«

Dies war wirklich der Entschluss, den Napoleon gefasst zu haben schien. Aber jetzt stellte ihm Alexander, der seinerseits über die Untätigkeit erschreckt, endlich die Russen vor Augen, die ihm bisher wie Gespenster entschwunden waren. Wie ein Spieler durch den Klang des Goldes gelockt, kann sich Napoleon nicht länger halten und jagt ihnen auf der Ferse nach. Am 14. August ereilt und schlägt er sie bei Krasnoi; am 18. vertreibt er sie aus Smolensk, das er brennend zurücklässt, und am 30. bemächtigt er sich Wjasmas, wo er sämtliche Magazine zerstört findet. Seitdem er den Fuß auf russischen Boden gesetzt hat, deutet alles auf den Ausbruch eines großen Volkskrieges.

Endlich erfährt Napoleon in dieser Stadt, dass die russische Armee ihren Befehlshaber gewechselt hat und sich anschickt, eine Schlacht in einer Stellung zu liefern, die sie in der Eile verschanzt. Kaiser Alexander hat soeben aus Rücksicht auf die öffentliche Stimmung, die die Unfälle des Krieges der schlechten Wahl seiner Generale beimisst, den Oberbefehl dem General Kutusoff, dem Besieger der Türken, übertragen. Wenn man dem allgemeinen Gerüchte glauben darf, so hat der Preuße Pfuel die ersten Unfälle des Feldzugs veranlasst, und der Ausländer Barclay-de-Tolly hat sie mit seinem ewigen Rückzugssystem, das den reinen Moskowitern verdächtig erscheint, noch schlimmer gemacht. In einem Volkskriege kann nur ein Russe das Vaterland retten, und alle stimmen darin überein, vom Zaren bis zum letzten Sklaven, dass der Sieger von Rustschuck und der Friedensdiktator von Bucharest allein imstande ist, Russland zu retten. Der neue General, seinerseits überzeugt, dass er, um sich die Gunst der Armee und der Nation zu erhalten, eher eine Schlacht liefern als uns nach Moskau vorrücken lassen muss, ist entschlossen, die Feinde in der Stellung, die er nahe bei Borodino innehatte, anzunehmen, nachdem er dort den 4. September 10 000 kaum organisierte Milizen aus Moskau an sich gezogen hat.

Am gleichen Tage stößt Murat zwischen Gjatsk und Borodino auf den General Konowitzin, der von Kutusoff beauftragt war, eine breite, von einer Schlucht gedeckte Hochebene zu behaupten. Konowitzin befolgt wörtlich den gegebenen Befehl und hält stand, bis die den seinen doppelt überlegenen Massen ihn rückwärts stoßen oder vielmehr hinabgleiten lassen; man folgt seiner Blutspur bis zu dem befestigten Kloster Kolostkoi. Dort sucht er noch einen Augenblick standzuhalten: aber von allen Seiten überflutet, ist er genötigt, sich wieder auf Golowino zurückzuziehen, das er indes nur flüchtigen Fußes durcheilen kann, denn unsere Vorhut dringt fast zugleich mit der russischen Nachhut in dieses Dorf ein. Einen Augenblick darauf erscheint Napoleon zu Pferd und überschaut von der Höhe, worauf er steht, die ganze Ebene. Die in Aschenhaufen verwandelten Dörfer, die zertretenen Fruchtfelder, die mit Kosaken gespickten Gehölze beweisen ihm, dass die Ebene, die sich vor ihm ausdehnt, von Kutusoff zu seinem Schlachtfelde gewählt ist. Hinter dieser ersten Linie befinden sich drei Dörfer auf einer stundenlangen Linie; ihre durch Verhaue gehemmten, durch Baumstämme unzugänglich gemachten Zwischenräume wimmeln von Soldaten; die ganze russische Armee wartet hier; der letzte Beweis wird dadurch erbracht, dass sie vor ihrem linken Flügel nahe bei dem Dorfe Schwardino eine Schanze aufgeworfen hat.

Napoleon überschaut den ganzen Umkreis mit *einem* Blicke. Seit einigen Stunden folgt er auf beiden Ufern der Kaluga; er weiß, dass dieser Fluss bei Borodino eine Krümmung links hin bildet, und obgleich er die Höhen, die ihn zu dieser Abweichung zwingen, nicht sieht, vermutet er sie doch und begreift, dass sich hier die Hauptstellungen der russischen Armee befinden. Aber der Fluss, der die äußerste Rechte des Feindes deckt, lässt sein Zentrum und seinen linken Flügel offen: hier allein ist er verwundbar, hier also muss man ihn fassen. Aber zunächst gilt es, ihn von der Schanze zu vertreiben, die seinen linken Flügel wie mit einem Vorwerk deckt; von da aus wird man imstande sein, seine Stellung besser zu erkennen. Der General Compans erhält den Befehl, die Schanze zu nehmen: dreimal erstürmt er sie, dreimal wird er wieder hinausgeworfen: endlich dringt er ein viertes Mal ein und nimmt Stellung darin. Von hier aus kann endlich Napoleon ungefähr zwei Drittel des gesamten Schlachtfeldes überblicken. Der Rest des Tages vom 5. wird mit gegenseitigen Beobachtungen zugebracht. Von beiden Seiten bereitet man sich auf eine entscheidende Schlacht vor: die Russen bringen ihn einzig mit den Feierlichkeiten des griechischen Kultus hin und rufen in ihren Gesängen den heiligen Niewsky und seine allmächtige Hilfe an. Die Franzosen, an das *Te Deum* und nicht an Gebete gewöhnt, ziehen ihre Vorposten an sich, schließen ihre Massen zusammen, setzen ihre Waffen instand und verteilen ihre Artillerieparke an die bestimmten Plätze. Von beiden Seiten halten sich die Streitkräfte der Zahl nach das Gleichgewicht; die Russen haben 230 000 Mann und wir 225 000 Mann.[27]

Des Kaisers Zelt steht hinter der italienischen Armee links von der großen Straße; die alte Garde stellt sich in Vierecken um sein Zelt auf; die Feuer werden angezündet; die der Russen bilden einen weiten regelmäßigen Halbkreis, die der Franzosen sind schwach, ungleich und zerstreut; den verschiedenen Korps ist noch keine eigene Lagerstelle angewiesen, und es fehlt an Holz. Während der ganzen Nacht fällt ein kalter und feiner Regen; der Herbst meldet sich. Napoleon lässt den Fürsten von Neuchâtel elfmal wecken, um ihm Befehle zu erteilen, und jedes Mal fragt er ihn, ob der Feind noch geneigt scheine standzuhalten; mehrmals hat ihn die Besorgnis, die Russen möchten ihm entrinnen, plötzlich aus dem Schlafe aufgestört, weil er das Geräusch ihres Aufbruches zu hören vermeinte; er hat sich getäuscht, und erst die Helle des Tages lässt den Feuerschein der feindlichen Biwaks erbleichen. Um 5 Uhr morgens steigt Napoleon zu Pferd und reitet, von der Dämmerung geschützt, mit einer schwachen Bedeckung auf halbe Schussweite die ganze feindliche Linie entlang.

Die Russen haben alle Höhen besetzt, sie kreuzen senkrecht die Moskauer Straße und den Hohlweg von Gorka, in dessen Grund ein kleiner Waldbach fließt, und sind zwischen der alten Smolensker Straße und der Moskwa eingeschlossen. Barclay de Tolly bildet mit 3 Infanterie- und 1 Kavalleriekorps den rechten Flügel, von der großen mit Bastionen versehenen Schanze bis zur Moskwa hin, Bagration mit dem siebenten und achten Korps den linken, von der großen Schanze bis an den Holzschlag, der sich zwischen Semenowskoë und Ustiza ausdehnt. So stark diese Stellung auch war, so war sie doch mangelhaft; der Fehler lag an dem General Bennigsen, der als Generalquartiermeister der Armee alle seine Aufmerksamkeit auf die von der Natur verteidigte Rechte verwendet und die Linke vernachlässigt hatte, während doch diese die schwache Seite war; zwar war sie von drei Schanzen gedeckt, aber zwischen diesen und der alten Straße von Moskau lag nur ein von einer Anzahl Jäger behaupteter Zwischenraum von 500 Ellen (an 1000 Meter).

Napoleons Plan ist folgender:

Er gewinnt mit seiner äußersten Rechten unter Poniatowskys Befehlen die Moskauer Straße, schneidet die feindliche Armee entzwei, und während Ney, Davoust und Eugen deren linken Flügel im Zaum halten, will

[27] Die Russen waren etwa 110 000 Mann, die Franzosen etwa 125 000 Mann stark. A. d. Ü.

er das ganze Zentrum und den rechten Flügel in die Moskwa zurückwerfen. Es ist dies der nämliche Plan wie bei Friedland: nur dass sich bei Friedland der Fluss im Rücken des Feindes befand und ihm allen Rückzug abschnitt, während hier die Moskwa an seiner Rechten vorbeifließt, und er, wenn er sich zurückziehen will, hinter sich ein günstiges Terrain findet. Dieser Schlachtplan erlitt im Laufe des Tages eine Abänderung. Nicht mehr Bernadotte, sondern Eugen soll das Zentrum angreifen; Poniatowsky soll sich mit seiner ganzen Kavallerie zwischen den Holzschlag und die große Straße schieben und zu gleicher Zeit den äußersten linken Flügel angreifen, während ihn Davoust und Ney von vorn anfallen; Poniatowsky erhält zu diesem Zwecke außer seiner Kavallerie zwei Divisionen vom Korps Davoust. Diese Entziehung eines Teils seiner Truppen bringt die üble Laune des Marschalls auf den höchsten Grad, denn er hatte einen ihm unfehlbar scheinenden Schlachtplan vorgeschlagen und ihn verwerfen sehen müssen. Dieser Plan bestand darin, vor dem Angriff auf die Schanzen die Stellung zu umgehen und sich senkrecht am äußersten Ende des Feindes aufzustellen. Das Manöver war gut, aber gewagt, weil die Russen, wenn sie merken, dass sie abgeschnitten zu werden drohen, und im Fall der Niederlage keinen Ausweg haben, während der Nacht ihr Lager auf der Straße von Mosaisk verlassen und uns am andern Tag nichts als ein ödes, verlassenes Schlachtfeld und leere Schanzen hinterlassen können; dies fürchtete aber Napoleon gerade so sehr wie eine Niederlage.

Um 3 Uhr reitet Napoleon noch einmal aus, um sich zu versichern, dass nichts sich geändert hat; er kommt auf den Höhen von Borodino an und wiederholt dort, das Glas in der Hand, seine Beobachtungen. Obgleich ihn nur wenige Personen begleiten, wird er doch erkannt: ein Kanonenschuss, der einzige, der während dieses ganzen Tages gelöst wurde, fährt aus den russischen Linien, und die Kugel schlägt einige Schritte vom Kaiser nieder.

Um 4 ½ Uhr kehrt der Kaiser nach seinem Feldlager zurück, er trifft dort Herrn v. Bausset, der ihm Briefe von Marie Luise und das Porträt des Königs von Rom von Gerard überbringt. Das Porträt ist vor dem Zelt aufgestellt, und darum hat sich ein Kreis von Marschällen, Generalen und Offizieren gebildet.

»Nehmt dieses Porträt weg,« sagt Napoleon, »das hieße ihm allzu früh ein Schlachtfeld zeigen.« In sein Zelt zurückgekehrt, diktiert Napoleon folgende Befehle:

»Während der Nacht sind zwei Schanzen gegenüber den vom Feind erbauten und im Laufe des Tags erkundeten, aufzuwerfen.

Die Schanze links wird mit 42 Feuerschlünden und die rechts mit 72 besetzt.

»Mit Tagesanbruch wird die rechte Schanze zu feuern anfangen, die linke wird anfangen, sobald sie auf der rechten schießen gehört hat.

Der Vizekönig lässt dann eine größere Zahl Plänkler, die ein wohlgenährtes Gewehrfeuer unterhalten, vorrücken. Das dritte und das achte Korps unter den Befehlen des Marschalls Ney werden ebenfalls einige Plänkler vorsenden.

Der Fürst von Eckmühl wird in seiner Stellung verbleiben.

Der Fürst Poniatowsky wird mit dem fünften Korps vor Tagesanbruch aufbrechen, so dass er die Linke des Feindes vor 6 Uhr morgens umgangen hat.

Ist die Schlacht begonnen, so wird der Kaiser seine Befehle nach den Erfordernissen der Lage erteilen.«

Nach Feststellung dieses Planes verteilt Napoleon seine Truppen derart, dass die Aufmerksamkeit des Feindes nicht zu sehr erweckt wird. Jeder erhält seine Verhaltungsbefehle, die Schanzen steigen empor, die Artillerie setzt sich in Stellung; mit Tagesanbruch sollen 120 Feuerschlünde mit Kugeln und Haubitzen die Werke überschütten, deren Wegnahme dem rechten Flügel aufgetragen ist.

Kaum kann Napoleon eine Stunde schlafen; jeden Augenblick lässt er fragen, ob der Feind noch da sei; verschiedene Bewegungen, die er ausführt, lassen zwei-, dreimal seinen Rückzug vermuten. Es ist aber nicht an dem; er macht nur seinen Fehler wieder gut, auf den Napoleon seinen ganzen Schlachtplan gebaut hat, indem er auf seine Linke das ganze Korps von Tutschkoff, das alle schwachen Punkte besetzt, hinüberbringt.

Um 4 Uhr tritt Rapp in das Zelt des Kaisers und trifft ihn die Stirn auf beide Hände stützend; er blickt auf.

»Nun? Rapp!« fragt er.

»Sire, sie sind noch da.«

..Das wird eine schreckliche Schlacht werden! Rapp, glauben Sie an den Sieg?«

»Ja, Sire, aber an einen blutigen.«

»Ich weiß das,« antwortete Napoleon: »aber ich habe 80 000 Mann, 20 000 werde ich verlieren und mit 60 000 in Moskau einziehen: die

Nachzügler werden sich dort wieder anschließen, desgleichen die Marschbataillone, und wir werden stärker sein als vor der Schlacht.«

Man sieht, Napoleon hatte bei der Zahl seiner Streiter weder seine Garde noch seine Kavallerie mitgezählt: er ist fest entschlossen, die Schlacht ohne sie zu gewinnen, es soll ein Artilleriekampf sein.

In diesem Augenblick erschallt allgemeines Freudengeschrei: der Ruf: »Es lebe der Kaiser« durchfliegt die ganze Linie: bei den ersten Strahlen der Sonne hat man den Soldaten folgenden Tagesbefehl, einen der schönsten, offensten und gedrängtesten Napoleons, vorgelesen:

»Soldaten!

Da ist endlich diese Schlacht, nach der ihr so sehr verlangt habt: von nun an hängt der Sieg nur von euch ab: er ist notwendig; er wird uns Überfluss verschaffen und gute Winterquartiere und eine schnelle Rückkehr ins Vaterland sichern. Seid die Soldaten von Austerlitz, Friedland, Witebsk und Smolensk, und die späteste Nachwelt soll von euch sagen, wenn sie von einem unter uns redet:

Er ist bei der großen Schlacht unter den Mauern Moskaus gewesen.«

Kaum hört das Rufen auf, so lässt Ney, der immer Ungeduldige, um die Erlaubnis bitten, den Kampf eröffnen zu dürfen. Alles greift sogleich zu den Waffen; jeder bereitet sich zu dem großen Schauspiel vor, das über das Schicksal Europas entscheiden soll. Die Adjutanten fliegen wie Pfeile nach allen Richtungen. Compans, der schon vor zwei Tagen so gut eingeleitet hat, soll sich längs dem Holzschlag einschieben, das Gefecht mit Wegnahme der Schanze, die der äußersten Linken der Russen zum Schutze dient, beginnen, und Davoust soll ihn unterstützen, indem er im Holzschlag selbst ungesehen vorwärts geht, während die Division Friant in Reserve bleibt. Sobald sich Davoust der Schanze bemächtigt hat, soll Ney staffelförmig vorrücken, um Semenowskoë zu erstürmen; seine Divisionen haben bei Valutina sehr gelitten und zählen kaum 15 000 Streiter; 10 000 Westfalen sollen sie verstärken und die zweite Linie bilden, die junge und alte Garde die dritte und vierte. Murat hat seine Reiterei zu teilen. Links von Ney, dem feindlichen Zentrum gegenüber, wird Montbruns Korps stehen. Nansouti und Latour-Maubourg werden eine Stellung einnehmen, die ihnen gestattet, den Bewegungen unsers rechten Flügels zu folgen. Grouchy endlich soll den Vizekönig unterstützen, der, durch die von Davoust abgetrennten Divisionen Morand und Gerard verstärkt, zuerst Borodino wegnehmen, dort die Division Delzons zurücklassen und mit den drei übrigen, die Kaluga auf den in der Frühe geschlagenen drei Brücken überschreitend, die große, auf ihrem rechten

Ufer angebrachte Schanze des Zentrums angreifen wird. Eine halbe Stunde reicht hin. diese Befehle zu überbringen: es ist 5 ½ Uhr morgens; die Schanze rechts eröffnet ihr Feuer, die links erwidert es, alles setzt sich in Bewegung, alles marschiert, alles geht vorwärts.[28]

Davoust stürzt mit seinen beiden Divisionen vorwärts in den Kampf. Eugens linker Flügel, aus der Brigade Plausonne gebildet, der auf Beobachtung hätte stehenbleiben und mit dem Besitz von Borodino sich begnügen sollen, lässt sich, trotz dem Gegenbefehl seines Generals von blinder Hitze hinreißen, geht über das Dorf hinaus und stößt sich an den Höhen von Gorki, wo ihn die Russen von vorn und von der Seite zusammenschmettern. Da eilt das 92. Regiment dem 106. zu Hilfe, sammelt dessen Trümmer und führt es heraus, aber halbvernichtet und infolge des Falls seines Generals führerlos.

In diesem Augenblick wirft Napoleon, in der Voraussetzung, dass Poniatowsky Zeit gehabt hat, seine Bewegung auszuführen, Davoust auf die erste Schanze: die Divisionen Compans und Desaix folgen ihm, 30 Kanonen mit sich schleppend. Die ganze feindliche Linie blitzt auf gleich einer angezündeten Pulvermine.

Unser Fußvolk rückt vor, ohne einen Schuss zu tun, es eilt, das Feuer des Feindes zu überfallen und es ist zu ersticken. Compans wird verwundet; Rapp eilt an seine Stelle; er stürmt im Sturmschritt mit gefälltem Bajonett daher; im Augenblick, wo er die Schanze erreicht, fällt er, von einer Kugel getroffen, es ist seine zweiundzwanzigste Wunde. Ein dritter nimmt seinen Platz ein und wird gleichfalls getroffen, Davousts Pferd fällt von einer Kanonenkugel, der Fürst von Eckmühl rollt in den Kot,

---

[28] Napoleon selbst hat diesen Plan folgendermaßen kritisiert. »Diese erste Disposition war ein schwerer Fehler und Ursache der unentschiedenen Wendung, die die Schlacht nahm; man hätte Davoust mit vier von seinen Divisionen in das Loch zwischen der Schanze des linken Flügels und dem Gehölz von Ustiza werfen, ihm Murat mit seiner ganzen Kavallerie folgen, ihn durch Ney und seine Westfalen, die man gegen Semenowskoë führen musste, unterstützen lassen sollen, während die junge Garde im Zentrum der beiden Angriffskolonnen staffelförmig vorgedrungen wäre und Poniatowsky, mit Davoust vereint, Tutschkoffs rechten Flügel in dem Gehölz von Ustiza umgangen hätte. Wir hätten gleich anfangs den linken Flügel des Feindes umzingelt und mit einer unwiderstehlichen Masse niedergeworfen, wir hätten ihn zu einer mit der großen Straße von Moskau und der Moskawa, die er im Rücken gehabt hätte, parallelen Frontveränderung gezwungen. In jenem Loche befanden sich nur vier schwache, im Verhau versteckte Jägerregimenter, so dass bei Erfolg durchaus nicht zweifelhaft gewesen wäre usw.« (Jomini, Politisches und militärisches Leben Napoleons.)

man glaubt, er sei getötet, aber er steht wieder auf, steigt auf ein anderes Pferd und kommt mit einer Quetschung weg.

Rapp lässt sich vor den Kaiser tragen.

»Wie? Rapp,« ruft Napoleon, »schon wieder verwundet!«

»Immer, Sire,! Sie wissen, das ist meine Gewohnheit.«

»Was tut man da oben?«

»Wunder! Aber um fertigzumachen, bedürfte man der Garde.«

»Ich werde mich wohl hüten,« entgegnet Napoleon mit einer Bewegung, als schauderte ihn, »ich mag sie nicht zugrunde richten lassen; ich werde die Schlacht ohne sie gewinnen.«

Jetzt wirft sich Ney mit seinen 3 Divisionen in die Ebene und rückt, staffelförmig vordringend, an der Spitze der Division Ledru auf jene verhängnisvolle Schanze, die die Division Compans bereits ihre drei Generale gekostet hat: er nimmt sie von der linken Seite, während die Tapfern, die den Angriff begonnen, sie von der rechten ersteigen. Ney und Murat werfen die Division Razout auf die beiden andern Schanzen; eben ist sie auf dem Punkt, sich ihrer zu bemächtigen, als sie von den russischen Kürassieren angefallen wird. Ein Augenblick erwartungsvoller Ungewissheit! Das Fußvolk macht halt, aber weicht nicht zurück: Bruyères Reiterei kommt ihm zu Hilfe; die russischen Kürassiere werden geworfen: Murat und Razout dringen vor, und die Verschanzungen sind erstürmt.

Zwei Stunden sind während dieser Angriffe verflossen: Napoleon wundert sich, Poniatowskys Kanonen nicht zu hören und keine durch dessen Angriff hervorgerufene Bewegung zu bemerken. Inzwischen hat Kutusoff, der die gegen seinen linken Flügel bereitstehenden dichten Massen leicht zu entdecken vermocht, Bagawuts Korps dahin entsendet: eine seiner Divisionen marschiert nach Ustiza, die andere wirft sich in das Gehölz. In diesem Augenblick kommt Poniatowsky zurück, der den Weg durch den Wald nicht hat finden können und nun von Napoleon auf die äußerste Rechte Davousts entsendet wird.

Übrigens ist die linke Seite der russischen Linie überwältigt und die Ebene offen, die drei Schanzen sind in Neys, Murats und Davousts Händen, aber Bagration beharrt in drohender Haltung und erhält Verstärkung über Verstärkung: man muss ihn schleunigst hinter die Schlucht von Semenowsko ë werfen, oder er kann wieder zum Angriff schreiten.

Was nur von grobem Geschütz in die Schanzen geschleppt werden kann, wird herbeigeführt, um ihre Bewegung zu unterstützen. Ney stürzt sich vorwärts, 15–20 000 Mann ihm nach.

Statt ihn aber zu erwarten, fliegt Bagration, der durch den Stoß überworfen zu werden fürchtet, an die Spitze seiner Linie und marschiert ihm mit gefälltem Bajonett entgegen. Die beiden Massen begegnen sich, das Handgemenge beginnt, man ficht Mann gegen Mann: es ist ein Duell zwischen 40 000 Soldaten. Bagration wird schwer verwundet, und die russischen Truppen, einen Augenblick ohne Führer, wenden sich zur Flucht. Da tritt Konownitzin an ihre Spitze, führt sie hinter die Schlucht von Semenowskoë zurück und zwingt durch eine gut aufgestellte Artillerie unsere heranstürmenden Kolonnen zum Stillstand. Murat und Ney sind erschöpft; beide haben übermenschliche Anstrengungen gemacht und lassen Napoleon um Verstärkung bitten. Der Kaiser lässt die junge Garde aufbrechen: aber fast in demselben Augenblick glaubt er, als er sein Augenmerk auf Borodino richtet und einige Regimenter von Eugens Soldaten durch Uwaroffs Kavallerie zurückgedrängt sieht, das ganze Korps des Vizekönigs sei auf dem Rückzug, und befiehlt der jungen Garde zu halten. Statt der jungen Garde schickt er Ney und Murat die ganze Reserveartillerie: 100 Kanonen enteilen im Galopp, um auf den eroberten Höhen Aufstellung zu nehmen.

Folgendes war der Verlauf der Dinge auf dem Flügel Eugens.

Nachdem er gegen eine Stunde durch das Gefecht der Brigade Plausonne aufgehalten worden war, überschritt der Vizekönig die Kaluga auf vier kleinen, vom Geniekorps geschlagenen Brücken. Auf dem andern Ufer rückt er eiligst in schräger Linie nach rechts hin, um die große zwischen Borodino und Semenowskoë befindliche Schanze, die das feindliche Zentrum deckt, zu nehmen. Die Division Morand, die zuerst die Hochebene erreichte, schickt das 30. Regiment gegen die Schanze vor und rückt in tiefen Kolonnen zu seiner Unterstützung nach. Es sind alte Soldaten, die diese Kolonnen bilden, ruhig im Feuer wie auf der Parade, sie marschieren Gewehr im Arm und dringen, ohne einen Schuss zu tun in die Schanze trotz des fürchterlichen Feuers der ersten Linie von Paskewitsch. Aber dieser hat den Fall vorausgesehen und wirft sich mit der zweiten Linie auf die Flanken der Kolonnen, während Jermanoff mit einer Brigade der Garden zu seiner Unterstützung nachrückt. Wie sie den neuen Feind sieht, wendet die erste Linie ihre Front, und die Division Morand steht so mitten in einem Feuerdreieck. Sie macht kehrt und lässt den General Bonami und das 30. Regiment in der Schanze, wo Bonami fällt und die Hälfte des 30sten um ihn her. In diesem Augenblick hatte Napoleon einige Regimenter über die Kaluga zurückgehen sehen, darum seine Rückzugslinie bedroht geglaubt und seine junge Garde zurückgehalten.

Inzwischen hat Kutusoff den Moment benutzt, wo er Ney und Murat schwanken sieht. Während sie bemüht sind, ihre Stellungen zu halten, ruft der feindliche General alle seine Reserven und selbst die russische Garde seiner Linien zu Hilfe. Mit allen diesen Verstärkungen stellt Konownitzin, der den verwundeten Begration ersetzt, seine Linien wieder her. Sein rechter Flügel lehnt an der großen, von Eugen angegriffenen Schanze, sein linker berührt das Gehölz: 50 000 Mann scharen sich keilförmig und drücken vor, um uns zurückzudrängen: ihre Artillerie donnert, ihr Pelotonfeuer zischt, Stücke und Kugeln zerreißen unsere Reihen: Friants Soldaten, die in erster Linie stehen und von einem Kartätschenhagel überschüttet werden, zaudern, verwirren sich, ein Oberst reißt sein Pferd herum und befiehlt den Rückzug: aber Murat, der allgegenwärtige, ist hinter ihm, hält ihn an, fasst ihn am Kragen und fragt ihn mit dem Auge durchbohrend:

»Was machen Sie da?«

»Sie sehen ja, dass man hier nicht stehenbleiben kann!« antwortete ihm der Oberst, auf den von seinen Leuten bedeckten Boden weisend.

»Ei, zum Henker! Ich bleibe da, ich,« entgegnet Murat.

»Gut,« sagt der Oberst. »Soldaten, rechts um! Lassen wir uns totschießen!«

Und er nimmt mit seinem Regiment unter den Kartätschenkugeln seine Stellung wieder ein.

In diesem Augenblick entflammen sich unsere Schanzen, 80 neue Feuerschlünde speien auf einmal, die von Murat und Ney erwartete Verstärkung ist angelangt, zwar in anderer Gestalt, aber nur umso furchtbarer.

Nichtsdestoweniger setzen die dichten und tiefen in Bewegung gesetzten Massen des Feindes ihren Marsch fort. Wohl sieht man unsere Kugeln in ihren Reihen tiefe Furchen ziehen, ganz gleich, sie gehen vorwärts. Aber den Kugeln folgt die Kartätsche; von diesem eisernen Orkan zermalmt, suchen sich die feindlichen Reihen wieder zu bilden, aber doppelt fällt der Todesregen. Da halten sie, wagen nicht weiterzugehen und wollen doch keinen Schritt rückwärts tun. Entweder hören sie die Kommandostimme ihrer Generale nicht mehr, oder ihre Generale sind unfähig, mit so großen Massen zu manövrieren. und verlieren den Kopf.

Wie dem auch sei, 40 000 Mann stehen zwei lange Stunden da und lassen sich vom Blitze zerschmettern: es ist ein schauderhaftes Gemetzel, eine endlose Zerfleischung. Endlich meldet man Ney und Murat, dass die Munition ausgeht. Die Sieger sind es, die zuerst müde werden.

Ney stürmt wieder vorwärts, seine rechte Linie dehnt sich, um die Linke des Feindes zu umgarnen. Murat und Davoust unterstützen diese Bewegung; Bajonett und Flinte zerstören, was der Artillerie entronnen ist, und die russische Armee hat keinen linken Flügel mehr. Die Sieger, die mit lauten Rufen nach der Garde verlangen, wenden sich nach dem Zentrum und eilen Eugen zu Hilfe, alles rüstet sich zum Angriff auf die große Schanze.

Montbrun, dessen Korps dem feindlichen Zentrum gerade gegenüber steht, drängt im Sturmschritt dagegen vor. Kaum hat er ein Viertel des Weges zurückgelegt, als ihn eine Kugel mitten entzweireißt. Caulaincourt ersetzt ihn: er stellt sich an die Spitze des fünften Kürassierregiments und stürzt sich auf die Schanze, indes zu gleicher Zeit die Divisionen Morand, Gerard und Bourcier, von den Weichsellegionen unterstützt, auf drei Seiten zumal angreifen. Im Augenblick, wo er eindringt, fällt er tödlich verwundet: im gleichen Augenblick ist sein tapferes Regiment, das durch die hinter dem Werke aufgestellte Infanterie Ostermanns und der russischen Garde zusammengeschossen wird, zum Weichen gezwungen und zieht sich zurück, um, von unsern Kolonnen geschützt, sich wieder zu bilden. Aber jetzt stürmt auch Eugen an der Spitze seiner drei Divisionen auf die Schanze ein, nimmt sie und fängt den General Lichatscheff. Während er sich noch darin festsetzt, wirft er Grouchys Korps auf die Trümmer der Bataillone Doktoroffs. Die russische Garde und die Gardereiter dringen gegen die unsrigen vor, und Grouchy wird zu einer rückgängigen Bewegung gezwungen. Aber diese Bewegung hat Belliard Zeit gegeben. 20 Kanonen zusammenzubringen, die bereits als Batterie in der Schanze stehen.

Da schließen sich die Russen mit schon bewiesener Hartnäckigkeit aufs neue zusammen, ihre Generale führen sie in den Kampf zurück, und sie rücken in geschlossenen Kolonnen an, um die Schanze, für deren Erwerb sie uns so teuer zahlen ließen, wiederzunehmen. Eugen lässt sie auf Schussweite kommen, dann enthüllt er seine 30 Stücke, die sich alle auf einmal entflammen. Die Russen wirbeln einen Augenblick, schließen ihre Reihen nochmals, und diesmal dringen sie bis zur Mündung der Kanonen vor und lassen sich zerschmettern. Eugen, Murat und Ney schicken Kurier auf Kurier an Napoleon; sie verlangen heftig nach der Garde. Die ganze feindliche Armee ist vernichtet, wenn Napoleon sie ihnen bewilligt. Auch Belliard, Daru, Berthier dringen in ihn.

»Und wenn es morgen eine zweite Schlacht gibt, mit wem soll ich sie liefern?«

Sieg und Schlachtfeld ist unser: aber wir können den Feind nicht verfolgen, der sich unter unserm Feuer zurückzieht, ohne das seine zu unterbrechen, und bald darauf haltmacht, um sich in einer zweiten Stellung zu verschanzen. Jetzt steigt Napoleon zu Pferde, reitet nach Semenowsko zu und besucht das ganze Schlachtfeld, wo noch von Zeit zu Zeit einige verlorene Kugeln einschlagen. Endlich ruft er Mortier und befiehlt ihm, die junge Garde vorzuschieben, aber den neuen Verhau, der ihn von dem Feinde trennt, nicht zu überschreiten; dann kehrt er unter sein Zelt zurück.

Um 10 Uhr nachts reitet Murat, der sich seit 6 Uhr morgens schlägt, herbei und meldet, dass der Feind in Unordnung über die Moskwa geht und ihm aufs Neue zu entrinnen droht. Nochmals verlangt er die Garde, die kein Tagewerk getan hat, und mit der er die Russen einzuholen und ihnen den Rest zu geben verspricht. Aber Napoleon weigert sich diesmal, wie vorher, und lässt die Armee, die er so eilig aufgesucht hatte, entweichen. Am folgenden Tag war sie gänzlich verschwunden, und Napoleon war unbestrittener Herr des entsetzlichsten Schlachtfeldes, das vielleicht, solange die Welt steht, existiert hat. 60 000 Mann, davon ein Drittel Franzosen,[29] lagen darauf; 9 Generale waren uns getötet und 34 verwundet worden. Unsere Verluste waren unermesslich und ohne entsprechende Erfolge.

Am 14. September zog die Armee in Moskau ein. Aber alles sollte in diesem Kriege düster sein, selbst unsere Triumphe. Unsere Soldaten waren gewöhnt, in Hauptstädte und nicht in Totenstädte einzuziehen; Moskau schien ein unermessliches Grab, überall öde und überall schweigend. Napoleon nahm seine Wohnung im Kreml, und die Armee verbreitete sich in der Stadt. Dann brach die Nacht herein.

Um Mitternacht wurde Napoleon durch den *Feuerlärm* aufgeweckt; blutrotes Leuchten drang bis zu seinem Bett. Er stürzte an sein Fenster; Moskau stand in Flammen: ein edler Herostrat – hatte Rostopschin seinen Namen verewigt und zugleich sein Vaterland gerettet.

Diesem Flammenozean, der wie die Flut heranschwoll, galt es zu entrinnen. Am 16. war Napoleon, von Trümmern umringt und vom Brand

[29] Die Verluste beider Heere sind auf je etwa 40 000 Mann zu schätzen. A. d. Ü.

umschlungen, genötigt, den Kreml zu verlassen und sich auf das Schloss Petrowskoi zurückzuziehen. Hier beginnt sein Kampf mit den Generalen, die ihm raten, sich, solange es noch Zeit ist, zurückzuziehen und seine unheilbringende Eroberung aufzugeben. Bei dieser ihm fremden und ungewohnten Sprache wird er bedenklich und wendet seine Blicke abwechselnd nach Paris und St. Petersburg. Nur 150 Stunden trennen ihn von diesem, 800 von jenem; auf Petersburg marschieren, heißt seinen Sieg erweisen, nach Paris umlenken, seine Niederlage bekennen.

Währenddessen rückt der Winter heran, der nicht mehr rät, sondern befiehlt. Am 15., 16., 17. und 18. Oktober werden die Kranken über Mosaisk und Smolensk abgeführt, am 22. verlässt Napoleon Moskau, und am 23. fliegt der Kreml in die Luft. Elf Tage lang geht der Rückzug ohne allzu große Unfälle vor sich, als auf einmal am 7. November der Thermometer von fünf bis auf achtzehn Grad unter den Gefrierpunkt fällt, und die 29. Kriegsdepesche vom 14. überbringt Paris die Nachricht von unerhörten, entsetzlichen Schrecknissen, denen die Franzosen keinen Glauben beimessen würden, hätte sie nicht ihr Kaiser selbst erzählt.

Von diesem Tage an geht ein Unstern auf, der den Glanz unserer größten Siege überbietet; man wird an einen Kambyses erinnert, der im Wüstensande versinkt, an einen Xerxes, der auf einer Barke über den Hellespont zurückflieht, an einen Varro, der die Trümmer des Heeres von Cannä nach Rom zurückführt. Von den 70 000 Reitern, die über den Niemen gesetzt hatten, kann man kaum 4 Kompagnien, jede zu 150 Pferden, bilden, um Napoleon als Begleitung zu dienen. Das ist die heilige Schar; die Offiziere nehmen darin den Rang gemeiner Soldaten ein, die Obersten sind Unteroffiziere. Generale Hauptleute. Sie hat einen Marschall zum Obersten, einen König zum General; und das Unterpfand, das ihr anvertraut ist, das Palladium, das sie bewahrt, ist ein Kaiser.

Und wollt ihr wissen, was aus dem Rest der Armee in diesen unermesslichen grundlosen Steppen, zwischen Himmel und Schnee, der auf ihr Haupt fällt, und auf diesen beeisten Seen, die unter ihr brechen, geworden ist, so vernehmt:

»Generale, Offiziere und Soldaten, – alle marschierten in einem Haufen wirr durcheinander, das Übermaß des Elends ließ jeden Rang verschwinden, und Reiterei, Artillerie, Fußvolk, alles war nur eine unentwirrbare Masse.

Die meisten hatten einen Sack voll Mehl auf den Schultern und trugen an der Seite einen Napf an einer Schnur; andere schleppten am Zügel

Schatten von Pferden, die mit Kochgeschirren und armseligen Vorräten beladen waren.

Diese Pferde bildeten selbst Mundvorräte, und zwar umso bessere, als man sie nicht zu tragen brauchte und sie, wenn sie fielen, sofort zur Nahrung bereiten konnte. Um sie zu zerstückeln, wartete man nicht einmal ihren letzten Hauch ab; kaum lagen sie am Boden, so warf man sich darauf, um alle fleischigen Teile abzuziehen.

»Die Mehrzahl der Armeekorps war aufgelöst: aus ihren Trümmern hatte sich eine Menge kleiner, aus 8 bis 10 Köpfen bestehender Körperschaften gebildet, die zu gemeinsamem Marsche verbunden waren und sich in allem gegenseitig halfen.

Manche dieser Abteilungen besaßen ein Pferd, das ihr Gepäck, die Küchengeräte und den Mundbedarf trug; sonst war jedes Mitglied mit einem zu diesem Gebrauch bestimmten Quersack versehen.

Diese kleinen, vom Ganzen völlig gelösten Gemeinschaften führten ein Sonderdasein und stießen alles, was nicht zu ihnen gehörte, von ihrem Kreise zurück. Alle Individuen einer solchen Schutzfamilie marschierten enge aneinander und hüteten sich ängstlich vor jeder Trennung in der Masse. Wehe dem, der seine Abteilung verloren hatte: nirgends fand er einen Menschen, der sich im Geringsten um ihn gekümmert und ihm irgendwie Beistand geleistet hätte. Überall wurde er misshandelt und verfolgt: erbarmungslos verjagte man ihn von allen Feuern, auf die er kein Recht hatte, von allen Orten, wo er Zuflucht suchte. Und diese Hetze hörte nicht auf, bis es ihm gelungen war, die seinigen wiederzufinden. Napoleon sah mit eigenen Augen diese wahrhaft unglaubliche Masse von Flüchtlingen und zuchtlosen Menschen.

Man stelle sich, soweit dies möglich ist, 100 000 Unglückliche vor, die Schultern mit einem Quersack beladen und auf lange Stäbe gestützt, aufs absonderlichste mit Lumpen behangen, von Ungeziefer wimmelnd und allen Schrecknissen des Hungers preisgegeben. Man denke sich zu diesem Menschenhaufen, schon an sich einem Beweise des grässlichsten Elends, noch die von so vielen Leiden zeugenden Gesichter hinzu: man vergegenwärtige sich diese blassen, von dem Kot der Biwaks bedeckten, von Rauch geschwärzten Menschengestalten mit hohlen erloschenen Augen, verworrenen Haaren, langem und stinkendem Bart: und doch wird man nur einen schwachen Schattenriss des Bildes haben, das die Armee darbietet.

Wir krochen mühsam, uns selber überlassen, in der Schneewüste auf kaum bemerkbaren Wegen durch Steppen hindurch und unendliche Fichtenwälder.

Hier unterlagen Unglückliche, an denen Krankheit und Hunger schon lange gezehrt, der Last ihrer Leiden und verendeten unter Folterqualen, eine Beute der grimmigsten Verzweiflung. Dort warf man sich mit Wut über den her, bei dem man Lebensmittel vermutete, und entriss sie ihm trotz seinem hartnäckigsten Widerstand und seinen grässlichen Flüchen.

An einer Stelle hörte man das Geräusch der von den Pferden unter die Füße getretenen oder von den Wagenrädern zerquetschten Leichname, an einer andern das Schreien und Stöhnen der Opfer, denen die Kraft ausgegangen war, und die, auf dem Wege liegend und mit letzter Anstrengung gegen diesen entsetzlichen Tod ankämpfend, in Erwartung des Sterbens doppelt starben.

Dort wieder schlugen sich um das Aas eines Pferdes gierige Gruppen bei der Verteilung der Fetzen. Während die einen die äußeren fleischigen Teile abschnitten, gruben sich die andern bis zum Gürtel in die Eingeweide ein, um Herz und Leber herauszureißen.

Auf allen Seiten Unheil verkündende, entsetzte, durch Frostbeulen verstümmelte Gesichter! Mit einem Wort, überall Bestürzung, Schrecken, Hunger und Tod!

Um den Andrang dieser entsetzlichen Leiden, die auf unserem Haupte lasteten, auszuhalten, musste man mit einer kraftvollen Seele und einem unerschütterlichen Mute ausgerüstet sein. Die unerlässliche Bedingung war, dass die moralische Kraft im selben Maße wuchs wie die Gefährlichkeit der Umstände. Sich durch den Anblick der beklagenswerten Szenen, deren Zeuge man war, angreifen lassen, hieß sich selbst verurteilen: man musste sein Herz jedem Gefühl des Mitleids verschließen. Wer glücklich genug war, in seinem Innern eine hinlängliche Widerstandskraft gegen so viele Übel zu finden, der entwickelte die kälteste Fühllosigkeit und die unzerstörbarste Festigkeit.

Man sah solche Männer mitten unter dem Grausen, das sie umgab, ruhig und unerschrocken alle Wechsel ihrer Lage ertragen, alle Gefahren verachten und durch den ununterbrochenen Anblick des Todes, der sich ihnen unter den abscheulichsten Gestalten aufwies, sich daran gewöhnen, ihm ohne Schaudern wahrhaft ins Auge zu schauen.

Taub gegen die Schmerzensrufe, die von allen Seiten in ihr Ohr tönten, wendeten sie sich, wenn solch ein Unglücklicher neben ihnen zusammensank, kalt ab und setzten ohne die geringste Gemütsbewegung ihren Weg fort.

So blieben diese unglücklichen Opfer verlassen auf den Schneemassen; solange sie die Kraft hatten, hielten sie sich aufrecht, dann sanken sie allmählich zurück, ohne von irgendeinem menschlichen Wesen ein Trosteswort zu hören, ohne dass jemand die Pflicht gefühlt hätte, ihnen auch nur den geringsten Beistand zu leisten. Unaufhörlich marschierten wir mit großen Schlitten, stumm, zu Boden starrend, vorwärts und machten nur mit sinkender Nacht halt.

Von Ermattung und Hunger überwältigt, hatten wir auch dann noch keine Ruhe. Es galt, unter allen Umständen, wenn auch keine Wohnung, so doch wenigstens Schutz gegen die Härte des eisigen Windes zu finden. Man stürzte sich in die Häuser, in die Scheunen, die Gehöfte und jeden Bau, den man blicken konnte. In wenigen Augenblicken war man dermaßen darin eingepfropft, dass niemand mehr herein noch hinaus konnte. Wer inwendig keinen Platz mehr gewinnen konnte, machte sich vor der Tür, hinter den Mauern und in der Nähe zurecht. Die erste Sorge war, sich Holz und Stroh zu besorgen. Zu diesem Ende erkletterte man die benachbarten Häuser und nahm zuerst das Strohdach weg, und, wenn dies nicht zureichte, riss man Bretter und Balken von den Giebeln, und am Ende zerstörte man Stück für Stück, das ganze Haus, bis es dem Erdboden gleich war, trotz des Widerstands derer, die sich darein geflüchtet hatten und es nach Leibeskräften verteidigten. Wurde man nicht auf diese Weise aus den Hütten verjagt, wo man ein Asyl suchte, so riskierte man, darin von den Flammen verzehrt zu werden: denn oft warfen die, die nicht in das Haus eindringen konnten, Feuer hinein, um die darin befindlichen zu vertreiben. Besonders geschah dies immer, wenn höhere Offiziere sich eines solchen nach der Vertreibung früherer Besitznehmer bemächtigt hatten.

So musste man sich denn entschließen, die Nacht über zu kampieren. Zu dem Ende pflegte man oft, statt sich in die Häuser einzuquartieren, sie vom Giebel bis zum Grundstein zu schleifen und ihre Bestandteile mitten im Freien zu zerstreuen, um sich abseits Zufluchtsstätten zu bereiten. Hatte man sich solche, wie die Gelegenheit sie bot, verschafft, so zündete man Feuer an, und jedes Mitglied der kleinen Abteilung beeilte sich, bei der Bereitung des Nachtmahls zu helfen.

Während die einen Brei kochten, kneteten die andern Teig, den man in der Asche buk. Jeder zog aus seinem Zwerchsack gesammelte Pferdefleischschnitten und warf sie zum Braten unter die Kohlen.

Brei war die gewöhnlichste Nahrung. Aber was war das für ein Brei! Da man unmöglich Wasser herbeischaffen konnte, weil alle Quellen und Sümpfe bedeckt waren, ließ man in einem Kessel so viel Schnee zergehen, als man Wasser gewinnen wollte. Sodann rührte man in dieses Wasser, das schwarz und kotig war, eine Portion mehr oder minder grobes Mehl und ließ diese Mischung so lange einkochen, bis sie von breiiger Beschaffenheit war. Hierauf würzte man sie mit Salz oder warf in Ermangelung dessen 2–3 Patronen hinein, die ihm durch den Pulvergeschmack die abscheuliche Fadheit benahmen und ein dunkles Kolorit gaben, wodurch er nicht wenig an die schwarze Suppe der Spartaner erinnerte.

Während man diesen Kleister bereitete, legte man in schmale Streifen geschnittenes Pferdefleisch auf die Kohlen, das man gleichfalls mit Kanonenpulver würzte. Nach dem Genuss dieses Mahles schlief jeder, von Strapazen ermüdet und unter der Last seiner Leiden erliegend, fast augenblicklich ein, um am folgenden Morgen das gleiche Leben wieder zu beginnen.

Mit Tagesanbruch erhob sich, ohne dass irgendein Signal das Zeichen zum Aufbruch gegeben hätte, die ganze Masse von freien Stücken aus ihrem Biwak und bewegte sich weiter...[30]

So verflossen zwanzig Tage. In ihrem Verlaufe hinterließ die Armee auf ihrem Pfade 200 000 Menschen und Kanonen. Dann mündete sie in die Beresina, wie ein Waldstrom in einen Abgrund.

Am 5. Dezember, während die Reste der Armee sterbend in Wilna lagen, reiste Napoleon auf die dringenden Bitten des Königs von Neapel, des Vizekönigs von Italien und seiner bedeutendsten Heerführer im Schlitten von Smorgoni nach Frankreich. Damals war die Kälte auf 27 Grad unter Null gestiegen.

Am 18. abends traf Napoleon in einem Gefährt am Tor der Tuilerien ein, das man ihm anfangs gar nicht öffnen wollte, weil ihn alle noch in Wilna vermuteten.

Am dritten Tage brachten die höchsten Behörden und Körperschaften des Reiches ihre Glückwünsche zu seiner Ankunft dar.

Am 12. Januar 1813 stellte ein Senatsbericht dem Kriegsminister 350 000 Rekruten zur Verfügung.

Am 10. März erfuhr man den Abfall Preußens.

---

[30] Bericht des Réné Bourgeois.

Vier Monate lang war ganz Frankreich nur ein Waffenplatz.

Am 15. April verließ Napoleon Paris von neuem an der Spitze seiner jungen Legionen.

Am 1. Mai stand er bei Lützen, bereit, mit 250 000 Mann die verbündete russisch-preußische Armee anzugreifen. 200 000 Franzosen und 50 000 Sachsen, Bayern, Westfalen und Württemberger folgten wieder seinen Fahnen. Der Riese, den man niedergeschmettert glaubte, hatte sich wieder erhoben; Antäus war von der Mutter Erde wieder mit neuer Kraft begabt.

Wie immer, waren seine ersten Schläge furchtbar und entscheidend. Die verbündeten Armeen ließen auf dem Schlachtfelde von Lützen 13 000 Tote oder Verwundete und in den Händen der Sieger 2000 Gefangene.[31] Die jungen Rekruten hatten sich mit dem ersten Schlage zu Veteranen erhoben und Napoleon sich ausgesetzt wie ein Unterleutnant.

Am folgenden Tag erließ er nachstehenden Tagesbefehl an seine Armee:

»Soldaten! Ich bin mit euch zufrieden, ihr habt meine Erwartung erfüllt. Die Schlacht von Lützen wird man über die Schlachten von Austerlitz, von Jena, von Friedland und über die an der Moskwa setzen. An einem einzigen Tage habt ihr die verräterischen Komplotte eurer Feinde zunichte gemacht. Wir werden die Tataren in ihre scheußlichen Himmelsstriche, die sie nicht verlassen sollen, zurückwerfen! In ihren eisigen Wüsten, dem Sitz der Sklaverei, der Barbarei und schnöder Verderbnis, wo der Mensch zum Tiere herabgewürdigt ist, sollen sie bleiben! Groß ist euer Verdienst um das gesittete Europa! Soldaten! Frankreich, Italien und Deutschland erstatten euch ihren Dank!«

Der Sieg bei Lützen öffnet dem sächsischen Könige wieder die Tore von Dresden. Am 8. Mai geht ihm die französische Armee dahin voraus, am 9. lässt der Kaiser eine Brücke über die Elbe schlagen, hinter die sich der Feind zurückgezogen hat. Am 20. erreicht und überwältigt er ihn in der verschanzten Stellung von Bautzen, am 21. setzt er den Sieg des vorigen Tages fort, und in diesen beiden Tagen, wo Napoleon die geschicktesten Manöver der Kriegskunst ausführt, verlieren die Russen und Preußen 18 000 Mann an Verwundeten und Toten und 3000 Gefangene.[32]

---

[31] Die Verluste an Toten und Verwundeten beliefen sich auf je 10 000. Gefangene ließen die Verbündeten in den Händen der Feinde fast gar keine, dagegen die Franzosen 800 zurück. A. d. Ü.

[32] Auch bei Bautzen machen die Franzosen keine Gefangenen. Ihre Verluste sind erheblich größer als die der Verbündeten. A. d. Ü.

Tags darauf werden in einem unglücklichen Gefecht der Nachhut dem General Bruyère beide Beine weggerissen, und zwei andere Generale fallen durch die gleiche Kanonenkugel.

Die verbündete Armee ist in vollem Rückzug, sie hat über die Neiße, den Queiß und den Bober gesetzt, durch das Gefecht bei Sprottau, wo ihr Sebastiani 22 Kanonen, 80 Artilleriewagen und 500 Gefangene abnimmt, noch zu größerer Eile getrieben. Napoleon folgt ihr auf der Ferse und gönnt ihr keinen Augenblick Ruhe; wo sie gestern lagerte, da lagern wir heute.

Am 29. erschienen der Graf Schuwalow, Adjutant des Kaisers von Russland, und der preußische General Kleist bei den Vorposten, um einen Waffenstillstand zu verlangen.

Am 30. findet eine neue Zusammenkunft auf dem Schlosse von Liegnitz statt, jedoch ohne Erfolg.

Schon sinnt Österreich auf einen Wechsel in seiner Bündnisstellung. Um so lange als möglich neutral zu bleiben, hat es sich zum Vermittler angeboten und ist angenommen worden. Das Ergebnis seiner Vermittlung war ein zu Pläswitz am 4. Juni abgeschlossener Waffenstillstand.

Sofort versammelte sich ein Kongreß zu Prag, um über den Frieden zu unterhandeln: aber der Friede war unmöglich. Die verbündeten Mächte forderten eine Beschränkung des Kaiserreichs auf die Rhein-, Alpen- und Maasgrenze. Napoleon betrachtete dieses Ansinnen als eine Verhöhnung. Die Verhandlungen wurden abgebrochen, Österreich ging zur Koalition über, und der Krieg, der allein zu einer endgültigen Entscheidung führen konnte, begann aufs Neue.

Abermals erschienen die Gegner auf dem Schlachtfelde. Die Franzosen standen mit 300 000 Mann,[33] darunter 40 000 Reiter, auf dem rechten Ufer der Elbe, im Herzen Sachsens, die verbündeten Souveräne mit 500 000 Mann mit Einschluss von 100 000 Reitern, so dass sie sich sofort nach drei Richtungen, Berlin, Schlesien und Böhmen, wenden konnten.[34]

Ohne sich durch diesen ungeheuren Zahlenunterschied beirren zu lassen, ergreift Napoleon mit gewohnter Blitzesschnelle die Offensive wieder. Er teilt seine Armee in drei Heerhaufen: der eine soll auf Berlin marschieren und gegen die Preußen und Schweden operieren, der zweite die

---

[33] Die Franzosen nebst den Rheinbundtruppen waren 440 000 Mann stark. A. d. Ü.

[34] Die Verbündeten hatten drei Heere, das Böhmische, das Schlesische und das Nordheer, aufgestellt. A. d. Ü.

Stellung bei Dresden behaupten, um die russische Armee in Böhmen zu beobachten, und mit der dritten marschiert er in Person gegen Blücher.

Blücher wird erreicht und geworfen: aber mitten im Treibjagen auf seine Feinde erfährt Napoleon, dass die 60 000 Franzosen, die er in Dresden gelassen hat, von 180 000 Alliierten angegriffen sind: er nimmt von seinem Armeekorps 35 000 Mann: während man ihn in der Verfolgung Blüchers begriffen glaubt, naht er mit Blitzesschnelle, tödlich wie der Blitz.

Am 29. August greifen die Alliierten Dresden von neuem an und werden geworfen. Am folgenden Tag wiederholen sie mit allen ihren Massen den Angriff, und ihre Massen werden gebrochen, zerrissen, vernichtet. Die ganze Armee, die unter den Augen des Kaisers Alexander ficht, ist einen Augenblick mit völliger Auflösung bedroht und vermag sich nur zu retten, indem sie 40 000 Mann auf dem Schlachtfelde zurücklässt.

In dieser Schlacht verliert Moreau beide Beine durch eine der ersten Kugeln, die von der Kaisergarde abgeschossen wurden, Napoleon selbst hatte das Geschütz gerichtet.

Jetzt tritt die gewöhnliche Rückwirkung ein. Am Tage nach dieser fürchterlichen Metzelei meldet sich ein österreichischer Agent in Dresden, der freundliche Worte überbringt. Aber indes man in den ersten Verhandlungen begriffen ist, erfährt man, dass die Schlesische Armee, die auf der Verfolgung Blüchers begriffen war, 25 000 Mann verloren hat, dass die gegen Berlin gesandte von Bernadotte[35] geschlagen ist, dass endlich beinahe das ganze Korps des Generals Vandamme, der die Russen und Österreicher mit einem kaum zwei Drittel des Feindes zählenden Heere verfolgt, von dieser Masse, die in einem Augenblick des Anhaltens auf ihrer Flucht ihre Überlegenheit bemerkt hat, zurückgeworfen worden ist.

So beginnt der weltberühmte Feldzug von 1814, in dem Napoleon überall siegt, wo er persönlich ist, und überall besiegt wird, wo er nicht ist, schon im Jahre 1813. – Auf diese Nachrichten hin werden die Unterhandlungen abgebrochen.

Kaum von einem Krankheitsunfall, als dessen Anlass man Gift vermutete, wiederhergestellt, marschiert Napoleon sogleich gegen Magdeburg. Seine Absicht ist, einen Seitensprung nach Berlin zu tun und sich der Stadt, nach dem Übergang über die Elbe, zu bemächtigen. Schon sind mehrere Korps bis Wittenberg gelangt, als ein Brief des Königs von

---

[35] Oudinot wird am 23. Juli bei Großbeeren von den Preußen unter Bülow geschlagen. A. d. Ü.

Württemberg berichtet, dass Bayern die Partei gewechselt und ohne Kriegserklärung, ohne jede vorherige Mitteilung, seine Armee mit der österreichischen am Inn vereinigt habe, dass 80 000 Mann unter den Befehlen des Generals Wrede nach dem Rhein marschierten, dass endlich Württemberg, wenn auch fortwährend im Herzen seiner Allianz getreu, durch die Übermacht gezwungen worden ist, sein Kontingent dazu stoßen zu lassen. Innerhalb 14 Tagen werden 100 000 Mann Mainz einschließen.

Österreich hat das Beispiel des Abfalls gegeben, und das Beispiel ist eifrig befolgt worden.

Napoleons zwei Monate lang durchdachter Plan, auf den schon alles eingerichtet war, Festungen und Magazine, ist damit in einer Stunde verändert. Statt unter dem Schutze der festen Plätze und Magazine von Torgau, Magdeburg, Wittenberg und Hamburg die Alliierten zwischen die Elbe und Saale zurückzuwerfen, statt den Krieg zwischen Elbe und Oder zu spielen, wo die französische Armee Glogau, Küstrin und Stettin besitzt, entschließt sich Napoleon zum Rückzug an den Rhein. Aber zuvor muss er die Verbündeten schlagen, um sie außerstand zu setzen, ihn auf seinem Rückzug zu verfolgen. Darum rückt er, statt vor ihnen zu fliehen, gegen sie an und trifft sie am 16. Oktober bei Leipzig. Franzosen und Alliierte stehen einander wieder gegenüber, die Franzosen mit 157 000 Streitern und 600 Kanonen, die Alliierten mit 350 000 Mann[36] und einer doppelt so starken Artillerie als die unsrige.

An demselben Tage noch finden acht Stunden lang Kämpfe statt. Die französische Armee ist siegreich, aber ein Armeekorps, das von Dresden erwartet, um die Niederlage der Feinde zu vervollständigen, langt nicht an. Nichtsdestoweniger übernachten wir auf dem Schlachtfelde.

Am 17. erhält die russische und österreichische Armee Verstärkung, und am 18. greift sie nun ihrerseits an.

Vier Stunden lang wird der Kampf von den Franzosen ohne Nachteil ausgehalten, plötzlich aber gehen 30 000 Sachsen, die eine der wichtigsten Stellungen in der Schlachtlinie einnehmen, zu dem Feinde über und wenden 60 Feuerschlünde geradezu gegen uns. Alles scheint verloren, so unerhört ist dieser Abfall, so schrecklich diese Veränderung.

Napoleon eilt mit der Hälfte seiner Garde herbei, greift die Sachsen an, jagt sie vor sich her, nimmt ihnen einen Teil seiner Artillerie wieder ab und zerschmettert sie mit den von ihnen selbst geladenen Kanonen. Die

---

[36] Die Streitkräfte der Verbündeten zählten nur 255 000 Mann. A. d. Ü.

Alliierten machen eine rückgängige Bewegung: sie haben in diesen zwei Tagen 150 000 Mann ihrer besten Truppen verloren.[37] Auch diese Nacht noch schlafen wir auf dem Schlachtfelde.

Das grobe Geschütz hat, wenn auch nicht das Gleichgewicht ganz wiederhergestellt, doch wenigstens das große Missverhältnis aufgehoben, und eine dritte Schlacht bietet sich unter günstigen Aussichten dar, als man Napoleon meldet, dass nur noch zu 16 000 Schüssen Munition vorhanden ist, nachdem man während der zwei letzten Schlachten 220 000 Schüsse abgefeuert hat. Da tut es not, an den Rückzug zu denken. Der Erfolg beider Siege ist verloren: 50 000 Mann sind unnütz geopfert worden.

Um zwei Uhr morgens beginnt die rückgängige Bewegung in der Richtung nach Leipzig. Die Armee will sich hinter die Elster zurückziehen, um mit Erfurt, woher sie die notwendige Munition erwartet, in Verbindung zu stehen. Aber der Rückzug wird nicht so geheim ausgeführt, dass die verbündete Armee nicht darüber erwachte. Anfangs glaubt sie, es stehe ihr ein Angriff bevor, und setzt sich in Bereitschaft; doch bald erfährt sie die Wahrheit. Die siegreichen Franzosen ziehen sich zurück; sie weiß nicht warum, aber sie benutzt ihren Rückzug. Mit Tagesanbruch greifen die Alliierten unsere Nachhut an und dringen mit ihr in Leipzig ein. Unsere Soldaten kehren um, machen Front gegen den Feind, kämpfen Schritt für Schritt, um der Armee zum Übergang über die einzige Elsterbrücke, auf der der Rückzug stattfinden kann, Zeit zu verschaffen. Plötzlich hört man eine schreckliche Explosion; man stutzt, man erkundigt sich und erfährt, dass ein Sergeant ohne Befehl von seinem Chef die Brücke in die Luft gesprengt hat. 40 000 Franzosen, verfolgt von 200 000 Russen und Österreichern, sind durch einen reißenden Fluss von der Armee getrennt; sie müssen sich ergeben oder abschlachten lassen. Ein Teil ertrinkt, der andere begräbt sich unter den Trümmern der Ranstädter Vorstadt.

Am 20. gelangt die französische Armee nach Weißenfels und fängt an, sich ihrer Verluste bewusst zu werden. Der Fürst Poniatowsky, die Generale Vial, Dumoutier und Rochambeau sind ertrunken oder gefallen, der Fürst von der Moskwa, der Herzog von Ragusa, die Generale Souham, Campans, Latour-Maubourg und Friedrichs verwundet, der Prinz Emil von Darmstadt, der Graf Hochberg, die Generale Lauriston, Delmas, Rozniecki, Krasinski, Valory, Bertrand, Dorsenne, d'Etzko, Colomy, Bronikowski, Siwowitz, Malachowski, Rautenstrauch und Stock-

[37] Die Gesamtverluste der Verbündeten werden auf 50 000 Mann geschätzt. A. d. Ü.

horn in Gefangenschaft geraten. Wir haben in der Elster und in den Vorstädten 10 000 Tote, 15 000 Gefangene, 150 Kanonen und 500 Munitionswagen gelassen.

Was von Rheinbundstruppen noch übriggeblieben, das war auf dem Weg von Leipzig nach Weißenfels ausgerissen. - Zu Erfurt, wo sie am 25. anlangte, zählte die französische Armee, auf ihre eigenen Kräfte beschränkt, nur noch ungefähr 80 000 Mann.

Am 28. erhält Napoleon in Schlüchtern genaue Aufschlüsse über die Bewegungen der österreichisch-bayrischen Armee; sie hat Eilmärsche gemacht und ist an den Main vorgerückt.

Am 30. steht sie vor Hanau in Schlachtordnung, uns den Weg nach Frankfurt zu verrammeln. Die französische Armee stößt auf sie, rückt ihr auf den Leib, tötet ihr 6000 Mann und setzt am 5., 6. und 7. November über den Rhein.

Am 9. ist Napoleon wieder in Paris.

Hier verfolgt ihn Abfall auf Abfall, der sich von außen immer mehr nach innen ausdehnt: nach Russland Deutschland, nach Deutschland Italien, nach Italien Frankreich.

Die Schlacht von Hanau hatte zu neuen Konferenzen Veranlassung gegeben. Der Baron von St. Aignan, der Fürst von Metternich, der Graf Nesselrode und Lord Aberdeen waren in Frankfurt zusammengetreten. Napoleon sollte den Frieden erhalten, wenn er den Rheinbund aufgebe, Polen und den Elbdepartements entsage. Frankreich solle innerhalb seiner natürlichen Grenzen, der Alpen und des Rheins bleiben. Man werde dann in Italien eine Grenze ausmitteln, die uns vom Hause Österreich absondere.

Napoleon willigte in diese Grundlagen und ließ dem Senat und Gesetzgebenden Körper die Verhandlungsprotokolle vorlegen, mit der Erklärung, dass er bereit sei, die verlangten Opfer zu bringen. Der Gesetzgebende Körper, der damit unzufrieden war, dass ihm Napoleon einen Präsidenten gesetzt, ohne ihm vorher Kandidaten vorgeschlagen zu haben, ernannte eine Kommission von fünf Mitgliedern zur Prüfung dieser Protokolle. Diese fünf durch ihre Opposition gegen das kaiserliche System bekannten Berichterstatter waren die Herren Lainé, Galloig, Flaugergues, Raynouard und Maine de Biran. Sie verfassten ein Schriftstück, in dem sie das seit elf Jahren vergessene Wort »*Freiheit*« wieder anwandten. Napoleon zerriss das Schriftstück und entließ den Gesetzgebenden Körper. Während dieser Zeit enthüllten sich die wahren Absichten der verbündeten Herrscher trotz aller täuschenden Protokolle. Wie bei Prag hatten sie nur Zeit gewinnen wollen; von neuem brachen sie die Konferenzen ab, mit der Vertröstung auf einen baldigen Kongreß zu Chatillon an der Seine. Das war eine Herausforderung und ein Hohn zugleich. Napoleon nahm die erstere an und rüstete sich, den zweiten zu rächen. Am 25. Januar 1814 verließ er Paris und übergab Gemahlin und Sohn dem Schutz der Offiziere der Nationalgarde.

An allen Enden wurde das Kaiserreich angegriffen. Die Österreicher drangen in Italien vor, die Engländer hatten die Bidassoa überschritte und zeigten sich auf dem Kamm der Pyrenäen. Schwarzenberg drang mit der großen, 150 000 Mann starken Armee durch die Schweiz ein, Blücher hatte mit 130 000 Preußen Frankfurt besetzt;[38] Bernadotte überzog Holland und nahm Belgien mit 100 000 Schweden und Sachsen. 700 000 Krieger, die durch ihre Niederlagen in der großen napoleonischen Kriegsschule ausgebildet waren, schritten, alle festen Plätze umgehend, gegen das Herz Frankreichs vor mit der einzigen Losung: Paris! Paris!

Napoleon steht allein gegen eine ganze Welt. – Diesen zahllosen Massen hat er kaum 150 000 Mann entgegenzustellen. Aber er hat, wenn auch nicht das Vertrauen, so doch das Genie seiner jungen Jahre wiedergefunden; der Feldzug von 1814 soll sein strategisches Meisterstück sein.

Mit einem Blicke hat er alles gesehen, alles umfasst, und, soweit es in der Macht eines Menschen steht, für alles gesorgt. Maison ist beauftragt, Bernadotte in Belgien aufzuhalten, Augereau soll den Österreichern nach Lyon entgegenziehen, Soult die Engländer hinter der Loire festhalten, Eugen Italien verteidigen; er selbst will Blücher und Schwarzenberg auf sich nehmen.

Er wirft sich zwischen beide mit 60 000 Mann, fliegt von einer Armee zur andern, zerschmettert Blücher bei Champaubert, Montmirail, bei Château-Thierry und bei Montereau.[39] In zehn Tagen hat Napoleon fünf Siege davongetragen, und die Alliierten haben 90 000 Mann verloren.[40]

Jetzt werden neue Unterhandlungen zu Chatillon an der Seine angeknüpft; aber die verbündeten Souveräne steigern ihre Forderungen mehr und mehr und schlagen unannehmbare Bedingungen vor. Nicht nur Napoleons Eroberungen sollen aufgegeben, sondern die Grenzen der Republik mit denen der alten Monarchie vertauscht werden.

---

[38] Blücher war am 1. Januar 1814 mit 60 000 Mann über den Rhein gegangen. A. d. Ü.

[39] Bei Montereau schlägt Napoleon am 18. Februar das Hauptheer. A. d. Ü.

[40] Blücher hatte 15 000 Mann, das Hauptheer schwerlich mehr verloren. A. d. Ü.

Napoleon antwortete mit einem jener Löwensprünge, die ihm eigen waren. Er schwang sich von Mery an der Seine nach Craonne, von Craonne nach Rheims, von Rheims nach St. Dizier. Wo immer er den Feind trifft, da jagt er ihn, da wirft er ihn, da zerschmettert er ihn. Aber in seinem Rücken schlicht sich der Feind wieder zusammen, und immer geschlagen dringt er immerfort vor.

Überall, wo Napoleon nicht ist, fehlt auch sein Glück. Die Engländer sind, in Bordeaux eingezogen, die Österreicher besetzen Lyon, die mit den Trümmern der Blücherschen vereinigte belgische Armee erscheint wieder in seinem Rücken. Seine Generale sind ohne Tatkraft, müde und matt. Mit Ordensbändern verbrämt, von Titeln erdrückt, von Gold erstickt, mögen sie sich nicht mehr schlagen. Dreimal entrinnen ihm die Preußen, die er in seiner Gewalt zu haben vermeint; das erste Mal auf dem linken Ufer der Marne infolge eines plötzlichen Frostes, der die Moräste, in denen sie zugrunde gehen sollten, festmacht; das zweite Mal an der Aisne infolge der Übergabe von Soissons, die ihnen einen Ausweg nach vorn öffnet, in demselben Augenblick, wo sie nicht mehr zurückweichen können, endlich zu Craonne infolge der Nachlässigkeit des Herzogs von Ragusa, der sich durch einen nächtlichen Überfall einen Teil seines Heergerätes wegnehmen lässt. Diese düstern Vorzeichen entgehen Napoleon nicht; er fühlt, dass Frankreich - trotz seiner Anstrengungen - seinen Händen entgleitet. Ohne Hoffnung, einen Thron darin zu behaupten, will er mindestens ein Grab darin erringen und tut, aber vergeblich, alles Mögliche, um sich bei Arcis an der Aube und St. Dizier erschießen zu lassen. Kugeln und Geschosse sind mit ihm im Bunde.

Am 29. März meldet man ihm zu Troyes, wohin er Winzingerode verfolgt hat, dass die Preußen und Russen in geschlossenen Kolonnen auf Paris marschieren.

Augenblicklich bricht er auf, langt am 1. April zu Fontainebleau an und erfährt, dass Marmont am Tage zuvor, abends fünf Uhr, kapituliert hat. und die Verbündeten seit dem Morgen die Hauptstadt besetzen.

Drei Wege blieben ihm übrig.

Er hat noch 50 000 Soldaten, die tapfersten und ergebensten auf der Welt, unter seinen Befehlen. Um ihrer Treue sicher zu sein, brauchte er nur die alten Generale, die alles zu verlieren hatten, durch die jungen Obersten, die alles zu gewinnen hatten, zu ersetzen. Auf seinen noch immer machtvollen Ruf konnte die Bevölkerung aufstehen, aber dann - war Paris geopfert; denn die Verbündeten hätten es bei ihrem Rückzug verbrannt; aber nur ein Volk wie die Russen lässt sich durch ein solches Mittel retten.

Der zweite Weg war, Italien zu gewinnen, indem er die 25 000 Mann Augereaus, die 18 000 des Generals Grenier, die 15 000 des Marschalls Sujet und die 40 000 des Marschalls Soult an sich zog. Aber dieser Ausweg führte zu keinem Erfolg. Frankreich blieb von dem Feinde besetzt, und es konnte ihm daraus das größte Unheil entstehen.

Als drittes blieb die Möglichkeit, sich hinter die Loire zurückzuziehen und einen Guerillakrieg zu führen.

Die Verbündeten kamen seiner Unentschlossenheit durch die Erklärung zu Hilfe, dass der Kaiser Napoleon das einzige Hindernis des allgemeinen Friedens sei.

Diese Erklärung ließ ihm nur die beiden Wege offen, wie Hannibal aus dem Leben zu scheiden oder wie Sulla vom Throne zu steigen.

Er versuchte, heißt es, den ersten; aber Tabanis' Gift[41] war kraftlos.

Da entschloss er sich zum zweiten und schrieb auf einen heute verlorenen Papierstreifen vielleicht die bedeutsamsten Linien, die je eine Menschenhand gezogen hat:

»Da die verbündeten Mächte verkündet haben, dass der Kaiser Napoleon das einzige Hindernis zur Wiederherstellung des Friedens in Europa sei, so erklärt der Kaiser Napoleon, seinem Eide getreu, dass er für sich und seine Erben dem Throne Frankreichs und Italiens entsagt, weil es kein persönliches Opfer, und wäre es das Opfer des Lebens selbst, gibt, das er nicht für Frankreich zu bringen bereit wäre.«

Ein Jahr lang schien die Welt verwaist.

Napoleon auf der Insel Elba.

Napoleon war König der Insel Elba.

Als er die Herrschaft der Welt verlor, hatte er anfangs nichts behalten wollen als sein Unglück. »Ein kleiner Taler des Tags,« hatte er gesagt, »und ein Pferd - das ist alles, was ich brauche.« Darum hatte er, statt Italien, Toskana, Korsika zu wählen, die Augen auf den kleinen Winkel der Erde geworfen, wo wir ihn wiederfinden, und auch dies nur auf dringende Bitten seiner Umgebung.

Aber während er die eigenen Interessen vernachlässigte, hatte er einen langen Kampf für die Rechte seiner Begleiter geführt.

---

[41] Der berühmte französische Physiologe Tabanis war bereits 1808 gestorben. A. d. Ü.

Es waren dies die Generale Bertrand und Drouot, der eine Großmarschall des Palastes, der andere Adjutant des Kaisers; es war der General Cambronne, Major im ersten Regiment der Gardejäger; es waren der Baron Jermanowski, Major der polnischen Lanciers; der Ritter Malet; die Artilleriehauptleute Cornuel und Raoul; die Infanteriehauptleute Loubers, Lamourette, Hureau und Combi, endlich die Hauptleute bei den polnischen Lanciers Balinski und Schoultz.

Diese Offiziere befehligten 400 ausgewählte Grenadiere und unberittene Jäger der alten Garde, die die Erlaubnis erhalten hatten, ihren alten Kaiser in die Verbannung zu begleiten. Für den Fall ihrer Rückkehr nach Frankreich hatte Napoleon für sie die Beibehaltung ihrer Bürgerrechte ausbedingen lassen.

Man schrieb den 13. Mai 1814. als die Fregatte The Undaunted um 6 Uhr abends auf der Reede von Portoferrajo Anker warf.

General Dalesme, der dort noch im Namen Frankreichs befehligte, begab sich augenblicklich an Bord, um Napoleon ehrfurchtsvoll zu bewillkommnen.

Graf Drouot, der zum Gouverneur der Insel ernannt worden war, begab sich ans Land, um sich in dieser Eigenschaft anerkennen und die Forts von Portoferrajo übergeben zu lassen. Baron Jermanowski begleitet ihn, um die Stelle eines Platzkommandanten einzunehmen, während Ritter Baillon als Palastverwalter für die Wohnung Seiner Majestät zu sorgen hatte.

Noch am gleichen Abend begaben sich alle Behörden, die Geistlichkeit und die bedeutendsten Einwohner aus freien Stücken in Vertretung der Einwohnerschaft an Bord der Fregatte und wurden bei dem Kaiser vorgelassen.

Am folgenden 4. trug in der Frühe eine Truppenabteilung die Fahne mit dem neuen Wappen, das sich der Kaiser gewählt hatte, in die Stadt; es war das der Insel, nämlich ein Silbergrund mit roter Einfassung und drei goldene Bienen darauf. Sogleich wurde sie auf dem Fort Etoile unter Geschützbegrüßung aufgepflanzt; auch die englische Fregatte begrüßte sie sowie alle Schiffe, die im Hafen lagen.

Gegen 2 Uhr betrat Napoleon mit seinem ganzen Gefolge das Land. In dem Augenblick, als er den Fuß auf den Boden der Insel setzte, wurde er von 101 von der Artillerie des Forts gelösten Kanonenschüssen begrüßt, worauf die englische Fregatte mit 24 Schüssen und den Hochrufen ihrer ganzen Mannschaft antwortete.

Der Kaiser trug die Uniform eines Obersten der berittenen Jäger der Garde: er hatte an seinem Hute die rot und weiße Kokarde der Insel mit der dreifarbigen vertauscht.

Vor seinem Einzuge in die Stadt wurde er von den Behörden, der Geistlichkeit und den angesehensten Bürgern, mit dem Bürgermeister an der Spitze, der ihm die Schlüssel von Portoferrajo auf einer silbernen Platte überreichte, empfangen. Die Truppen der Garnison standen unter Waffen und bildeten Spalier. Hinter ihnen drängte sich die ganze Bevölkerung, nicht bloß der Hauptstadt, sondern auch anderer Städte und Dörfer, die von allen Ecken und Enden der Insel herbeigeströmt war. Sie konnten nicht glauben, dass sie, arme Fischer, den Mann zum Könige haben sollten, dessen Macht, Namen und Taten die Welt erfüllt hatten. Napoleon war dabei heiter, freundlich und beinahe fröhlich.

Nachdem er dem Bürgermeister geantwortet hatte, begab er sich mit seinem Gefolge in die Kathedrale, wo man das *Te Deum* sang. Sodann verfügte er sich nach dem Austritt aus der Kirche in das Haus des Bürgermeisters, das ihm vorläufig zur Wohnung bestimmt war. Abends war die Stadt und der Hafen durch die Einwohner von freien Stücken erleuchtet.

Am nämlichen Tage veröffentlichte General Dalesme folgende von Napoleon abgefasste Bekanntmachung:

»Bewohner der Insel Elba!

Die Wechselfälle des Lebens haben den Kaiser Napoleon in eure Mitte geführt: seine eigene Wahl gibt ihn euch zum Herrscher. Vor dem Eintritt in eure Mauern hat euer neuer Monarch folgende Worte an mich gerichtet, die ich mich beeile, euch kundzutun, weil sie die Bürgschaft eures künftigen Glückes sind.

»General« sagte der Kaiser zu mir, »ich habe meine Rechte dem Interesse des Vaterlandes geopfert und mir als mein Reich und Eigentum nur die Insel Elba vorbehalten. Alle Mächte haben hierzu ihre Zustimmung gegeben. Indem Sie die Bewohner mit diesem Stand der Dinge bekannt machen, sagen Sie ihnen, dass ich diese Insel zu meinem Aufenthalt gewählt habe wegen der Sanftheit ihrer Sitten und ihres Klimas: versichern Sie ihnen, dass sie stets der Gegenstand meines lebhaften Wohlwollens sein werden.«

Bewohner Elbas, solche Worte bedürfen keiner Erläuterung, sie werden euer Glück begründen. Des Kaisers Urteil ist treffend: ich bin euch diese Anerkennung schuldig und gebe sie euch.

Bewohner Elbas, ich werde bald von euch scheiden, und dieses Scheiden wird mir wehe tun: aber der Gedanke an euer Glück versüßt mir das Bittere meines Scheidens, und wo ich auch immer sein werde, überall werde ich das Andenken an die Tugenden der Bewohner der Insel Elba bewahren.

Dalesme.«

Die 400 Grenadiere langten am 26. Mai an, und am 28. zog General Dalesme mit der alten Besatzung ab. So war die Insel völlig ihrem neuen Beherrscher übergeben.

Napoleon konnte nicht lange untätig bleiben. Nachdem er die ersten Tage den notwendigsten Geschäften, die mit der Besitzergreifung verbunden waren, gewidmet hatte, stieg er am 18. Mai zu Pferde und besuchte alle Teile der Insel. Er wollte sich selbst von dem Stande des Ackerbaus überzeugen, und was sonst zum mehr oder minder sicheren Ertrag der Insel beitrage, wie Handel, Fischfang. Ausbeutung von Marmor und Metall. Mit besonderer Aufmerksamkeit nahm er die Brüche und die Bergwerke, die ihren Hauptreichtum ausmachen, in Augenschein.

Nachdem er alles bis auf das letzte Dorf besichtigt und überall den Bewohnern Beweise seiner Fürsorge gegeben hatte, kehrte er wieder nach Portoferrajo zurück und beschäftigte sich damit, seinen Hof zu organisieren und die öffentlichen Einkünfte für die dringendsten Bedürfnisse anzuwenden. Diese Einkünfte flossen aus Eisenminen, von denen man jährlich eine Million ziehen konnte; aus dem Thunfischfang, der für 4–500 000 Franken verpachtet wurde; aus Salinen, deren Benutzung fast die gleiche Summe ergeben konnte, endlich aus Grundsteuern und einigen Zöllen. Alle diese Einnahmen, nebst den zwei Millionen, die er sich vorbehalten hatte, konnten ihm jährlich ungefähr 4 ½ Millionen bringen. Napoleon sagte oft, er sei niemals so reich gewesen.

Das Rathaus hatte er gegen eine hübsche bürgerliche Wohnung, die er pomphaft seinen Stadtpalast nannte, vertauscht. Dieses Haus lag auf einem Felsen zwischen dem Fort Falcone und dem Fort Etoile in einer Bastion. Mühlenbastion genannt, und bestand aus zwei Pavillons und einem Hauptgebäude, das beide verband. Von seinen Fenstern aus übersah man die zu den Füßen gelegene Stadt und den Hafen so genau, dass keine neue Erscheinung dem Auge des Herrn entgehen konnte.

Sein Landpalast stand in San Martino. Vor seiner Ankunft war dies nur eine Hütte, die er neu aufbauen und mit Geschmack möblieren ließ. Indes übernachtete dort der Kaiser nie, es war nichts als das Absteigequartier auf seinen Spazierritten. Am Fuße eines sehr hohen Berges, von dem ein Waldbach herabrauschte, inmitten einer Wiese gelegen, bot es eine Aussicht über die ganze amphitheatralisch gebaute Stadt, auf den Hafen darunter sowie am fernen Horizont, über die dampfende Oberfläche des Meeres hinweg, auf die Gestade Toskanas.

Nach Verlauf von 6 Wochen langte die Kaiserinmutter auf der Insel Elba an und einige Tage darauf Prinzessin Pauline. Diese war zum Kaiser nach Frejus gekommen und hatte sich mit ihm einschiffen wollen; aber sie war damals so leidend, dass der Arzt sich widersetzt hatte. Der englische Kapitän hatte sich aber verpflichtet, zurückzukehren und die Prinzessin an einem bestimmten Tage zu holen. Da dieser Tag verflossen war, ohne dass die Fregatte erschien, so bediente sich die Prinzessin eines neapolitanischen Schiffs, um ihre Überfahrt zu bewerkstelligen. Sie blieb nur zwei Tage und reiste dann nach Neapel ab; aber am ersten November kehrte sie auf der Brigg L'Inconstant zurück, um den Kaiser nie mehr zu verlassen.

Man kann sich denken, dass Napoleon, aus dem Zustand größter Tätigkeit in völlige Ruhe versetzt, das Bedürfnis hatte, sich regelmäßige Beschäftigung zu schaffen. So füllte, er auch alle seine Stunden regelmäßig aus. Mit dem Tage stand er auf, schloss sich in seine Bibliothek ein und arbeitete bis 8 Uhr morgens an seinen militärischen Memoiren. Dann ging er aus, um die öffentlichen Arbeiten zu besichtigen, blieb stehen, um an die Arbeiter, die sämtlich Soldaten seiner Garde waren, Fragen zu richten. Gegen 11 Uhr nahm er sein sehr bescheidenes Frühstück. In der Zeit der größten Hitze schlief er, wenn er viel gelaufen war oder gearbeitet hatte, nach dem Frühstück ein bis zwei Stunden und machte regelmäßig um 3 Uhr, sei es zu Pferde oder im Wagen, vom Großmarschall Bertrand und dem General Drouot begleitet, einen Ausflug. Unterwegs hörte er alle Gesuche an, die man da an ihn richten konnte, und ließ nie jemand unbefriedigt. Um 7 Uhr kehrte er zurück, speiste mit seiner Schwester, die das erste Stockwerk seines Stadtpalastes bewohnte, zu Mittag und zog bald den Intendanten der Insel, bald Herrn von Balbiani, bald den Kammerherrn Vantini, bald den Maire von Portoferrajo, bald den Hauptmann der Nationalgarde, mehrmals auch die Maires von Portolongone und von Rio zur Tafel.

Was die Kaiserinmutter betrifft, so bewohnte sie ein besonderes Haus, das ihr der Kammerherr Vantini abgetreten hatte.

Indessen war die Insel Elba für alle Neugierigen Europas ein Reiseziel geworden, und bald wurde der Zudrang der Fremden so groß, dass man

Maßregeln ergreifen musste, um die bei der Anhäufung so vieler Fremden, darunter einer guten Anzahl Abenteurer, die ihr Glück machen wollten, unvermeidlichen Schwierigkeiten abzustellen. Die Erzeugnisse des Bodens reichten bald nicht mehr aus, und man musste sich Lebensmittel vom Kontinent verschaffen; der Handel von Portoferrajo nahm dadurch zu, und diese Zunahme hob den allgemeinen Wohlstand.

So war Napoleon selbst in der Verbannung eine Quelle des Wohlstandes für das Land, das ihn besaß. Bis zu den letzten Klassen der Gesellschaft machte sich dieser Einfluss wohltätig bemerkbar; es war, als umgebe die Insel ein neuer Luftkreis.

Unter diesen Fremden waren die Engländer am zahlreichsten; sie schienen den höchsten Wert darauf zu legen, ihn zu sehen und zu hören. Napoleon empfing sie seinerseits wohlwollend. Lord Bentinck, Lord Douglas und mehrere andere Herren des hohen Adels nahmen eine wertvolle Erinnerung an die Art, wie sie aufgenommen worden waren, nach England mit.

Von allen Besuchen, die der Kaiser empfing, blieben die angenehmsten die einer großen Zahl von Offizieren aller Nationen, Italiener, Franzosen, Polen, Deutsche, die ihm ihre Dienste anboten. Er antwortete, dass er weder Stellen noch Grade für sie zu vergeben habe. – »Gut, wir dienen als Soldaten!« sagten sie. Und fast immer nahm er sie unter seine Grenadiere auf. Diese Verehrung seines Namens schmeichelte ihm am meisten.

Der 15. August, der Geburtstag des Kaisers, brach an. Er wurde mit schwer zu beschreibendem Freudentaumel gefeiert, was für Napoleon, der an offizielle Feste gewöhnt war, ein ganz neues Schauspiel sein musste. Die Stadt gab dem Kaiser und seiner Garde einen Ball; auf dem großen Platz wurde ein weites, schön verziertes Zelt errichtet, und Napoleon befahl, es auf allen Seiten offen zu lassen, damit das ganze Volk am Feste teilnehme.

Was man allenthalben an öffentlichen Arbeiten unternahm, ist unglaublich. Zwei italienische Architekten, die Herren Bargini, ein Römer, und Bettarini, ein Toskaner, entwarfen die Pläne dazu, aber fast jedes Mal änderte der Kaiser ihre Entwürfe nach seinen Gedanken und war so der eigentliche Schöpfer und Baumeister. So änderte er den Riss mehrerer angefangener Straßen, machte eine Quelle ausfindig, deren Wasser ihm besser zu sein schien als das, das man in Portoferrajo trank, und führte sie bis an die Stadt.

Obgleich man vermuten konnte, dass Napoleon mit seinem Adlerblick den europäischen Ereignissen folgte, hatte er sich doch den Anschein nach ganz in sein Schicksal ergeben. Es zweifelte sogar niemand daran, dass er sich mit der Zeit an dieses neue Leben gewöhnen werde, wo er von der Liebe aller derer, die sich ihm näherten, umgeben war, - als die verbündeten Souveräne es selbst auf sich nahmen, den Löwen wiederzuwecken, der vermutlich gar nicht schlief.

Schon seit mehreren Monaten weilte Napoleon in, seinem kleinen Reich, das er mit allen Mitteln zu verschönern suchte, die ihm sein feuriger und erfinderischer Geist eingab, das er insgeheim benachrichtigt wurde, man berate über seine Entfernung von der Insel.

Frankreich verlangte durch sein Organ, den Herrn von Talleyrand, mit großem Nachdruck auf dem Kongresse in Wien diese angeblich für seine Sicherheit unumgänglich notwendige Maßregel, indem es unaufhörlich vorstellte, wie gefährlich es für die regierende Dynastie sei, wenn Napoleon so nahe an den Küsten Italiens und der Provence sich aufhalte. Es machte dem Kongresse namentlich bemerkbar, dass der berühmte Geächtete, wenn man seine weitere Verbannung nicht bald veranlasse, in vier Tagen nach Neapel gelangen und von da mit Hilfe seines Schwagers Murat, der dort noch regiere, an der Spitze einer Armee in die bereits unzufriedenen Provinzen Oberitaliens dringen, sie durch den ersten Aufruf zur Empörung verleiten und so den tödlichen Kampf, den man kaum beendigt habe, wieder erneuern könne.

Um diese Verletzung des Vertrags von Fontainebleau in etwas zu rechtfertigen, legte man eine Korrespondenz des Generals Excelmanns mit dem Könige von Neapel vor, die eben erst aufgefangen worden war und eine auf frischer Tat ertappte Verschwörung vermuten ließ, deren Mittelpunkt die Insel Elba war, und die sich über Italien und Frankreich verzweigte. Der Verdacht verstärkte sich bald durch eine andere Verschwörung, die man zu Mailand entdeckte, und an der mehrere Oberoffiziere der alten italienischen Armee beteiligt waren.

Österreich sah die gefährliche Nachbarschaft ebenfalls nicht mit ruhigen Augen an; die Augsburger Zeitung, sein Organ, sprach dies auch ganz offen aus; man las dort nachstehende Mitteilung:

»So beunruhigend auch die Mailänder Ereignisse sind, so darf man sich nichtsdestoweniger in dem Gedanken beruhigen, dass sie vielleicht dazu beitragen können, so bald als möglich einen Menschen Zu entfernen, der auf dem Felsen der Insel Elba die Fäden dieser durch sein Gold angezettelten Meutereien in den Händen hielt und, solange er in der Nähe der italienischen Küsten bleibt, die Souveräne dieser Länder nicht in ihrem ruhigen Besitz lassen wird.«

Jedoch wagte es der Kongreß trotz der allgemeinen Überzeugung nicht, auf so schwache Beweise hin einen Beschluss zu fassen, der in geradem Widerspruch mit den Grundsätzen der von den verbündeten Monarchen so nachdrücklich verkündeten Mäßigung stand. Er beschloss, um den Anschein zu vermeiden, als verletze man die bestehenden Verträge, Napoleon Eröffnungen zu machen und ihn zum freiwilligen Verlassen Elbas zu bestimmen zu suchen, mit dem Vorbehalt, Gewalt zu brauchen, falls er sich widersetzen würde. Man beschäftigte sich also sofort mit der Wahl eines andern Aufenthaltes. Es wurde auf Malta hingewiesen. Allein England sah hier Vorteile für Napoleon, aus einem Gefangenen konnte er Großmeister werden; es brachte daher St. Helena in Vorschlag.[42]

Napoleons Gedanke war, dass diese Gerüchte durch seine Feinde selbst verbreitet seien, um ihn zu irgendeiner Handlung der Verzweiflung zu veranlassen, die dann gestattete, die ihm gemachten Versprechen zu verletzen. Infolgedessen entsandte er sogleich einen verschwiegenen, geschickten und treuen Agenten nach Wien, mit dem Auftrag, festzustellen, ob die ihm mitgeteilten Nachrichten glaubwürdig seien. Dieser Mann war an den Prinzen Eugen Beauharnais empfohlen, der damals in Wien anwesend war, im Vertrauen des Kaisers Alexander stand und daher wissen musste, was auf dem Kongreß vorging. Der Agent verschaffte sich bald alle nötigen Auskünfte und ließ sie an den Kaiser gelangen. Überdies richtete er einen sicheren Briefwechsel ein, durch den Napoleon über alles, was sich zutrug, auf dem Laufenden gehalten wurde.

Außer diesem Briefwechsel mit Wien unterhielt Napoleon Verbindungen mit Paris, und jede Nachricht, die ihm von dort zukam, zeugte von einer wachsenden Erregung gegen die Bourbonen. In dieser zweideutigen Lage, die ihn zu einem Entschluss nötigte, kam ihm der erste Gedanke an den riesenhaften Entwurf, den er bald zur Ausführung brachte.

Napoleon übertrug, was er in Wien getan hatte, auf Frankreich. Er entsandte Boten mit geheimen Anweisungen, die die Wahrheit feststellen und, wenn Gelegenheit dazu wäre, Verbindungen mit seinen treu gebliebenen Freunden und mit Heerführern, die sich am meisten zurückgesetzt sahen und deswegen am unzufriedensten sein mussten, anknüpfen sollten.

Diese Boten bestätigten ihm bei ihrer Rückkehr die Nachrichten, an die Napoleon nicht zu glauben gewagt hatte. Zugleich geben sie ihm die

[42] In den offiziellen Verhandlungsberichten findet sich hierüber nicht ein Wort. A. d. Ü.

Versicherung, es herrsche eine dumpfe Gärung im Volke und in der Armee, alle Unzufriedenen, die nicht zu zählen seien, richteten die Augen auf ihn und wünschten nichts sehnlicher als seine Rückkehr; ein Ausbruch sei unvermeidlich, und die Bourbonen könnten unmöglich lange gegen den öffentlichen Hass ankämpfen, den die Unerfahrenheit und Unvorsichtigkeit ihrer Regierung hervorgebracht hätte.

Es war also kein Zweifel mehr, hier drohte die Gefahr, dort winkte die Hoffnung: hier ein ewiges Gefängnis auf einem Felsen mitten im Ozean, dort die Herrschaft der Welt!

Mit gewohnter Blitzesschnelle fasste Napoleon seinen Entschluss; in weniger als acht Tagen war in seinem Geiste alles entschieden. Es handelte sich nur noch um die Zurüstungen zu dem Riesenunternehmen, ohne den Argwohn des englischen Kommissars zu erwecken, der von Zeit zu Zeit die Insel Elba besuchte, und unter dessen Oberaufsicht man alle Schritte des Exkaisers gestellt hatte.

Dieser Kommissar war Oberst Campbell, der den Kaiser bei seiner Ankunft begleitet hatte. Er hatte eine englische Fregatte zur Verfügung, mit der er beständig von Portoferrajo nach Genua, von Genua nach Livorno, von Livorno nach Portoferrajo fuhr. Sein Aufenthalt hier währte gewöhnlich 14 Tage, während deren der Oberst ans Land stieg und Napoleon dem Anschein nach seine Aufwartung machte.

Außerdem galt es, die geheimen Agenten, die auf der Insel sein konnten, zu täuschen, den naturgemäßen Scharfsinn der Einwohner abzuleiten, kurz, über seine Absichten völlig irrezuführen.

Zu diesem Zwecke ließ Napoleon die angefangenen Arbeiten eifrig fortsetzen, mehrere neue Straßen, die er in allen Richtungen, quer durch und um die Insel herum, zu führen beschloss, anlegen, die von Portoferrajo nach Portocongone ausbessern und für Fuhrwerke Herrichten, endlich ließ er, da es wenig Bäume auf der Insel gab, vom Kontinent eine große Anzahl Maulbeerbäume kommen, die er an beiden Seiten des Wegs zu pflanzen befahl. Dann ließ er es sich angelegen sein, seinen Landpalast in San Martino weiter auszubauen. Er bestellte in Italien Statuen und Vasen, kaufte Orangenbäume und seltene Pflanzen; kurz er schien alle Mühe darauf zu verwenden, wie auf eine Wohnung, die er lange Zeit bewohnen wollte.

Zu Portoferrajo ließ er die alten Mauern, die seinen Palast umgaben, und ein langes Gebäude, das den Offizieren als Behausung diente, bis auf die Höhe einer Terrasse niederreißen und deren Umfang so vergrößern, dass man einen Waffenplatz daraus machen und zwei Bataillone

Revue passieren lassen konnte. Eine alte verlassene Kirche wurde den Einwohnern zur Errichtung eines Theaters überlassen, zu dem die besten Schauspieler Italiens kommen sollten. Alle Straßen wurden ausgebessert. Das Tor von Terre war nur für Maultiere gangbar; man erweiterte es, und durch Anlagen einer Terrasse wurde der Weg für alle Arten von Wagen gut benutzbar gemacht.

Während dieser Zeit ließ er zur weiteren Vorbereitung seines Plans die Brigg *l' Inconstant*, die er sich zu vollem Eigentum vorbehalten, und die Schebecke *Etoile*, die er gekauft hatte, häufige Fahrten nach Genua, Livorno, Neapel, an die afrikanischen Küsten und selbst nach Frankreich machen, um die englischen und französischen Kreuzer an ihren Anblick zu gewöhnen. Wirklich besuchten diese Schiffe nacheinander die Küsten des Mittelländischen Meeres mit der Flagge Elbas in allen Richtungen und in wiederholten Fahrten, ohne im Mindesten beunruhigt zu werden. Das hatte Napoleon gewollt.

Nun beschäftigte er sich ernstlich mit den Zurüstungen zu seiner Abreise. Er ließ des Nachts und ganz insgeheim eine große Anzahl Waffen und Schießbedarf auf den Inconstant schaffen, er ließ die Kleider, die Wäsche und die Fußbekleidung seiner Garde ausbessern, er berief die Polen, die in Portocongone und auf der kleinen Insel Pianosa, deren Fort sie bewachten, standen, und beschleunigte die Bildung und Einübung des Jägerbataillons, zu dem er ausschließlich Leute aus Korsika und Italien nahm. In den ersten Tagen des Januar war alles bereit, um die erste günstige Gelegenheit, die die aus Frankreich erwarteten Nachrichten brächten, zu benutzen.

Endlich trafen diese Nachrichten ein: ein Oberst der alten Armee war ihr Überbringer und reiste sofort wieder nach Neapel ab.

Unglücklicherweise war in diesem Augenblick der Oberst Campbell mit seiner Fregatte im Hafen. Napoleon musste warten, ohne die geringste Ungeduld sehen zu lassen, und ihn mit den gewöhnlichen Rücksichten behandeln, bis die Zeit seines gewohnten Aufenthalts verflossen war. Endlich, am Nachmittag des 24. Februar, ließ Campbell um die Erlaubnis bitten, dem Kaiser seine Aufwartung machen zu dürfen; er kam, um Abschied von ihm zu nehmen und um seine Aufträge für Livorno zu bitten. Napoleon begleitete ihn bis ans Tor, und die Leute vom Dienst konnten folgende letzten Worte, die er an ihn richtete, hören: »Leben Sie wohl, Herr Oberst; ich wünsche Ihnen eine glückliche Reise. Auf Wiedersehen!« Kaum hatte der Oberst Napoleon verlassen, so ließ dieser den Großmarschall rufen; er brachte einen Teil des Tages und der Nacht eingeschlossen mit ihm zu, legte sich um drei Uhr morgens nieder und stand mit Tagesanbruch auf.

Mit dem ersten Blick, den er auf den Hafen warf, sah er die englische Fregatte im Begriff, unter Segel zu gehen. Von da an wendete er, wie wenn eine magische Kraft seinen Blick an das Fahrzeug gefesselt hätte, kein Auge mehr von ihm ab. Er sah sie alle ihre Segel, eines nach dem andern, entfalten, die Anker lichten, sich in Bewegung setzen, mit einem guten Südostwind aus dem Hafen laufen und mit vollen Segeln gegen Livorno steuern.

Sodann stieg er mit einem Fernglas auf die Terrasse und verfolgte den Lauf des sich entfernenden Fahrzeugs: gegen Mittag schien die Fregatte nur noch ein weißer Punkt auf dem Meere, um ein Uhr war sie ganz verschwunden.

Sogleich gab Napoleon seine Befehle. Eine der hauptsächlichsten Anordnungen war, dass er alle Fahrzeuge, die sich im Hafen befanden, mit einer dreitägigen Sperre, einem »Embargo« von drei Tagen, belegte: auch die kleinsten wurden dieser Maßregel, die augenblicklich ausgeführt wurde, unterworfen.

Dann schloss man, da die Brigg *Inconstant* und die Schebecke *Etoile* für den Transport nicht hinreichten, mit den Eigentümern von drei oder vier Handelsschiffen, die man unter den besten Seglern auswählte, Verträge ab. Denselben Abend waren alle Käufe geschlossen, und die Fahrzeuge standen zur Verfügung des Kaisers.

In der Nacht vom 25. auf den 26., vom Samstag auf den Sonntag, berief Napoleon seine Vertrauensmänner und die angesehensten Einwohner, aus denen er eine Art Regierungsrat bildete. Dann ernannte er den Obersten der Nationalgarde Capi zum Kommandanten der Insel, vertraute den Bewohnern die Verteidigung des Landes an und empfahl ihnen seine Mutter und seine Schwester. Er versicherte zum Voraus die Versammelten, ohne ihnen genau den Zweck seines Unternehmens anzugeben, des Erfolgs, der nicht ausbleiben könne, er versprach, im Falle eines Krieges Hilfe zur Verteidigung der Insel zu senden, und schärfte ihnen ein, die Insel keinesfalls an irgendeine Machte, es wäre denn auf einen von ihm ausgegangenen Befehl hin, zu übergeben.

Am Morgen verfügte er noch einiges über sein Haus, nahm Abschied von seiner Familie und gab Befehl zur Einschiffung.

Am Mittag ertönte der Generalmarsch.

Um 2 Uhr erfolgte das Signal zum Antreten. Jetzt kündigte Napoleon selbst seinen alten Waffengenossen an, zu welchen neuen Taten sie berufen seien. Als er Frankreich nannte und von der Hoffnung einer nahen Rückkehr ins Vaterland sprach, ertönt ein Ruf der Begeisterung, die sich in Tränen auflöst; die Soldaten brechen aus den Reihen, fallen einander in die Arme, springen vor Freude wie Rasende umher und stürzen sich dem Kaiser, als wär' er ein Gott, zu Füßen.

Die Kaiserinmutter und die Prinzessin Pauline sahen weinend diesem Auftritt von den Fenstern des Palastes zu.

Um 7 Uhr war die Einschiffung vollendet. Um 8 Uhr fuhr Napoleon aus dem Hafen auf einem Boote; einige Minuten später war er an Bord des Inconstant. Im Augenblick, wo er den Fuß darauf setzte, knallte ein Kanonenschuss; es war das Zeichen zur Abfahrt.

Sogleich spannte die kleine Flottille die Segel aus und verlieh mit einem frischen Südsüdostwinde die Rhede, dann den Meerbusen, steuerte nordwestlich und segelte in einer gewissen Entfernung an den Küsten Italiens hin. In demselben Augenblick, wo sie unter Segel ging, fuhren Sendboten nach Neapel und Mailand, während ein Oberoffizier nach Korsika steuerte, um dort einen Aufstand zu erregen, der dem Kaiser im Fall seines Unterliegens in Frankreich eine Zuflucht sichern sollte.

Am 27. stieg jeder mit Tagesanbruch auf das Verdeck, um sich über den Weg, den man während der Nacht gemacht hatte, zu vergewissern. Groß und grausam war das Erstaunen, als man bemerkte, dass man höchstens 6 Meilen zurückgelegt hatte. Kaum hatte man das Kap St. André umschifft, so hatte der Wind angefangen, schwächer zu wehen, und eine verzweifelte Windstille war ihm gefolgt.

Als die Sonne den Horizont geklärt hatte, sah man nach Westen hin, an den Küsten Korsikas, die französische Kreuzerflottille, die aus zwei Fregatten bestand. Fleur de Lys und Melpomene.

Dieser Anblick verbreitete Schrecken über alle Fahrzeuge; auf der Brigg *l'Inconstant*, die den Kaiser trug, war er sehr groß, und die Lage schien so kritisch, die Gefahr so drängend, dass man zu erwägen anfing, ob man nicht nach Portoferrajo zurückkehren und daselbst günstigen Wind abwarten sollte. Aber der Kaiser machte augenblicklich der Beratung und Unschlüssigkeit ein Ende durch den Befehl, die Fahrt fortzusetzen, indem er prophezeite, die Windstille werde aufhören. Und wirklich, wie wenn der Wind ihm untertänig wäre, wehte er gegen 11 Uhr wieder, und um 4 Uhr befand man sich auf der Höhe von Livorno zwischen Capraja und Gorgone.

Aber jetzt verbreitete sich eine neue und ernstere Unruhe als die erste auf der ganzen Flottille. Man entdeckte plötzlich nördlich unter dem Wind, etwa 5 Meilen entfernt, eine Fregatte, eine andere tauchte zu gleicher Zeit an den Küsten Korsikas auf, und zu guter Letzt sah man in der Entfernung ein drittes Kriegsschiff mit günstigem Winde auf die Flottille zusteuern.

Da gab es kein Zögern mehr, man musste auf der Stelle einen Entschluss fassen. Die Nacht rückte heran, und im Schutze der Dunkelheit konnte man den Fregatten entgehen, aber das Kriegsschiff steuerte immer näher, und man konnte es bereits als eine französische Brigg erkennen. Der erste Gedanke, der sich jetzt aller bemächtigte, war, das Unternehmen sei entdeckt oder verraten, und man habe es mit überlegenen Kräften zu tun. Der Kaiser allein behauptete, der Zufall habe die drei Fahrzeuge herbeigeführt, die miteinander nichts zu tun und nur dem Anscheine nach feindselige Absichten hätten. Er war überzeugt, dass man eine so geheim ausgeführte Expedition nicht so schnell erfahren haben könne, um ein ganzes Geschwader zu ihrer Verfolgung in Bewegung zu setzen.

Trotz dieser Überzeugung befahl er, die Luken zu öffnen, und beschloss, im Fall eines Angriffes zu entern, fest, überzeugt, dass er mit seiner Veteranenmannschaft die feindliche Brigg nehmen und dann seinen Weg ruhig fortsetzen könne, indem er sich durch eine nächtliche Fahrt in entgegengesetzter Richtung der Verfolgung der Fregatten entzöge. Jedoch immer noch in der Hoffnung, der Zufall allein habe die drei Schiffe, die man sah, hier vereinigt, befahl er den Soldaten und allen Personen, die Verdacht erregen konnten, unter das Verdeck zu gehen, und Signale teilten sogleich den andern Fahrzeugen diesen Befehl mit. Nachdem diese Vorsichtsmaßregel getroffen war, wartete man die Ereignisse ab.

Um 6 Uhr abends waren die beiden Fahrzeuge in der Nähe und im Bereich des Sprachrohrs. Obgleich es schnell dunkel zu werden anfing, erkannte man doch die französische Brigg *Zephyr*, Kapitän Andrieux. Im Übrigen konnte man leicht aus ihren Bewegungen erkennen, dass sie mit ganz friedlichen Absichten nahte. Die Voraussagungen des Kaisers erwiesen sich also als zutreffend.

Als sich die beiden Briggs erkannten, grüßten sie sich nach Seebrauch und wechselten, ihren Lauf fortsetzend, einige Worte. Die beiden Kapitäne fragten sich gegenseitig nach dem Ort ihrer Bestimmung. Kapitän Andrieux antwortete, er gehe nach Livorno. Die Antwort des *Inconstant* besagte, er gehe nach Genua und werde gern Aufträge mitnehmen. Der Kapitän Andrieux dankte und fragte, wie sich der Kaiser befinde. Bei dieser Frage kann Napoleon dem Wunsche nicht widerstehen, an einer für ihn so interessanten Unterhaltung teilzunehmen; er nimmt das Sprachrohr aus den Händen des Kapitäns Chotard und antwortet: »Vorzüglich«. Nach dem Austausch dieser Mitteilungen setzten beide Briggs ihren Weg fort und verloren sich in der Nacht.

Man fuhr mit allen Segeln und sehr frischem Winde weiter, so dass man am andern Tage, den 28., das Kap Corse umschiffte. An diesem Tage signalisierte man abermals ein Kriegsschiff von 74 Kanonen auf hoher See, das gegen Bastia segelte. Es erregte keine Unruhe: vom ersten Augenblick an erkannte man, dass es keine schlimmen Absichten hatte.

Ehe Napoleon die Insel Elba verließ, hatte er zwei Aufrufe verfasst. Als er sie aber ins reine schreiben lassen wollte, konnte sie niemand, auch er selbst nicht, entziffern. Da warf er sie ins Meer und diktierte sogleich zwei andere, der eine richtete sich an die Armee, der andere an das französische Volk. Alle, die schreiben konnten, verwandelten sich sofort in Sekretäre, alles wurde zum Pult. Trommeln, Bänke, Tschakos, und jeder setzte sich an die Arbeit. Mitten in dieser Arbeit bemerkte man die Küsten von Antibes, die mit begeistertem Rufe begrüßt wurden.

Die Hundert Tage.

Den 1. März um drei Uhr ging die Flottille im Golf Juan vor Anker, um fünf Uhr stieg Napoleon ans Land, und es wurde in einem Olivenwäldchen biwakiert, wo man noch jetzt den Baum zeigt, an dessen Fuß der Kaiser sich niederließ. Fünfundzwanzig Grenadiere und ein Gardeoffizier wurden in demselben Augenblick nach Antibes gesandt, um die Garnison zu gewinnen: aber von ihrer Begeisterung fortgerissen, zogen sie in die Stadt ein mit dem Rufe: »Es lebe der Kaiser!« Man wusste noch nichts von der Landung Napoleons und hielt die Leute für wahnsinnig. Der Kommandant ließ die Brücke aufziehen, und die 25 Tapfern sahen sich gefangen.

Das war ein rechter Unstern; auch schlugen einige Offiziere Napoleon vor, nach Antibes zu marschieren und es mit Gewalt zu nehmen, um dem üblen Eindruck zuvorzukommen, den der Widerstand dieses Platzes auf die öffentliche Meinung hervorbringen könnte. Napoleon antwortete, dass man auf Paris und nicht auf Antibes losgehen müsse, und indem er dem Wort die Tat folgen ließ, hob er das Biwak mit dem Aufgang des Mondes auf.

Noch mitten in der Nacht erreichte die kleine Armee Cannes, zog gegen sechs Uhr morgens durch Grasse und machte auf einer Anhöhe halt, die die Stadt beherrscht. Kaum hatte sich Napoleon dort festgesetzt, als er von den Bewohnern der Umgegend, bei denen sich das Gerücht seiner wunderbaren Landung bereits verbreitet hatte, umringt wurde. Er empfing sie, wie er dies in den Tuilerien getan haben würde, indem er ihre Klagen anhörte, Bittschriften entgegennahm und ihnen Gerechtigkeit versprach. Der Kaiser glaubte in Grasse eine Straße zu finden, deren Anlage er im Jahre 1813 befohlen hatte, aber die Straße war nicht fertig. Er musste sich also entschließen, in der Stadt seinen Wagen und die vier kleinen, von der Insel Elba mitgebrachten Artilleriestücke zurückzulassen. Man nahm seinen Weg über die noch mit Schnee bedeckten Bergpfade, und des Abends blieb man nach einem Marsch von zwanzig Stunden im Dorfe Cérénon über Nacht. Am 3. März langte man, in Barême an, am 4. in Digne und am 5. in Gap. In dieser Stadt hielt man so lange an, als nötig war, um die Aufrufe, die man am andern Tage auf dem Wege zu Tausenden verteilte, zu drucken.

Indessen war der Kaiser nicht ohne Besorgnis. Bis jetzt hatte er es nur mit der Bevölkerung zu tun gehabt, und deren Begeisterung ließ sich nicht bezweifeln. Aber kein Soldat hatte sich gezeigt, kein organisiertes Korps hatte sich mit der kleinen Armee vereinigt, und vor allem wünschte und hoffte Napoleon, dass seine Person auf die zu seiner Bekämpfung ausgesandten Regimenter ihren Einfluss ausübte. Der so gefürchtete und so gewünschte Augenblick brach endlich an. Zwischen Lamuse und Vizille stieß der General Cambronne, der mit 40 Grenadieren in der Vorhut marschierte, auf ein von Grenoble ausgesandtes Bataillon, das den Weg versperren sollte. Der Anführer dieser Abteilung weigerte sich, den General Cambronne anzuerkennen, und dieser ließ den Kaiser von dem, was vorging, benachrichtigen.

Napoleon verfolgte eben seinen Weg in einem schlechten Reisewagen, den man sich in Gap verschafft hatte, als er diese Nachricht erhielt. Er ließ sogleich sein Pferd bringen, stieg auf und ritt im Galopp bis auf fast 100 Schritte an die Soldaten, die eine sperrende Mauer bildeten, heran, ohne dass ein einziger Ruf, ein einziger Willkomm seine Person begrüßt hätte.

Der Augenblick, das Spiel zu gewinnen oder zu verlieren, war da. Der Grund und Boden, worauf man stand, ließ leinen Rückzug zu: links von der Straße war ein steiler Berg, rechts eine kleine, kaum 30 Fuß breite, von einer Schlucht begrenzte Wiese und gegenüber das schlagfertige Bataillon, das sich von der Schlucht bis an den Berg ausdehnte.

Napoleon hielt auf einer kleinen Anhöhe, zehn Schritte von einem Bache, der durch eine Wiese fließt. Da wendet er sich gegen den General Bertrand und ruft, ihm die Zügel seines Pferdes zuwerfend: »Man hat mich getäuscht: doch gleichviel, vorwärts!« Mit diesen Worten steigt er ab. geht durch den Bach, schreitet stracks auf das noch immer unbewegliche Bataillon zu, bleibt zwanzig Schritte von der Linie stehen, in demselben Augenblick, wo der das Bataillon führende Adjutant des Generals Marchand seinen Degen zieht und Feuer zu geben befiehlt, und ruft: »Wie? meine Freunde, erkennt ihr mich nicht? Ich bin euer Kaiser. Wenn ein Soldat unter euch ist, der seinen General töten will, so kann er es, hier stehe ich.« Kaum sind diese Worte gesprochen, als der Ruf: *»Es lebe der Kaiser!«* aus aller Munde erschallt. Der Adjutant befiehlt zum zweiten Mal, Feuer zu geben, aber seine Stimme wird von tausendstimmigem Geschrei erstickt. Zugleich, und während vier polnische Lanciers den Wegeilenden verfolgen, lösen sich die Reihen der Soldaten, sie stürzen vor, umgeben Napoleon, fallen ihm zu Füßen, küssen ihm die Hände, reißen die weiße Kokarde ab und stecken die dreifarbige auf, dies alles unter einem Freudengeschrei und einem Entzücken, das die Augen ihres alten Generals mit Tränen füllt. Bald aber erinnert er sich, dass kein Augenblick zu verlieren ist, er kommandiert eine halbe Wendung rechts, stellt sich an die Spitze der Kolonne und marschiert so, Cambronne mit seinen 40 Grenadieren vor sich, und das Bataillon, das man ausgeschickt hat, um ihm den Weg zu versperren, hinter sich, zur Höhe des Berges von Vizille. Von hier aus sieht er, wie eine halbe Meile weiter unten der Adjutant, immer von den vier Lanciers verfolgt, vor denen er dank seinem frischen Pferde einen Vorsprung gewinnt, die Stadt erreicht, verschwindet und gleich darauf am andern Ende wiedererscheint und ihnen nur dadurch entrinnt, dass er einen Querweg einschlägt, wo ihre vor Mattigkeit halb toten Pferde ihm nicht mehr folgen können. – Indessen hat dieser fliehende Mann und die vier ihn verfolgenden Männer, die wie der Blitz durch die Straßen von Vizille sprengen, durch die bloße Erscheinung alles verraten. Am Morgen hat man den Adjutanten an der Spitze seines Bataillons durchmarschieren sehen, und nun jagt er allein und verfolgt wieder zurück. Es ist also wahr: Napoleon rückt vor, begleitet von der Liebe des Volks und der Soldaten! Alles läuft hinaus, fragt sich, begeistert sich. Plötzlich bemerkt man den Zug auf dem Hügelrücken von La Mure. Männer, Weiber. Kinder, alles eilt ihm entgegen, die ganze Stadt umgibt ihn, ehe er vor ihren Toren erscheint, während die Bauern von den Bergen herabkommen, in eiligen Sprüngen wie Gemsen, und von Fels zu Fels den Ruf: *»Es lebe der Kaiser!«* erschallen lassen.

Napoleon macht in Vizille halt. Vizille ist die Wiege der französischen Freiheit, und das Jahr 1814 wird nicht meineidig an 1789,[43] denn der Kaiser wird von einer vor Freude trunkenen Einwohnerschaft empfangen. Aber Vizille ist nur eine Stadt ohne Tor, ohne Mauern, ohne Garnison: nach Grenoble muss man marschieren. - Ein Teil der Einwohner begleitet Napoleon. - Eine Stunde von Vizille sieht man einen Offizier, ganz mit Staub bedeckt, herbeieilen. Wie der Grieche bei Marathon ist er nahe daran, vor Ermattung umzufallen; aber er bringt auch reiche Nachrichten.

Gegen 2 Uhr nachmittags ist das 7. Infanterieregiment, vom Oberst Labédoyère kommandiert, von Grenoble abmarschiert, um gegen den Kaiser vorzurücken. Aber eine halbe Stunde vor der Stadt hat der Oberst, der an der Spitze seines Regiments ritt, plötzlich umgewendet und Halt geboten. Sofort tritt ein Tambour auf den Oberst zu und hält ihm die geöffnete Trommel hin. Der Oberst greift hinein, zieht einen Adler hervor, und indem er sich, um von allen gesehen zu werden, in die Bügel stellt, ruft er aus: »Soldaten, schaut hier das glorreiche Zeichen, das in unsern unsterblichen Tagen vor euch herging. Er, der uns so oft zum Siege führte, rückt heran, um unsere Erniedrigung und unser Unglück zu rächen. Es ist Zeit, unter seine Fahne zu fliegen, die nie aufgehört hat, die unsrige zu sein. Wer mich liebt, der folge mir! Es lebe der Kaiser!« - Das ganze Regiment ist ihm gefolgt. Der Offizier wollte der erste sein, der diese Nachricht dem Kaiser überbrachte, und ist vorausgeeilt: aber das ganze Regiment folgt ihm auf dem Fuße nach.

Napoleon spornt sein Pferd und reitet weiter; seine ganze kleine Armee folgt ihm mit großem Geschrei im Sturmschritt. Auf der Höhe eines Hügels angekommen, bemerkt er das Regiment Labédoyère, das eilenden Fußes vorrückt. Kaum hat man ihn bemerkt, als der Ruf: *Es lebe der Kaiser!* ertönt. Dieser Ruf wird von den Tapferen der Insel Elba vernommen und erwidert. Da lässt es keinen mehr in seinen Reihen, alles läuft, alles dringt vorwärts. Napoleon wirft sich in die Mitte der Entgegenkommenden, Labédoyère stürzt sich von seinem Pferde herab, um Napoleons Knie zu umfassen. Dieser empfängt ihn in seinen Armen, drückt ihn an seine Brust und sagt: »Oberst, *Sie* setzen mich wieder auf den Thron!« Labédoyère ist außer sich vor Freude. Diese Umarmung wird ihn das Leben kosten, aber was liegt daran? Man hat ein Jahrhundert gelebt, wenn man solche Worte vernahm.

---

[43] In Vizille fand 1783 eine Versammlung von Abgeordneten des Dauphine statt, die als Vorläufer der Revolution betrachtet wird und zu deren Gedenken 1888 ein Denkmal errichtet worden ist. A. d. Ü.

Sofort machte man sich wieder auf den Weg, denn Napoleon kann nicht ruhen, bevor er in Grenoble ist. Grenoble hat eine Besatzung, die sich, heißt es, halten soll. Vergeblich verbürgen sich die Soldaten bei dem Kaiser für ihre Kameraden: der Kaiser tut zwar, als sei er überzeugt wie sie, befiehlt aber doch, auf die Stadt zu marschieren.

Abends 8 Uhr langte Napoleon unter den Mauern von Grenoble an.

Die Wälle sind von dem dritten Genieregiment, das aus 2000 alten Soldaten besteht, von dem vierten Linien-Artillerie-Regiment, in dem Napoleon gedient hat, von zwei Bataillonen des 5. Linienregiments und den Husaren des vierten besetzt. Übrigens war der Marsch des Kaisers so reißend schnell gewesen, dass er allen Maßregeln zuvorkam. Man hatte keine Zeit mehr, die Brücken aufzuziehen; aber die Tore sind geschlossen, und der Kommandant weigert sich, sie öffnen zu lassen.

Napoleon erkennt, dass ihn ein Augenblick des Zögerns verderben kann. Die Nacht beraubt ihn der zauberischen Wirkung seiner Gegenwart; gewiss aller Augen suchen ihn, aber niemand sieht ihn. Da befiehlt er Labédoyère, die Artilleristen anzureden, und der Oberst steigt auf eine Erhöhung und ruft mit starker Stimme:

»Soldaten, wir bringen euch den Helden zurück, dem ihr in so viele Schlachten gefolgt seid: an euch ist es, ihn aufzunehmen und mit uns den alten Sammelruf der Besieger Europas zu wiederholen: › *Es lebe der Kaiser*!‹«

In der Tat wird dieser magische Ruf augenblicklich wiederholt und nicht allein auf den Wällen, sondern auch in allen Teilen der Stadt. Alles eilt nun den Toren zu, aber die Tore sind geschlossen, und der Kommandant hat die Schlüssel. Inzwischen sind die Soldaten, die Napoleon begleiten, näher getreten. Man gibt einander Rede und Antwort, man reicht sich die Hände durch die Fallgitter, aber man öffnet nicht. Der Kaiser knirscht vor Ungeduld, die nicht frei von Befürchtung ist. Plötzlich ertönt das Geschrei: Platz! Platz! Die ganze Bevölkerung der Vorstadt Très-Cloître ist's, die mit Balken herandringt, um die Tore einzustoßen. Jeder stellt sich in Reih und Glied, die Hebel beginnen ihr Werk, die Tore stöhnen, krachen, fallen, und 6000 Mann dringen zugleich ein.

Das ist keine Begeisterung mehr, es ist Wut, Raserei. Die Menschen stürzen sich auf Napoleon, als wollten sie ihn in Stücke zerreißen. In einem Augenblick ist er unter bacchantischem Jubelgeschrei von seinem Pferde gerafft, aufgehoben und fortgerissen. Nie, in keiner Schlacht, ist er solche Gefahr gelaufen. Alles zittert für ihn, denn er allein kann begreifen, dass die Flut, die ihn fortreißt, lauter Liebe ist.

Endlich hält er in einem Hotel: sein Generalstab kommt herbei und umgibt ihn. Kaum ist man wieder zu Atem gekommen, als man neuen Lärm hört: diesmal sind es die Bewohner der inneren Stadt, die ihm die ganzen Tore bringen, da sie ihm die Schlüssel dazu nicht bringen konnten.

Nun ist die Nacht ein ununterbrochenes Fest, währenddessen Soldaten, Bürger und Bauern sich miteinander verbrüdern. Auch lässt Napoleon sofort seine Aufrufe wieder drucken. Am 8. morgens werden sie angeheftet und nach allen Seiten hin verbreitet. Sendboten gehen von der Stadt aus und tragen sie nach allen Enden hin mit der Kunde von der Besitznahme der Hauptstadt des Dauphine und dem baldigen Eingreifen Österreichs und des Königs von Neapel. Erst in Grenoble weiß Napoleon bestimmt, dass er bis nach Paris gelangen wird.

Am folgenden Tag kommen Geistlichkeit, Generalstab, die gerichtlichen sowie alle bürgerlichen und militärischen Behörden, dem Kaiser ihre Huldigung darzubringen. Nach beendigter Audienz hält er über die 6000 Mann starke Besatzung Heerschau und zieht dann schleunigst gegen Lyon.

Tags darauf setzt er, nach Ausfertigung von drei Erlassen, die verkündeten, dass er die kaiserliche Gewalt wieder an sich nehme, den Zug fort und übernachtet zu Bourgoin. Immer größer wird die Menge des begleitenden Volkes, wie die Begeisterung, es ist, als gebe ihm ganz Frankreich das Geleit und dringe mit ihm nach der Hauptstadt vor.

Auf der Straße von Bourgoin nach Lyon erfährt Napoleon, dass der Herzog von Orleans, der Graf von Artois und der Marschall Macdonald die Stadt verteidigen wollen, und dass man im Begriff ist, zwei Brücken, Morand und la Guillotière abzubrechen. Er lacht über diese Zurüstungen, an die er nicht glaubt, denn er kennt den Patriotismus der Lyoneser und befiehlt dem vierten Husarenregiment, bis la Guillotière zu streifen. Das Regiment wird mit dem Rufe: »Es lebe der Kaiser!« aufgenommen. Der Ruf dringt bis zu Napoleon, der dem Regiment in einer Viertelstunde Entfernung nachfolgt. Er setzt sofort sein Pferd in Galopp und kommt allein und voll Vertrauen in einem Augenblick, wo man ihn am wenigstens erwartet, mitten unter dieser Bevölkerung an, deren Jubel er durch seine Gegenwart zum Entzücken steigert.

Im gleichen Moment werfen sich Soldaten beider Parteien auf die Barrikaden, die sie in wetteifernder Arbeit zerstören, und in einer Viertelstunde liegen sie einander in den Armen. Der Herzog von Orleans und der General Macdonald sind gezwungen, sich zurückzuziehen; der Graf von Artois entflieht, und es folgt ihm, nachdem ihn alles verlassen hat, *ein* einziger freiwilliger Royalist.

Um 5 Uhr abends eilt die ganze Besatzung dem Kaiser zu. Eine Stunde später nimmt die Armee Besitz von der Stadt.

Um 8 Uhr zieht Napoleon in die zweite Hauptstadt des Königreichs ein. Während seines dortigen viertägigen Aufenthaltes standen ununterbrochen 20 000 Menschen unter seinen Fenstern.

Am 13. reiste der Kaiser von Lyon ab und schlief in Mâcon. Immer höher stieg der Enthusiasmus. Nicht mehr einzelne Individuen, die Behörden selbst empfingen ihn jetzt an den Toren der Städte.

Am 17. wartete ihm zu Auxerre ein Präfekt auf, der erste höhere Staatsbeamte, der diesen Schritt der Anerkennung wagte.

Am Abend meldete man den Marschall Ney. Er kam, voll Scham über seine Kälte im Jahre 1814 und über die Eide, die er Ludwig XVIII. geleistet hatte, um sich einen Platz in den Reihen der Grenadiere zu erbitten. Napoleon öffnete ihm die Arme, nannte ihn den *Tapfern der Tapfern*, und alles war vergessen.

Abermals eine totbringende Umarmung.

Am 20. März um 2 Uhr nachmittags kam Napoleon zu Fontainebleau an. Dieses Schloss weckte schreckliche Erinnerungen, denn in einem seiner Zimmer hatte er sein Leben verlieren wollen, im andern hatte er das Kaiserreich wirklich verloren. Nur einen Augenblick hielt er dort an, dann setzte er seinen Triumphzug nach Paris fort.

Hier langte er, wie zu Grenoble und Lyon, abends an, am Schlusse eines langen Tagemarsches und an der Spitze der Truppen, die zum Schutz der Vorstädte bestimmt waren. Er hätte mit zwei Millionen Menschen einziehen können.

Um 8-1/2 Uhr abends betrat er den Hof der Tuilerien. Hier stürzte man ihm entgegen, wie man in Grenoble getan, tausend Arme strecken sich aus, fassen ihn, reichen ihn von einem dem andern mit unaussprechlichem, fieberhaftem Jubelgeschrei. So ungeheuer ist die Menge, dass man sie nicht zu meistern weiß: es ist wie ein Bergstrom, dem man seinen Lauf lassen muss. Napoleon kann nur die Worte sprechen: »Meine Freunde, ihr erstickt mich!«

In den Zimmern findet Napoleon eine andere Menge, eine vergoldete ehrfurchtsvolle Menge, eine Menge von Hofleuten, Generalen, Marschällen. Diese erstickten Napoleon nicht, sie beugten sich vor ihm.

»Meine Herren«, sagt der Kaiser zu ihnen, »uneigennützige Leute sind es, die mich in meine Hauptstadt zurückgeführt haben, die Unterleutnants und Soldaten haben alles getan, dem Volke, der Armee verdanke ich alles.«

Noch in derselben Nacht befasste sich Napoleon mit der Neugestaltung des Ganzen. Minister wurden: Cambacérès für die Justiz, der Herzog von Vicenza für die auswärtigen Angelegenheiten, der Marschall Davoust für den Krieg, der Herzog von Gaëta für die Finanzen, Decrès für die Marine, Fouché für die Polizei, Carnot für das Innere, der Herzog von Bassano wurde wieder zum Staatssekretär eingesetzt, der Graf Mollien wieder Schatzmeister, der Herzog von Rovigo Generalkommandant der Gendarmerie, Herr von Montalivet Intendant der Zivilliste. Letort und Labédoyère wurden zu Generalen befördert, Bertrand und Drouot in ihren Stellen als Großmarschall des Palastes und Generalmajor der Garde bestätigt: endlich alle Kammerherren, Stallmeister, Zeremonienmeister von 1814 wiederernannt.

Am 26. März wurden alle großen Staatskörperschaften berufen, Napoleon die Wünsche Frankreichs vorzutragen.

Am 27. März hätte man glauben können, die Bourbonen hätten niemals existiert, und die ganze Nation meinte geträumt zu haben.

Wirklich war mit einem Tage die Revolution beendigt, sie hatte nicht einen Tropfen Blut gekostet, niemand konnte diesmal Napoleon den Tod eines Vaters, Bruders oder Freundes vorwerfen. Die einzige sichtbare Veränderung war die der Farbe auf den Fahnen, die über unsern Städten flatterten, und der Ruf: » *Es lebe der Kaiser*!«, der von einem Ende Frankreichs bis zum andern widertönte.

Indessen ist die Nation stolz auf die große Tat der Willensfreiheit, die sie soeben ausgeführt. Die Größe des Unternehmens, das sie so trefflich unterstützt hat, scheint durch den riesenhaften Erfolg die Unglücksfälle der drei letzten Jahre auszutilgen; die Nation weiß es Napoleon Dank, dass er den Thron wiederbestiegen hat.

Napoleon überblickt prüfend seine Lage.

Zwei Wege stehen ihm offen. Er kann alles für den Frieden versuchen und dabei sich auf den Krieg rüsten oder den Krieg mit einer jener unvorhergesehenen Bewegungen, mit einem jener plötzlichen Blitzschläge beginnen, die aus ihm Europas donnernden Jupiter gemacht haben.

Jeder dieser beiden Wege hat seine Übelstände.

Alles für den Frieden versuchen heißt den Verbündeten Zeit geben, sich zu sammeln. Wenn sie ihre Soldaten zählten und die unsrigen, so fanden sie bei sich ebenso viele Armeen wie bei uns Divisionen; wir standen wieder einer gegen fünf. Gleichviel, hatten wir doch auch so manchmal gesiegt!

Den Krieg beginnen heißt denen Recht geben, die behaupten, Napoleon wolle den Frieden nicht. Zudem hat Napoleon nur über 40 000 Mann zu verfügen. Das reichte zwar hin, um Belgien wiederzunehmen und in Brüssel einzuziehen. Aber in Brüssel befand er sich dann in einem Kreis von festen Plätzen, die er nacheinander nehmen musste, und doch waren Maastrich, Luxemburg und Antwerpen keine Baracken, die man mit einem Handstreich überrumpelte. Zudem gärte die Vendée, der Herzog von Angoulême marschierte auf Lyon und die Marseiller auf Grenoble. Zunächst galt es, zu rechter Zeit diesen Brand in den Eingeweiden, der Frankreich foltert, zu dämpfen, damit es mit seiner ganzen Gewalt und Wucht dem Feinde die Brust biete.

Napoleon entschließt sich daher für den erstgenannten Weg. Der Frieden, den er im Jahre 1814 zu Chatillon nach dem feindlichen Einfall in Frankreich verwarf, kann im Jahr 1815 nach seiner Rückkehr von der Insel Elba angenommen werden. Anhalten kann man, solange man emporsteigt, aber niemals beim Heruntersinken.

Um der Nation seinen guten Willen zu zeigen, richtet er daher folgendes Rundschreiben an die Könige von Europa:

»Mein Herr Bruder!

»Sie werden im Laufe des letzten Monats meine Rückkehr an die Küsten von Frankreich, meinen Einzug in Paris und die Abreise der bourbonischen Familie erfahren haben. Was diese Ereignisse in Wahrheit bedeuten, muss Eurer Majestät nunmehr bekannt sein. Sie sind das Werk einer unwiderstehlichen Macht, das Werk und der einstimmige Wille einer großen Nation, die ihre Pflichten und Rechte kennt. Die Erwartung, die mich zum größten aller Opfer bewog, war getäuscht worden, darum eben bin ich zurückgekommen, und von dem Punkte an, wo ich den Strand betrat, hat mich die Liebe meiner Untertanen bis in die Hauptstadt getragen. Das erste Bedürfnis meines Herzens ist, so große Zuneigung mit einem ehrenvollen Frieden zu belohnen. Da die Wiederherstellung des Kaiserthrons für das Glück der Franzosen nötig war, so ist es mein süßester Gedanke, sie zugleich der Befestigung der Ruhe Europas dienstbar zu machen. Des Kriegsruhms, der der Reihe nach die Fahnen der verschiedenen Nationen umstrahlt hat, ist's genug; genug auch des

Schicksalswechsels, der große Unglücksschläge große Erfolge ablösen ließ, auf große Erfolge sind große Unfälle nachgefolgt, so ist's des wechselnden Glücks genug. Ein schönerer Schauplatz eröffnet sich heute den Souveränen, und ich will der erste sein, der ihn betritt.

»Nachdem wir der Welt das Schauspiel großer Kämpfe gegeben, wird es weit süßer sein, fortan keinen andern Wettstreit mehr zu kennen als den in der Verbreitung von Friedenswohltaten, keinen andern Kampf als den heiligen Kampf zur Beglückung der Völker: Frankreich will mit Freimut diesen edlen Endzweck aller seiner Wünsche verkünden. Eifersüchtig auf seine Selbständigkeit, wird es sich zum unabänderlichen Grundsatz seiner Politik die vollkommenste Achtung der Unabhängigkeit anderer Nationen machen. Sind dies, wie ich das glückliche Vertrauen hege, die persönlichen Gesinnungen Eurer Majestät, so ist die allgemeine Ruhe auf lange hin gesichert, und die innerhalb der Staaten thronende Gerechtigkeit reicht allein hin, ihr Gebiet zu schirmen.«

Dieses Schreiben, das einen Frieden, vorschlägt, dem die uneingeschränkteste Achtung von der Unabhängigkeit anderer Nationen zugrunde liegt, trifft die verbündeten Herrscher im besten Zug, Europa unter sich zu teilen. Bei diesem großen Menschenschacher, bei diesem öffentlichen Seelenhandel nimmt Russland das Großherzogtum Warschau, Preußen verschlingt einen Teil des Königreichs Sachsen, einen Teil Polens, Westfalens, Frankens und hofft wie eine unermessliche Schlange, deren Schwanz Memel berührt, seinen Kopf am linken Rheinufer hin bis Thionville zu verlängern. Österreich will wieder sein Italien haben, das es vor dem Vertrag von Campo-Formio hatte, sowie alles, was sein doppelköpfiger Adler auf Grund der Verträge von Luneville, Preßburg und Wien allmählich hat aus seinen Klauen fallen lassen. Der Statthalter von Holland, zum Königsrang erhoben, verlangt, dass man ihm die Einverleibung Belgiens, des Gebietes von Lüttich und des Großherzogtums Luxemburg in seine Erbstaaten bestätige. Der König von Sardinien endlich dringt auf die Vereinigung Genuas mit seinem Festlandstaate, von dem er seit 15 Jahren abwesend ist. Jede Großmacht will, wie ein marmorner Löwe die Kugel unter seiner Tatze, ein kleines Königreich für sich haben. Russland fordert Polen, Preußen Sachsen, Spanien Portugal, Österreich, Italien. Und England, das die Kosten aller dieser Umwälzungen auslegt, soll wie der brave Schweppermann statt eines Eies zwei haben - Holland und Hannover.

Der Moment war, wie man sieht, übel gewählt. Indes hätte diese Eröffnung des Kaisers vielleicht einen Erfolg haben können, wäre der Kongreß nicht mehr versammelt gewesen, so dass die Unterhandlungen nacheinander mit einem Herrscher um den andern stattfinden konnten. Aber da sie noch beieinander saßen und einander ins Gesicht sehen konnten, übernahm sich ihre Selbstliebe, und Napoleon erhielt keine Antwort auf seinen Brief.

Der Kaiser war keineswegs erstaunt über dieses Stillschweigen; er hatte es vorausgesehen und verlor keine Stunde, sich zum Kriege zu rüsten. Je schärfer er aber seine Angriffsmittel prüfte, umso mehr beglückwünschte er sich, dass er seinem ersten Triebe nicht gefolgt war. Alles war außer Rand und Band in Frankreich: kaum blieb der Kern einer Armee übrig. Was das Kriegsmaterial, Pulver, Gewehre, Kanonen betrifft, so schien alles verschwunden.

Seit drei Monaten arbeitete Napoleon täglich sechzehn Stunden. Auf seinen Ruf bedeckte sich Frankreich mit Fabriken, Werkstätten. Gießereien, und die Waffenschmiede der Hauptstadt allein lieferten bis an 3000 Gewehre in 24 Stunden, während die Schneider in demselben Zeitraum 15 bis 1800 Uniformen fertigten. Desgleichen wurden die Stämme der Linienregimenter von 2 Bataillonen auf 5 gebracht, die der Reiterei um 2 Schwadronen verstärkt, 200 Bataillone Nationalgardisten organisiert, 20 Marine-Regimenter und 40 Regimenter junger Garden zum aktiven Dienst verwendet und die beurlaubten Veteranen wieder unter die Fahnen gerufen, der Jahrgang 1814–15 ausgehoben, die verabschiedeten Soldaten und Offiziere zum Wiedereintritt in die Linie aufgefordert. Sechs Armeen, Nord-, Mosel-, Rhein-, Jura-, Alpen- und Pyrenäen-Armee genannt, werden gebildet, während eine siebente als Reservearmee sich unter den Mauern von Paris und Lyon, die man befestigen will, sammelt.

In der Tat sollte jede große Hauptstadt vor einem Handstreich gesichert sein, und mehr als einmal verdankte die alte Lutetia den Mauern ihre Rettung. Wäre Wien im Jahre 1805 verteidigt worden, so hätte die Schlacht von Ulm den Krieg nicht entschieden. Wäre im Jahr 1806 Berlin befestigt gewesen, so hätte sich die bei Jena geschlagene Armee dort wieder gesammelt und sich ebendaselbst mit der russischen Armee vereinigt. Wäre im Jahr 1808 Madrid im Verteidigungsstand gewesen, so hätte die französische Armee, selbst nach den Siegen von Espinosa, Tudela, Burgos und Somosierra, es nicht gewagt, auf diese Hauptstadt zu marschieren; während sie die englische und spanische Armee in der Richtung von Salamanca und Valladolid hinter sich stehen ließ. Hätte sich endlich Paris im Jahre 1814 auch nur acht Tage gehalten, so wäre die verbündete Armee zwischen seinen Mauern und den 80 000 Mann, die Napoleon bei Fontainebleau sammelte, erstickt worden.

Der Ingenieurgeneral Haxo wird mit diesem großen Werke beauftragt; er soll Paris befestigen und General Léry Lyon.

Wenn uns daher die Verbündeten nur bis zum 1. Juni Zeit lassen, so steigt der Effektivstand unserer Armee von 200 000 auf 414 000 Mann. Bis zum 1. September wird dieser Stand nicht allein verdoppelt, sondern es wird auch aus jeder Stadt bis zum Zentrum Frankreichs eine Festung gemacht, die allesamt der Hauptstadt gleichsam als vorgeschobene Werke dienen sollen. So macht das Jahr 1815 dem von 1793 den Rang streitig, und Napoleon hat ebenso viel erreicht wie der öffentliche Wohlfahrtsausschuss, ohne dass er genötigt gewesen wäre, mit einem Dutzend Guillotinen nachzuhelfen.

Auch ist kein Augenblick zu verlieren; die Verbündeten. die sich um Sachsen und Krakau zanken, sind, Gewehr im Arm, mit brennender Lunte stehengeblieben. Vier Befehle werden erlassen, und Europa marschiert von neuem gegen Frankreich.

Wellington und Blücher versammelten 220 000 Mann, Engländer, Preußen, Hannoveraner, Belgier und Braunschweiger, zwischen Lüttich und Courtrai; die Bayern, Badenser und Württemberger eilen nach der Pfalz und dem Schwarzwald: die Österreicher nahen in Eilmärschen, um sich mit ihnen zu vereinigen; die Russen ziehen durch Franken und Sachsen und werden spätestens in zwei Monaten von Polen aus an den Ufern des Rheins stehen. 900 000 Mann sind auf den Beinen, 300 000 werden ihnen folgen.[44] Die Koalition besitzt das Geheimnis des Kadmus, auf ihren Ruf steigen Soldaten aus der Erde.

Napoleon aber fühlt, je dichter er die feindlichen Armeen sich scharen sieht, umso mehr das Bedürfnis, sich auf dieses Volk zu stützen, das ihn im Jahre 1814 im Stich gelassen hat. - Einen Augenblick schwankt er, ob er nicht die Kaiserkrone beiseitelassen soll, um den Degen des Ersten Konsuls wieder zu ergreifen. Aber er, der im Schoß der Revolution geboren ist, hat Furcht vor ihnen; es graut ihm vor der Volksaufregung, weil er weiß, dass sie sich durch nichts mehr bändigen lässt. Die Nation hat sich über den Mangel an Freiheit beklagt: er will ihr daher die Zusatzakte zur Verfassung des Kaiserreichs verleihen. Das Jahr 1790 hat die Föderation gehabt, das Jahr 1815 soll das »Maifeld« haben; vielleicht lässt sich Frankreichs Freiheitsdrang dadurch beruhigen. Napoleon hält Heerschau über die Föderierten und schwört am 1. Juni auf dem Altar des

[44] Es war im Ganzen die Aufbringung von 700 000 bis 900 000 Mann vorgesehen. A. d. Ü.

Märzfeldes den Eid der Treue auf die neue Konstitution. An demselben Tage eröffnet er die Kammern.

Gleich darauf nimmt er, von dieser politischen Komödie, die er mit Widerwillen spielt, befreit, seine wahre Rolle wieder an und wird General. Er hat 180 000 Mann zur Verfügung, um den Feldzug zu eröffnen. Was soll er tun? Soll er den Anglopreußen entgegengehen, um sie bei Brüssel oder Namur zu treffen? Soll er die Verbündeten unter den Mauern von Paris oder Lyon erwarten? Soll er Hannibal oder Fabius sein?

Erwartet er die Verbündeten, so gewinnt er Zeit bis zum August, und dann hat er seine Aushebungen vollzählig gemacht, seine Rüstungen beendigt, sein ganzes Material in Bereitschaft gestellt. Er kann dann mit allen seinen Hilfsmitteln eine Armee bekämpfen, die sich durch die Beobachtungskorps, die sie notgedrungen in ihrem Rücken stehen ließ, geschwächt hat.

Aber das halbe Frankreich, das dann in Feindes Hand wäre, würde die Klugheit dieses Schrittes nicht begreifen. Man kann wohl den Fabius spielen, wenn man, wie Alexander, den siebenten Teil der Weltkugel besitzt, oder wenn man, wie Wellington, auf dem Boden eines andern Reiches sich bewegt. Zudem liegt ein derartiges Zaudern nicht in dem Genie des Kaisers.

Auf der andern Seite hofft er, durch einen sofortigen Angriff auf Belgien den Feind zu verblüffen, der uns außerstand wähnt, ins Feld zu rücken; Wellington und Blücher können geschlagen, auseinander gesprengt, vernichtet werden, bevor noch der Rest der verbündeten Truppen Zeit gefunden hat, zu ihnen zu stoßen. Damit fällt ihm Brüssel zu, die Rheinufer greifen wieder zu den Waffen, Italien, Polen und Sachsen stehen auf, und so kann gleich beim Anfang des Feldzugs der erste Schlag, wenn er recht getan wird, die Koalition auflösen.

Wahr ist freilich auch, dass im Unglücksfall der Feind schon Anfang Juli nach Frankreich gezogen wird, das heißt gegen zwei Monate früher, als er von selbst dahin kommen würde. Aber darf Napoleon nach seinem Triumphzuge vom Golf Juan bis Paris an seiner Armee zweifeln und eine Niederlage voraussetzen?

Von seinen 180 000 Mann muss der Kaiser ein Vierteil verzetteln, um Bordeaux, Toulouse, Chambéry, Belfort, Straßburg zu besetzen und die Vendée, diesen alten, durch Hoche und Kleber schlecht ausgeschnittenen politischen Krebs, im Zaum zu halten. Es verbleiben ihm daher nur 125 000 Mann, die er von Philippeville bis Maubeuge zusammenzieht. Freilich hat er 200 000 Feinde vor sich, aber wenn er nur noch sechs Wochen wartet, so hat er auf einmal ganz Europa auf dem Leibe. Am 12. Juni reist er von Paris ab, am 14. verlegt er sein Hauptquartier nach Beaumont, wo er inmitten von 60 000 Mann lagert, indem er 16 000 Mann auf seinem rechten Flügel gegen Philippeville und 40 000 Mann auf seinem linken gegen Solre an der Sambre wirft. In dieser Stellung hat Napoleon vor sich die Sambre, rechts die Maas, links und im Rücken die Wälder von Avesne, Chimay und Gedine.

Der Feind seinerseits steht zwischen der Sambre und Schelde und verbreitet sich staffelartig auf einem Raum von ungefähr 20 Stunden.

Die preußisch-sächsische Armee unter dem Oberbefehl Blüchers bildet die Vorhut. Sie zählt 120 000 Mann und 300 Feuerschlünde. Sie teilt sich in vier Korps; das erste, kommandiert von dem General Zieten, hat sein Hauptquartier zu Charleroi und Fleurus und bildet zugleich den Mittelpunkt; das zweite, unter dem General Pirsch, lagert in der Umgegend von Namur, das dritte, kommandiert von General Thielemann, steht an den Ufern der Maas in der Umgegend von Dinant; das vierte, kommandiert von dem General Bülow, hinter den drei ersten aufgestellt, hat sein Hauptquartier in Lüttich. So gestellt, hat die preußisch-sächsische Armee die Form eines Hufeisens, dessen beide Enden, wie wir sagten, auf der einen Seite bis Charleroi und auf der anderen bis Dinant reichen und von unsern Vorposten, eines 3, das andere nur 1 ½ Stunden, entfernt sind.

Die englisch-holländische Armee[45] steht unter dem Oberbefehl Wellingtons: sie zählt 104 200 Mann in 10 Divisionen, die in zwei große Infanterie- und ein Kavalleriekorps geteilt sind. Das erste Infanteriekorps befehligt der Prinz von Oranien, der sein Hauptquartier zu Braine-le-Comte hat, das zweite der Generalleutnant Hill, dessen Hauptquartier in Brüssel ist, die Reiterei endlich, die ihr Standquartier rings um Grammont hat, wird von Lord Uxbridge kommandiert. Der große Artilleriepark steht in Gent.

Die zweite Armee bietet die gleiche Stellung dar, wie die erste; nur ist das Hufeisen umgekehrt, und statt der Enden ist ihr Zentrum unserer Schlachtfront am nächsten, von der sie indes durch die preußisch-sächsische Armee vollständig getrennt wird.

Napoleon ist am Abend des 14. nur zwei Stunden von den Feinden angelangt, ohne dass sie noch die entfernteste Kenntnis von seinem Marsche haben. Über eine große Karte der Umgegend gebeugt und von Spionen, die ihm sichere Aufschlüsse über die verschiedenen Stellungen des

[45] Wellingtons Feldarmee bestand aus 36 000 Deutschen, 32 000 Engländern und 25 000 Holländern (nach Lettow-Vorbeck). A. d. Ü.

Feindes bringen, umgeben, durchwacht er die Nacht. Nach genauer Einsicht in ihre Aufstellung berechnet er mit gewohntem Scharfsinn, dass sie bei der übergroßen Ausdehnung ihrer Linien drei Tage nötig haben, um sich zu vereinigen. Überfällt er sie unversehens, so kann er die beiden Armeen trennen und sie vereinzelt schlagen. Allererst zieht er 20 000 Pferde in ein Korps zusammen, der Säbel dieser Kavallerie soll die Schlangen mitten entzweischneiden, deren getrennte Stücke er dann sofort zertreten will.

Der Schlachtplan ist entworfen, Napoleon entsendet seine verschiedenen Befehle und fährt mit der Prüfung des Terrains und der Ausfragung der Spione fort. – Alles bestärkt ihn in dem Gedanken, dass er die Stellung des Feindes vollkommen kennt, und der Feind dagegen in gänzlicher Unwissenheit über die seinige schwebt, als plötzlich ein Adjutant des Generals Gérard im Galopp herbeisprengt. Dieser überbringt die Nachricht, dass der Generalleutnant Bourmont und die Obersten Clouet und Willoutrey vom vierten Korps zum Feinde übergegangen sind. Napoleon hört es mit der Ruhe eines an Verrat gewohnten Mannes: dann sagt er zu Ney, der vor ihm steht, gewendet:

»Nun! Marschall, hören Sie es? Ihr Schützling ist es, von dem ich nichts wollte, für den Sie mir bürgten, und den ich nur aus Rücksicht auf Sie angenommen habe; nun ist er zum Feinde übergegangen!«

»Sire«, antwortete der Marschall, »verzeihen Sie mir, aber ich glaubte ihn so ergeben, dass ich für ihn gut gesagt hätte, wie für mich selber«.

»Herr Marschall,« erwidert Napoleon, sich erhebend und ihm die Hand auf die Schulter legend, »wer blau ist, bleibt blau, und wer weiß ist, bleibt weiß.«

Dann setzt er sich wieder und nimmt augenblicklich mit seinem Angriffsplan die Veränderungen vor, die dieser Abfall nötig macht.

Mit Tagesanbruch sollen sich seine Kolonnen in Bewegung sehen. Die Vorhut seines linken Flügels, aus der Infanterie-Division des Generals Jérôme Bonaparte, ehem. Königs von Westfalen, gebildet, soll die Vorhut des preußischen Korps unter General Zieten werfen und sich der Brücke von Marchiennes bemächtigen; der rechte, von General Gerard kommandierte Flügel soll zur rechten Zeit die Brücke von Châtelet überrumpeln, während die leichte Reiterei des Generals Pajol, die die Vorhut des Zentrums bildet, von dem dritten Infanteriekorps unterstützt, vorzurücken und die Brücke von Charleroi zu nehmen hat. Um zehn Uhr soll die französische Armee über die Sambre gegangen und auf feindlichem Grund und Boden sein.

Alles geschieht, wie Napoleon befohlen. Jérôme wirft Zieten über den Haufen und nimmt ihm 500 Gefangene ab, Gérard stürmt die Brücke von Châtelet und jagt den Feind weiter als eine Stunde jenseits des Flusses zurück: nur Vandamme säumt und hat um sechs Uhr morgens sein Lager noch nicht verlassen. – »Er wird zu uns stoßen«, sagt Napoleon, »greifen Sie, Pajol, mit Ihrer leichten Reiterei an; ich folge Ihnen mit meiner Garde.«

– Pajol bricht auf und wirft alles, was ihm in den Weg kommt, über den Haufen. Ein Infanterieviereck will standhalten, der General Desmichels stürzt sich, an der Spitze des 4. und 6. Jägerregiments darauf, durchbricht, vierteilt und zerstückelt es und nimmt ihm einige hundert Gefangene ab. Pajol kommt, den fliehenden Feind niedersäbelnd, vor Charleroi an und reitet im Galopp ein; Napoleon folgt ihm. Um drei Uhr erscheint Vandamme; eine schlecht gemachte Ziffer ist die Ursache seiner Zögerung: er hat IV für VI gehalten. Sein Irrtum straft sich zuerst an ihm selbst dadurch, dass er nicht mitkämpfen durfte.

Noch am gleichen Abend ist die ganze französische Armee über die Sambre gesetzt: Blüchers Heer ist auf dem Rückzuge nach Fleurus und lässt zwischen sich und der englisch-holländischen Armee einen leeren Raum von vier Stunden.

Napoleon sieht den Fehler und beeilt sich, ihn zu benutzen: er erteilt Ney den mündlichen Befehl, mit 42 000 Mann auf der Straße von Brüssel nach Charleroi vorzurücken und nur erst im Dorfe Quatrebras, einem wichtigen, auf der Kreuzungsstraße von Brüssel, Nivelle, Charleroi und Namur gelegenen Punkte, stehenzubleiben. Dort soll er die Engländer aufhalten, während Napoleon mit seinen noch übrigen 72 000 Mann die Preußen schlägt. Der Marschall bricht augenblicklich auf.

Napoleon, der seine Befehle vollzogen glaubt, setzt sich am Morgen des 16. Juni wieder in Marsch und entdeckt die preußische Armee in Schlachtordnung zwischen Saint-Amand und Sombreffe, die Sambre vor sich. Sie ist aus drei Korps zusammengesetzt, die zu Charleroi, Namur und Dinant gelagert waren. Ihre Stellung ist unverantwortlich, denn sie bietet ihre rechte Flanke Ney dar, der den erhaltenen Befehlen gemäß, um diese Stunde in Quatrebas sein muss, das heißt 2 Stunden hinter dem Rücken des Feindes. Demzufolge trifft Napoleon seine Anordnungen. Er stellt seine Armee in der gleichen Linie, wie die Blüchers auf, um ihn von vorn anzugreifen, und schickt an Ney einen vertrauten Offizier mit dem Befehl, er solle ein Beobachtungskorps in Quatrebras lassen und sich in aller Eile gegen Bry wenden, um den Preußen in den Rücken zu fallen. –

Ein anderer Offizier sprengt in demselben Augenblick davon, um das Korps des Grafen von Erlon, das die Nachhut bildet und folglich erst in Villers-Perruin sein soll, aufzuhalten; er soll ihn umwenden lassen und nach Bry zurückführen. Diese neue Anordnung fördert die Sache um eine Stunde und verdoppelt die guten Aussichten, denn, wenn auch der eine ausbleibt, wird doch sicher der andere kommen, und treffen beide ihren Anweisungen gemäß nacheinander ein, so muss die ganze preußische Armee verloren sein. Die ersten Kanonenschüsse, die Napoleon von Bry oder Vagnelée her hört, sollen das Zeichen zum Angriff in der Front sein. Nachdem der Kaiser so seine Verfügungen getroffen, macht er halt und wartet.

Indes verstreicht die Zeit, und Napoleon hört nichts. Zwei, drei, vier Stunden des Nachmittags verrinnen, immer die gleiche Stille. Der Tag ist jedoch zu kostbar, um ihn zu verlieren. Schon der morgende kann eine Verbindung der Feinde herbeiführen, dann müsste er einen neuen Plan entwerfen, um das aus den Händen gelassene Glück wiederzuwinnen. Napoleon gibt den Befehl zum Angriff; jedenfalls wird der Kampf die Preußen beschäftigen, und sie werden ihre Aufmerksamkeit weniger auf Ney richten der ohne Zweifel beim ersten Kanonenschuss anlangt.

Napoleon eröffnet den Kampf mit einem allgemeinen Angriff auf die Linke; er hofft, damit den größeren Teil der feindlichen Streitkräfte auf diese Seite zu ziehen und ihn von seiner Rückzugslinie in dem Augenblick zu entfernen, wo Ney auf der alten Straße Brunehaut anlangt. Alsdann bietet er alles auf, um sein Zentrum zu durchbrechen und ihn so entzweizuschneiden, indem er den stärksten Teil der Armee in dem eisernen Dreieck, das er den Tag vorher aufgestellt hatte, einschließt. Der Kampf beginnt und dauert zwei Stunden, ohne dass man irgendwelche Nachricht von Ney oder von Erlon erhält; und doch mussten sie schon morgens 10 Uhr den Befehl erhalten haben, und doch hatte der eine nur einen Weg von 2, der andere von 2 ½ Stunden zurückzulegen. So muss Napoleon allein zu siegen versuchen. Er gibt den Befehl, seine Reserven in den Kampf zu führen, um gegen das Zentrum die den Erfolg des Tages entscheidende Bewegung ins Werk zu setzen. In diesem Augenblick meldet man ihm, dass eine starke feindliche Kolonne in der Ebene von Heppignies sich zeige und seinen linken Flügel bedrohe. Wie diese Kolonne zwischen Ney und Erlon durchpassieren konnte, wie Blücher dasselbe Manöver, das er, Napoleon, im Sinne gehabt, hatte ausführen können, - das ist ihm unbegreiflich. Gleichviel, er wendet seine Reserven, um sie diesem neuen Angriff entgegenzustellen, und die Bewegung auf das Zentrum ist verschoben.

Eine Viertelstunde nachher erfährt er, dass diese Kolonne Erlons Korps ist, das die Straße von Saint-Amand statt der von Bry eingeschlagen hat. Er nimmt nun sein unterbrochenes Manöver wieder auf, marschiert auf Ligny, nimmt es im Sturmschritt und nötigt den Feind zum Rückzug. Aber die Nacht bricht herein, und die ganze Armee Blüchers marschiert durch Bry, das von Ney mit 20 000 Mann besetzt sein sollte. Nichtsdestoweniger ist die Schlacht gewonnen; 40 Kanonen fallen in unsere Hände. 20 000 Mann sind außer Gefecht gesetzt, und die preußische Armee ist so in Unordnung, dass die Generale von den 70 000 Mann, aus denen sie besteht, bis Mitternacht kaum 30 000 wieder zusammenbringen konnten.[46]

Blücher selbst war mit dem Pferde gestürzt und entkam ganz zerquetscht im Schutze der Dunkelheit auf dem Pferde eines Dragoners.

Während der Nacht erhält Napoleon Nachrichten von Ney und muss erkennen, dass sich die Fehler von 1814 im Jahre 1815 erneuern. Statt mit Tagesanbruch, wie er Befehl erhalten hat, auf das nur von 10 000 Holländern besetzte Quatrebras zu marschieren und sich des Ortes zu bemächtigen, ist Ney erst am Mittag von Gosselies aufgebrochen, so dass in Quatrebras, das von Wellington zum Sammelplatz für die nach und nach eintreffenden verschiedenen Armeekorps bezeichnet worden war, diese Korps erst mittags 3 Uhr angelangt waren, und Ney somit 30 000 Mann statt 10 000 angetroffen hatte. Der Marschall, der der Gefahr gegenüber immer seine gewohnte Tatkraft wiederfand, und der zudem die 20 000 Mann des Grafen Erlon hinter sich glaubte, hatte keinen Augenblick gezögert anzugreifen. Groß war daher sein Erstaunen, als er fand, dass das Korps, worauf er rechnete, ihm nicht zu Hilfe kam, und er, durch überlegene Streitkräfte zurückgeworfen, seine Reserve nicht erreichte, als er die Schutz suchende Hand dahin ausstreckte, wo sie sein sollte. Demgemäß hatte er Adjutanten nach ihr ausgeschickt, mit dem bestimmten Befehl, sie sollte sogleich zurückkehren. Aber im gleichen Augenblick hatte er selbst Napoleons Weisung empfangen. Doch zu spät: der Kampf war angesponnen, er musste standhalten. Dessen ungeachtet hatte er von neuem nach dem Grafen Erlon geschickt und ihn ermächtigt, seinen Weg nach Bry fortzusetzen, sich selbst aber mit neuer Wut gegen den Feind gewendet. In diesem Augenblick war eine neue

[46] »Es wäre um ihre Armee geschehen gewesen.« sagt Napoleon selbst in seinem militärischen Leben, »wenn ich sie während der Nacht verfolgt hätte, wie sie es mit mir am Abend des 18. machten. Ich habe ihnen viele Lektionen gegeben, aber sie haben mich ihrerseits gelehrt, dass eine Verfolgung, so gefährlich sie auch für den Sieger scheint, ebenso auch ihre Vorteile hat.«

Verstärkung von 12 000 Engländern unter Wellington angelangt und Ney zum Rückzug auf Fraisne gezwungen worden, während das Armeekorps des Grafen Erlon seine Zeit völlig mit Märschen und Gegenmärschen verlor und beharrlich auf einem Umkreis von 3 Stunden zwischen zwei Kanonaden hin und her marschierte, ohne allen Nutzen für Ney oder für Napoleon.

War nun der Sieg auch minder entscheidend, als er es hätte sein können, so war es dennoch ein Sieg. Die preußische Armee hatte, in vollem Rückzug begriffen, da sie links hin wich, die englische Armee bloßgestellt, die jetzt am weitesten vorgerückt war. Napoleon entsendet, um eine Vereinigung zu verhindern, Grouchy mit 34 000 Mann mit dem Befehl, den Preußen nachzujagen, bis sie standhalten. Aber Grouchy begeht denselben Fehler wie Ney: nur steht es im Buche des Schicksals geschrieben, dass die Folgen dieses Fehlers fürchterlicher sein sollen.

So gewohnt der englische Obergeneral an die plötzlichen Schläge Napoleons war, so hatte er doch noch geglaubt, zu rechter Zeit in Quatrebras anzulangen, um sich mit Blücher zu vereinigen. Wirklich erhält Lord Wellington am 15. abends 7 Uhr zu Brüssel einen Kurier von dem Feldmarschall, der ihm den Aufbruch der ganzen französischen Armee und den Beginn der Feindseligkeiten berichtet. Vier Stunden darauf, als er eben zu Pferd steigen wollte, erfährt er, dass die Franzosen Herren von Charleroi sind und ihre 150 000 Mann starke Armee in fortlaufender Linie geradeaus auf Brüssel marschiert und den ganzen Raum zwischen Marchiennes, Charleroi und Chatelet einnimmt. Er bricht schleunigst auf, befiehlt allen seinen Truppen, ihr Standquartier zu verlassen, um sich auf Quatrebras zusammenzuziehen, wo er, wie gemeldet, um 6 Uhr eintrifft, um die Niederlage der preußischen Armee zu erfahren. Wäre der Marschall Ney den erhaltenen Instruktionen nachgekommen, so erfuhr Wellington ihre gänzliche Vernichtung.[47]

---

[47] »Wäre Ney noch derselbe wie in den früheren Feldzügen gewesen,« sagt Napoleon in seinen Memoiren, »so hätte er um 6 Uhr morgens die Position von Quatrebras eingenommen, die ganze belgische Division getötet oder gefangen; er hätte die preußische Armee umgangen, indem er auf der Straße von Namur eine Abteilung, die der feindlichen Schlachtlinie in den Rücken gefallen wäre, vorrücken ließ, oder er hätte, auf der Straße von Jemappes mit Blitzesschnelle vordringend, die Divisionen Braunschweig und die fünfte englische, die von Brüssel kamen, auf dem Marsch überfallen und wäre sofort der ersten und dritten englischen Division, die auf der Chaussee von Nivelle, beide ohne Reiterei und Artillerie, todmüde anlangten, zu Leibe gegangen.«

Übrigens hat der Tod eine schreckliche Ausgleichung vorgenommen: der Herzog von Braunschweig ist bei Quatrebras und der General Letort bei Fleurus gefallen.

Folgendes war die Stellung der drei Armeen während der Nacht vom 16. auf den 17.

Napoleon lagerte auf dem Schlachtfeld; das dritte Korps vorwärts von Saint-Amand, das vierte vorwärts von Ligny, die Reiterei des Marschalls Grouchy zu Sombreffe, die Garde auf den Anhöhen von Bry, das sechste Korps hinter Ligny und die leichte Reiterei nach der Straße von Namur hin, auf der ihre Vorposten standen.

Blücher, wenig bedrängt von Grouchy, der ihn schon nach einstündiger Verfolgung aus dem Gesicht verlor, hatte seinen Rückzug in zwei Kolonnen bewerkstelligt und erst hinter Gembloux Stellung genommen wo das vierte Korps, unter den Befehlen des Generals Bülow, von Lüttich anlangend, zu ihm gestoßen war.

Wellington hatte sich bei Quatrebras gehalten und die verschiedenen Divisionen seiner Armee nach und nach an sich gezogen, die entsetzlich abgemattet waren, da sie die ganze Nacht vom 15. auf den 16., den ganzen 16. und beinahe die ganze Nacht vom 16. auf den 17. marschiert waren.

Gegen 2 Uhr morgens schickt Napoleon einen Adjutanten an den Marschall Ney. Der Kaiser nimmt an, dass die englisch-holländische Armee der rückgängigen Bewegung der preußisch-sächsischen folgen wird, und befiehlt dem Marschall, seinen Angriff auf Quatrebras zu erneuern. Der General Graf Lobau. der mit zwei Divisionen des sechsten Korps, seiner leichten Reiterei und den Kürassieren des Generals Milhaud auf die Straße von Namur gerückt ist, soll ihn bei diesem Angriff unterstützen, zu dem er unter solchem Beistand stark genug sein muss, da er es aller Wahrscheinlichkeit nach nur mit der Nachhut der Armee zu tun haben wird.

Mit Tagesanbruch setzt sich die französische Armee in zwei Kolonnen wieder in Marsch, die eine 68 000 Mann stark, von Napoleon kommandiert, die den Engländern folgt; die andere von 34 000 Mann, unter Grouchys Befehlen, zur Verfolgung der Preußen.

Ney ist noch immer zurück, und Napoleon gelangt zuerst vor den Pachthof von Quatrebras, wo er ein Korps englischer Kavallerie bemerkt. Er wirft, um ihre Stärke zu erkennen, eine Abteilung von 100 Husaren auf sie, die, von dem feindlichen Regiment scharf bedrängt, zurückkommen. Jetzt macht die französische Armee halt und stellt sich in

Schlachtordnung. Die Kürassiere des Generals Milhaud breiten sich auf dem rechten Flügel aus, die leichte Reiterei stellt sich staffelförmig auf dem linken auf, die Infanterie im Zentrum und in der zweiten Linie, die Artillerie benutzt die Unebenheiten des Terrains und setzt sich demgemäß in Stellung.

Ney ist noch nicht erschienen. Napoleon will in der Besorgnis, ihn sonst, wie am gestrigen Tage, zu verlieren, ohne ihn nichts beginnen. 500 Husaren sind gegen Fraisne, wo er sein muss, gesprengt, um sich mit ihm in Verbindung zu setzen. Bei dem Gehölze Delhutte angelangt, das sich zwischen der Straße von Namur und der von Charleroi befindet, hält diese Abteilung ein Regiment roter Lanciers von der Division Lefèbre-Desnouettes für ein Korps Engländer und beginnt ein Gewehrfeuer. Nach Verlauf einer Viertelstunde erkennt und erklärt man sich gegenseitig. Ney steht also in Fraisne, wie Napoleon es gedacht hat, und zwei Offiziere gehen an ihn ab und drängen ihn, auf Quatrebras vorzurücken. Die Husaren kehren um und nehmen ihre Stellung auf dem linken Flügel der französischen Armee, die roten Lanciers bleiben auf ihrem Posten. Napoleon lässt, um keine Zeit zu verlieren, eine Batterie von 12 Kolonnen, die das Feuer eröffnen, aufpflanzen; nur zwei Geschütz« erwidern es, ein neuer Beweis, dass der Feind während der Nacht Quatrebras geräumt und nur eine Nachhut dort gelassen hat, um seinen Rückzug zu decken. Übrigens lässt sich alles nur instinktmäßig tun oder erraten, da der herabstürzende Regen den Gesichtskreis auf einen äußerst engen Raum beschränkt.

Nach einstündiger Kanonade, während deren er die Augen unaufhörlich, gegen Fraisne gerichtet hält, sieht Napoleon, dass der Marschall immer noch zögert, und schickt ihm einen Befehl nach dem andern. Da meldet man ihm, dass der Graf Erlon sich endlich mit seinem Armeekorps zeigt. Da er bisher noch nie, weder bei Quatrebras noch bei Ligny, ins Gefecht gekommen, so beauftragt ihn Napoleon mit der Verfolgung des Feindes. Sofort stellt er sich an die Spitze der Kolonne und marschiert im Sturmschritt auf Quatrebras. Hinter ihm erscheint das zweite Korps. Napoleon setzt sein Pferd in Galopp, sprengt, nur von 30 Mann begleitet, über die Fläche, die sich zwischen den beiden Straßen ausbreitet, langt bei dem Marschall Ney an, dem er nicht nur seine gestrige Langsamkeit vorwirft, sondern noch mehr die heutige, wodurch er zwei kostbare Stunden verloren hat, während deren er die feindliche Armee auf ihrem Rückzug hätte hart bedrängen und diesen vielleicht in eine vollständige Auflösung hätte verwandeln können. Sofort eilt er, ohne die Entschuldigungen des Marschalls anzuhören, an die Spitze der Armee, wo er einen Teil der Soldaten bis ans Knie im Moraste, den andern bis um die Schenkel im Wasser watend findet. Er bedenkt, dass die englisch-holländische Armee mit dem gleichen Übelstand zu kämpfen hat, und dass sie außerdem noch der ganzen Verwirrung eines Rückzugs preisgegeben ist. Er gibt der fliegenden Artillerie Befehl, auf der Chaussee, wo sie mit aller Leichtigkeit fortrollen kann, voranzueilen und keinen Augenblick das Feuer einzustellen, und wäre es nur, um ihre und die feindliche Stellung anzuzeigen. Die beiden feindlichen Armeen setzen ihren Marsch in diesem Sumpfe fort, von Nebel umhüllt und sich im Schlamme fortschleppend, wie zwei ungeheure vorsintflutliche Drachen, die Flammen und Rauch aufeinander speien.

Gegen 6 Uhr abends wird die Kanonade stetig und stärker. In der Tat hat der Feind eine Batterie von 15 Kanonen enthüllt. Napoleon errät, dass dessen Nachhut Verstärkung erhalten hat, und dass Wellington, der bei dem Gehölz von Soignes angekommen sein muss, im Begriff ist, für die Nacht Stellung davor zu nehmen. Der Kaiser will sich dessen versichern; er lässt die Kürassiere des Generals Milhaud, die Miene machen anzugreifen, unter dem Schutze von 4 Batterien leichter Artillerie vorrücken. Jetzt enthüllt der Feind 40 Geschütze, die mit einem Male losbrechen. Kein Zweifel mehr, die ganze Armee steht da; das allein wollte Napoleon wissen. Er ruft seine Kürassiere zurück, die er morgen nötig hat, nimmt Stellung vor Planchenoit, legt sein Hauptquartier in den Pachthof von Caillou und lässt während der Nacht eine Warte aufschlagen, von deren Höhe er am anderen Morgen die ganze Ebene übersehen könnte. Aller Wahrscheinlichkeit nach nimmt Wellington die Schlacht an.

Im Laufe des Abends führt man mehrere Offiziere von der englischen Reiterei, die man während des Tages zu Gefangenen gemacht hatte, vor Napoleon, er kann aber von ihnen nichts weiter erfahren.

Um 10 Uhr schickt Napoleon an Grouchy, von dem er glaubt, dass er vor Wavre stehe, einen Offizier, um ihn wissen zu lassen, dass er die ganze englisch-holländische Armee vor sich habe, die vor dem Forste von Soignes, mit dem linken Flügel an den Flecken la Haie gelehnt, aufgestellt sei, und dass er ihr mit aller Wahrscheinlichkeit morgen eine Schlacht liefern werde. Demgemäß befiehlt er ihm, zwei Stunden vor Tagesanbruch eine Division von 7000 Mann mit 16 Stücken schweren Geschützes von seinem Lager abzusenden, und zwar auf St. Lambert zu, damit sie sich mit dem rechten Flügel der großen Armee in Verbindung setzen und gegen den linken der englisch-holländischen operieren könne. Grouchy selbst solle, sobald er gewiss sei, dass die preußisch-sächsische Armee Wavre geräumt habe, um sich auf Brüssel zu werfen oder irgendeiner anderen Richtung zu folgen, mit dem größten Teile seiner Truppen in der gleichen Richtung, wie die Division, die ihm als Vorhut dienen würde, aufbrechen und mit seiner ganzen Macht gegen zwei Uhr nachmittags in dem Augenblicke, wo seine Gegenwart entscheidend sein dürfte, anzukommen suchen.[48] Übrigens werde Napoleon, um nicht die Preußen durch seine Kanonade herbeizuführen, das Gefecht erst ziemlich spät vormittags beginnen. Kaum ist diese Depesche abgefertigt, als ein Adjutant des Marschalls Grouchy mit einem abends 5 Uhr geschriebenen Bericht aus Gembloux anlangt.

Der Marschall hat die Fährte des Feindes verloren, er weiß nicht, ob er auf Brüssel oder auf Lüttich marschiert ist; demzufolge hat er eine Vorhut auf jeder dieser beiden Straßen aufgestellt. Da Napoleon gerade die Posten kontrolliert, so findet er erst bei seiner Rückkehr die Depesche. Sogleich sendet er einen anderen, dem nach Wavre geschickten ähnlichen Befehl ab, und kaum ist der Offizier, der ihn mitnimmt weg, so reitet ein zweiter Adjutant ein, der einen zweiten, morgens 2 Uhr geschriebenen und gleichfalls von Gembloux kommenden Bericht überbringt. Grouchy hat abends 6 Uhr erfahren, dass Blücher mit all seinen Streitkräften sich gegen Wavre gewendet hat. Dorthin habe er (Grouchy) den Preußen auf der Stelle folgen wollen, aber seine Truppen hätten schon Biwak bezogen und kochten ihre Suppe; er wolle daher erst morgen früh aufbrechen. Napoleon kann diese Trägheit seiner Generale nicht begreifen, die doch, von 1814–1815, ein Jahr Zeit zur Ruhe gehabt haben; er entsendet an den Marschall einen noch dringenderen Befehl als die beiden ersten.

Folgendes sind nun die Stellungen der 4 Armeen während der Nacht vom 17. auf den 18.: Napoleon, mit dem 1., 2. und 6. Infanteriekorps, der leichten Reitereidivision des Generals Subervic, den Kürassieren und Dragonern von Milhaud und Kellermann, endlich mit der Kaisergarde, zusammen 68 000 Mann und 240 Kanonen, lagert hinter und vor Planchenoit, quer auf der großen Straße von Brüssel nach Charleroi.

Wellington, mit der ganzen englisch-holländischen, mehr als 80 000 Mann und 250 Feuerschlünde starken Armee, hat sein Hauptquartier zu Waterloo und breitet sich auf der Spitze einer Anhöhe von Braine-Laleud bis nach la Haie aus.

---

[48] Die Weisung an Grouchy ist erst am nächsten Vormittag um 10 Uhr von Napoleon gegeben worden. Erst in den auf St. Helena verfassten Memoiren hat der Kaiser behauptet, schon am Abend vorher den Befehl gegeben zu haben. A. d. Ü.

Blücher ist zu Wavre, wo er wieder 75 000 Mann gesammelt hat, mit denen er schlagfertig steht, um überall hinzueilen, wo ihm der Kanonendonner die Notwendigkeit seiner Gegenwart verkünden sollte.

Grouchy endlich ist in Gembloux, wo er ausruht, nachdem er in zwei Tagen drei Stunden Marsch zurückgelegt hat.

So verstreicht die Nacht. Jeder ahnt wohl, dass man am Vorabend einer Schlacht von Zama ist, aber man weiß noch nicht; wer Scipio und wer Hannibal sein wird.

Mit Tagesanbruch tritt Napoleon unruhig aus seinem Zelte, denn er fürchtet, Wellington nicht mehr in seiner gestrigen Stellung zu finden. Er glaubt, der englische und der preußische General hätten die Nacht benutzen müssen, um sich vor Brüssel zu vereinigen, und sie erwarteten ihn am Ausgang der Engpässe des Forstes von Soignes. Aber auf den ersten Blick ist er wieder beruhigt. Die englisch-holländischen Truppen stehen noch immer auf der Hügellinie, wo sie gestern hielten; im Fall einer Niederlage ist ihr Rückzug unmöglich. Napoleon wirft nur einen Blick auf seine Anordnungen. Dann sagt er, sich zu seinen Begleitern umwendend: »Das Schicksal des Tages hängt von Grouchy ab; befolgt er die erhaltenen Befehle, so stehen unsere Aussichten neunzig gegen zehn!«

Morgens 8 Uhr klärt sich das Wetter auf, und Artillerieoffiziere, die Napoleon zur Untersuchung der Ebene abgeschickt hat, kommen mit der Meldung zurück, der Boden beginne zu trocknen und in einer Stunde könne die Artillerie anfangen zu manövrieren. Sogleich steigt Napoleon, der zum Frühstück abgesessen war, wieder aufs Pferd, reitet gegen la Haie Sainte und erkundet die feindliche Linie. Aber da er seinen Augen noch immer nicht traut, heißt er den General Haxo sich dem Dorfs so viel wie möglich zu nähern, um sich zu vergewissern, dass der Feind durch keine während der Nacht aufgeworfene Verschanzung gedeckt ist. Eine halbe Stunde später kehrt der General zurück; er hat keinerlei Befestigung wahrgenommen, und der Feind ist nur durch die natürliche Beschaffenheit der Örtlichkeit selbst verteidigt. Man befiehlt den Soldaten, ihre Waffen zu putzen und trocknen zu lassen.

Napoleon hatte zuerst den Gedanken, auf dem rechten Flügel anzugreifen; aber gegen elf Uhr berichtet ihm Ney, der diesen Teil des Terrains zu untersuchen hatte, dass ein Bach, der durch die Schlucht läuft, durch den gestrigen Regen zum sumpfigen Waldstrom geworden sei, den er mit dem Fußvolk nicht überschreiten könnte; er müsse daher aus dem Dorfe rottenweise ausmarschieren. Da ändert Napoleon seinen

Plan; er will diese örtliche Schwierigkeit vermeiden, bis zum Anfang der Schlucht hinaufsteigen und die feindliche Armee im Zentrum durchbrechen, Reiterei und Artillerie auf die Brüsseler Straße werfen, so dass dann den in der Mitte zerschnittenen zwei feindlichen Armeekorps kein Rückzug übrigbleibt, da dem einen Grouchy, der um 2 oder 3 Uhr eintreffen muss, den Weg abschneidet, und dem andern die Reiterei und Artillerie die Brüsseler Straße versperren. Sonach richtet der Kaiser alle seine Reserven auf das Zentrum.

Als dann jeder auf seinem Posten ist und nur den Befehl zum Aufbruch erwartet, setzt Napoleon sein Pferd in Galopp und reitet an der Linie hinab. Überall, wo er vorbeikommt, weckt er die Töne der Militärmusik und den Freudenruf der Soldaten, eine Gewohnheit, die dem Beginn seiner Schlachten immer einen festlichen Anstrich verleiht, im grellen Gegensatz gegen die Kälte der feindlichen Armeen, wo selten ein kommandierender General so viel Vertrauen und Sympathie besitzt, um eine solche Begeisterung hervorzurufen. Mit dem Fernglas in der Hand an einen Baum des kleinen Querwegs gelehnt, vor dem seine Soldaten in Schlachtordnung stehen, ist Wellington Zeuge dieses eindrucksvollen Schauspiels einer Armee, die schwört zu siegen oder zu sterben.

Napoleon kehrt zurück und stellt sich auf die Höhen von Rossomme, von wo aus er das ganze Schlachtfeld überschaut. Hinter ihm ertönt noch, sich wie eine angezündete Pulverfurche fortpflanzend, das Geschrei und die Musik, dann sinkt plötzlich alles in jene feierliche Stille zurück, wie sie immer über zwei Heeren schwebt, die zum Kampfe schreiten.

Bald wird diese Stille durch ein Gewehrfeuer unterbrochen, das von unserer äußersten Linken ausgeht, und dessen Rauch man über dem Gehölz von Goumont wahrnimmt, es sind Jérômes Plänkler, die den Kampf anspinnen müssen, um die Engländer auf diese Seite zu locken. Wirklich enthüllt der Feind seine Artillerie, und der Donner der Kanonen beginnt das Zischen der Flintenkugeln zu beherrschen. General Reille lässt die Batterie der Division Foy vorrücken und Kellermann seine 12 leichten Artilleriestücke vorgaloppieren; zugleich sprengt, unter völliger Bewegungslosigkeit des Restes der Linie, die Division Foy weg und eilt Jérôme zu Hilfe.

Im Augenblick, wo Napoleon dieser ersten Bewegung voll Eifer zuschaut, reitet ein von Marschall Ney, der den Zentrumsangriff gegen den Pachthof von Belle-Alliance auf der Straße von Brüssel leiten sollte, entsendeter Adjutant im Galopp herbei, mit der Meldung, alles sei gerüstet und der Marschall erwarte nur noch das Zeichen. In der Tat sieht Napoleon die für diesen Angriff bezeichneten Truppen in tiefen Massen vor sich und will eben das Zeichen geben, als er auf einmal bei einem letzten Blick auf das ganze Brett des Schlachtfeldes mitten im Nebel etwas wie eine Wolle wahrnimmt, das in der Richtung von Saint-Lambert heranzieht. Er wendet sich zum Herzog von Dalmatien, der als Generalmajor neben ihm hält, und fragt ihn, was er von dieser Erscheinung denke. Plötzlich richten sich alle Fernrohre des Generalstabs nach dieser Seite. Einige behaupten, es seien Bäume, andere, es seien Leute. Napoleon ist der erste, der eine Marschkolonne unterscheidet: aber ist's Grouchy? ist's Blücher? Das weiß man nicht. Marschall Soult meint, es sei Grouchy, Napoleon aber zweifelt noch ahnungsvoll. Er beruft den General Domon und befiehlt ihm, mit seiner und des Generals Subervic leichten Kavalleriedivision aufzubrechen, um nach rechts aufzuklären und schleunigst mit dem anlangenden Korps Fühlung zu suchen. Ist's Grouchys Abteilung, so soll er sich mit ihr vereinigen, ist's Blüchers Vorhut, sie aufhalten.

Gesagt, getan. 3000 Mann Reiterei jagen im Galopp weg, entrollen sich wie ein endloses Band, schlängeln sich einen Augenblick durch die Linien unserer Armee, züngeln über unseren äußersten rechten Flügel hinaus, reiten weiter und schließen sich wie auf einer Parade etwa in einer Entfernung von 3000 Ellen (fast 6 Kilometer) wieder zusammen.

Kaum ist diese Bewegung ausgeführt, die so anziehend war, dass sie eine Weile die Aufmerksamkeit von dem Gehölz von Goumont, wo die Artillerie immer fortdonnert, abgezogen hat, als ein Jägeroffizier dem Kaiser einen preußischen Husaren vorführt, der zwischen Wavre und Planchenoit durch einen fliegenden Streifzug gefangen war. Er trägt einen Brief des Generals Bülow, der Wellington von dessen Ankunft benachrichtigt und Verhaltungsbefehle verlangt. Außer dieser alle Zweifel über die bemerkten Massen aufhebenden Auskunft gibt der Gefangene noch weitere, die man trotz ihrer Unglaublichkeit glauben muss. Er sagt, es hätten noch die drei Korps der preußisch-sächsischen Armee zu Wavre gestanden, wo Grouchy sie auf keine Weise beunruhigt habe. Es stehe auch kein Franzose davor, denn eine Patrouille seines Regiments habe in eben dieser Nacht bis zwei Stunden vor Wavre hin gestreift, ohne auf irgendetwas zu stoßen.

Napoleon wendet sich wieder zu Marschall Soult mit den Worten: »Heute morgen noch standen unsere Aussichten auf neunzig; durch Bülows Ankunft verlieren wir dreißig. Es steht aber noch sechzig gegen vierzig, und wenn Grouchy den ungeheuren Fehler, dass er gestern in

Gembloux seinem Vergnügen nachging, wieder gutmacht, wenn er seine Abteilung mit Blitzesschnelle schickt, so wird der Sieg nur noch entscheidender sein, denn dann ist Bülows Korps gänzlich verloren. Lassen Sie einen Offizier kommen!«

Ein Offizier des Generalstabs reitet augenblicklich herbei; er soll Bülows Brief zu Grouchy bringen und ihn aufs schnellste herbeirufen. Nach seiner eigenen Aussage muss er jetzt, in dieser Stunde, vor Wavre sein. Der Offizier soll einen Umweg machen und vom Rücken zu ihm kommen. Er hat auf trefflichen Wegen nur 4–5 Stunden zurückzulegen, der Offizier hat ein rasches Pferd und verspricht, in 1 ½ Stunden an Ort und Stelle zu sein.

Im gleichen Augenblick schickt der General Domon einen Adjutanten, der die Nachricht bestätigt; es sind die Preußen, die man vor sich hat, und er selbst hat soeben mehrere auserlesene Streifpatrouillen entsendet, um sich mit Marschall Grouchy in Verbindung zu setzen.

Der Kaiser befiehlt dem General Lobau, mit zwei Divisionen schräg über die große Straße von Charleroi zu setzen und zur Unterstützung der leichten Reiterei auf das äußerste Ende des rechten Flügels zu eilen. Er soll eine gute Stellung wählen, wo er mit 10 000 Mann 30 000 auszuhalten vermag. So lauten die Befehle, die Napoleon erteilt, wenn er seine Leute kennt. Augenblicklich wird diese Bewegung ausgeführt, und Napoleon kehrt seine Augen wieder nach dem Schlachtfelde.

Eben haben die Plänkler auf der ganzen Linie das Feuer begonnen, und doch ist es, mit Ausnahme des mit gleicher Erbitterung fortdauernden blutigen Kampfes im Gehölz von Goumont, noch immer nichts Ernsthaftes. Außer einer Division, die die englische Armee von ihrem Zentrum den Garden zu Hilfe gesendet hat, steht die ganze englisch-holländische Linie unbeweglich, und auf ihrer äußersten Linken ruhen Bülows Truppen aus und schließen sich aufs neue, um ihre noch im Hohlweg langsam heranziehende Artillerie abzuwarten. Jetzt schickt Napoleon den Marschall Ney den Befehl, das Feuer seiner Batterien spielen zu lassen, auf la Haie-Sainte zu marschieren, es mit dem Bajonett zu nehmen, eine Division Fußvolk darin zu lassen, augenblicklich auf die zwei Pachthöfe von la Papelotte und la Haie zu stürmen und den Feind herauszutreiben, um die englisch-holländische Armee von Bülows Korps zu trennen. – Der diesen Befehl überbringende Adjutant eilt davon, sprengt über die kleine Ebene, die Napoleon vom Marschall trennt, und verliert sich in den gedrängten Reihen der Kolonnen, die das Signal erwarten. Nach einigen Minuten blitzen auf einmal 80 Feuerschlünde und verkünden, dass der Befehl des Oberbefehlshabers vollzogen wird.

Der Graf von Erlon rückt mit drei Divisionen vor im Schutze dieses fürchterlichen Feuers, das die englischen Linien zu lichten beginnt, als plötzlich die Artillerie, wie sie über einen tiefen Grund fährt, einsinkt. Wellington, der von seiner Höhenlinie diesen Unfall gesehen hat, benutzt ihn und wirft auf die Artillerie eine Kavalleriebrigade, die sich in zwei Korps trennt und sich mit Blitzesschnelle teils auf die Division Marcognet, teils auf die hilflos gelassenen Stücke wirft, die nicht nur den Angriff eingestellt haben, sondern auch nicht mehr imstande sind, sich selbst zu verteidigen. Die Infanterie kann sich des Andrangs nicht erwehren; sie wird überwältigt und verliert zwei Adler. Die Artillerie wird niedergesäbelt, die Stränge an den Kanonen und die Kniekehlen der Pferde werden durchgehauen, schon sind 7 Kanonen unbrauchbar gemacht. Da bemerkt Napoleon den Wirrwarr und befiehlt den Kürassieren des Generals Milhaud, ihren Brüdern zu Hilfe zu eilen. Die Eisenmauer setzt sich, von dem vierten Lanciers-Regiment unterstützt, in Bewegung, und die englische Brigade, auf frischer Tat gefasst, verschwindet, zermalmt, zerschmettert, zerstückt unter diesem fürchterlichen Stoß. Unter anderen sind zwei Dragonerregimenter völlig vernichtet. Die Kanonen werden wieder gewonnen, und die Division Marcognet ist herausgehauen.

Diesen bewundernswert ausgeführten Befehl hat Napoleon selbst überbracht, indem er sich in einem Regen von Kugeln und Granaten, die an seiner Seite den General Devaux töten und den General Lallemand verwunden, an die Spitze der Linie stürzt. Indes rückt Ney auch ohne alle Artillerie immer weiter vor, und während des erzählten üblen, obwohl so rasch wieder gutgemachten Zwischenfalls zur Rechten der Straße von Charleroi nach Brüssel hat er auf der großen Straße und auf den Feldern links eine andere Kolonne, die endlich la Haie-Sainte erreicht, vorrücken lassen.

Hier, unter dem Feuer der ganzen englischen Artillerie, das die unsrige nur noch schwach erwidern kann, verdichtet sich der Kampf. Drei Stunden lang ringt Ney, der die ganze Kraft seiner schönen Jahre wiedergefunden hat, blutig nach der Stellung, die er endlich erstürmt und mit feindlichen Leichnamen übersät findet. Drei schottische Regimenter schlafen dort Mann an Mann, in Reih und Glied gefallen, wie sie gekämpft haben, und die 2. belgische, die 5. und 6. englische Division haben dort ein Drittel ihrer Leute gelassen. Napoleon wirft auf die Flüchtigen Milhauds unermüdliche Kürassiere, die sie, den Säbel in ihren Rippen, bis mitten in die Reihen der feindlichen Armee verfolgen, wo sie Verwirrung anrichten. Von der Höhe, wo der Kaiser steht, sieht er den Train und die englischen Reserven vom Kampfplatze abziehen und sich nach der Straße von Brüssel drängen. Der Tag ist unser, wenn Grouchy kommt.

Beständig sind Napoleons Augen nach Saint Lambert gewendet, wo die Preußen endlich den Kampf begonnen haben, aber trotz ihrer Überzahl von den 2500 Reitern Domons und Subervics und von Lobaus 7000 Mann aufgehalten werden. Wie würden ihm letztere in dieser Stunde zustattenkommen, um seinen Angriff auf das Zentrum zu unterstützen, wohin er aufs Neue seine Blicke richtet, indes er nichts hört und nichts sieht, was ihm die so ersehnte Ankunft Grouchys verkündet.

Jetzt schickt Napoleon dem Marschall den Befehl, sich um jeden Preis in seiner Stellung zu halten. Er muss einen Augenblick klar sein Schachbrett übersehen.

Auf der äußersten Linken hat Jérôme einen Teil des Gehölzes und das Schloss von Goumont gewonnen, wovon nichts mehr sichtbar ist, als die vier nackten Mauern, da alle Dächer von den Haubitzen zerstört sind, aber die Engländer halten sich dauernd in dem Hohlweg längs dem Obstgarten hin. Auf dieser Seite ist es also nur ein halber Sieg.

Vorn und gegen das Zentrum hin hat der Marschall la Haie-Sainte erstürmt und hält sich darin, trotz der Artillerie Wellingtons und seiner Reiterangriffe, die vor unserem fürchterlichen Musketenfeuer zurückprallen. Hier ist es ein vollständiger Sieg.

Rechts von der Chaussee kämpft der General Durutte um die Pachthöfe von la Papelotte und la Haie; und hier – kann man siegen.

Endlich auf der äußersten Rechten haben sich Bülows Preußen, nachdem sie sich in die Schlacht begeben, senkrecht zu unserer Rechten aufgestellt. 30 000 Mann und 60 Feuerschlünde rücken gegen die Divisionen der Generale Domon, Subervic und Lobau vor; hier also ist für den Augenblick die wahre Gefahr.

Die Gefahr wächst noch durch die anlangenden Berichte; Domons Streifpatrouillen sind zurückgekehrt, ohne Grouchy bemerkt zu haben. Bald erhält man eine Depesche des Marschalls selbst. Statt mit Tagesanbruch von Gembloux aufzubrechen, wie er in seinem gestrigen Briefe versprochen hatte, hat er es erst um 9 ½ Uhr getan. Jetzt ist es schon 4 ½ nachmittags, schon fünf Stunden dauert das Feuer der Kanonen; noch hofft Napoleon, dass er, dem ersten Kriegsgebote gehorsam, dem Kanonendonner nachziehen werde. Um 7 ½ Uhr kann er auf dem Schlachtfelde sein; bis dahin muss man die Anstrengungen verdoppeln und zumal den Fortschritt der 30 000 Mann Bülows aufhalten, die sich, wenn Grouchy endlich anrückt, in einem Kreuzfeuer befinden werden.

Napoleon befiehlt dem General Duhesme, der die beiden Divisionen der jungen Garde kommandiert, auf Planchenoit zu gehen, wohin Lobau, von den Preußen gedrängt, einen regelmäßigen Rückzug ausführt. Duhesme nimmt 8000 Mann und 24 Kanonen, die in starkem Galopp ankommen, sich in Batterie stellen und in dem Augenblick ihr Feuer beginnen, wo die preußische Artillerie mit ihren Kartätschen die Brüsseler Straße bearbeitet. Diese Verstärkung hemmt den Fortschritt der Preußen und scheint sie einen Augenblick sogar zum Weichen zu bringen. Napoleon benutzt diesen Wechsel. Ney erhält Befehl, im Sturmschritt gegen das Zentrum der englisch-holländischen Armee zu marschieren und sie zu durchbrechen. Er zieht Milhauds Kürassiere an sich, die vorn angreifen, um ein Loch zu bohren. Der Marschall folgt ihnen, und bald steht er mit seinen Truppen auf der Plattform. Da entflammt sich die ganze englische Linie und speit ihm Tod ins Gesicht, zugleich wirft Wellington alles, was ihm von Reiterei übrig ist, gegen Ney, während sein Fußvolk sich in Vierecke zusammenschließt. Napoleon fühlt die Notwendigkeit, den Angriff zu unterstützen, und schickt dem Grafen Valmy den Befehl, mit seinen zwei Kürassierdivisionen auf die Plattform zu rücken, um den Divisionen Milhaud und Lefèvre-Desnouettes beizuspringen. Im gleichen Augenblick lässt Marschall Ney die schwere Kavallerie des Generals Guyot vorrücken. Zu ihr stoßen die Divisionen Milhaud und Lefèvre-Desnouettes und stürzen sich in den Kampf, 3000 Kürassiere und 3000 Gardedragoner, das heißt die ersten Soldaten der Welt, sprengen, so stark ihre Pferde laufen können, heran und stoßen sich an den englischen Vierecken, die sich öffnen, ihre Kartätschen speien lassen und sich wieder schließen. Aber nichts hält den fürchterlichen Sturm unserer Soldaten auf. Die englische Kavallerie zieht sich, zurückgeworfen, den langen Säbel unserer Kürassiere und Dragoner in den Rippen, inzwischen zurück und schließt sich hinten unter dem Schutze ihrer Artillerie wieder. Urplötzlich stürmen Kürassiere und Dragoner auf die Vierecke, von denen sich einige endlich auflösen; aber sterben, ohne einen Schritt zu weichen. Jetzt beginnt ein grässliches Schlachten, von Zeit zu Zeit durch verzweifelte Reiterangriffe unterbrochen, gegen die unsere Soldaten sich wenden müssen, und während deren die englischen Vierecke wieder Atem schöpfen und sich neu bilden, um abermals zerrissen zu werden. Wellington, von Viereck zu Viereck verfolgt, vergießt Tränen der Wut, wie er so 12 000 Mann seiner besten Truppen unter seinen Augen niedermetzeln lassen muss; aber er weiß, dass sie keinen Schuh breit weichen werden. Er berechnet die Zeit, die noch verfließen muss, bevor die Zerstörung vollendet ist, zieht seine Uhr und sagt zu seiner Umgebung: »Noch zwei Stunden reicht es aus, und bevor *eine* verrinnt, ist die Nacht gekommen oder Blücher.« So geht es 5/4 Stunden fort.

Jetzt sieht Napoleon von der Höhe, von der er das ganze Schlachtfeld beherrscht, eine dichte Masse auf dem Wege von Wavre vorrücken ... Endlich langt Grouchy, den er so lange erwartet an, spät zwar, aber noch zeitig genug, um den Sieg zu vervollständigen! Beim Anblick dieser Verstärkung schickt er Adjutanten, um nach allen Richtungen zu melden, dass Grouchy erscheint und in die Linie einrückt. In der Tat entwickeln sich Massen auf Massen und stellen sich in Schlachtordnung. Unsere Soldaten verdoppeln den Eifer, denn sie glauben nur noch einen letzten Schlag tun zu dürfen. Da donnert plötzlich eine furchtbare Artillerie den Neuangekommenen voraus, und die Kugeln, statt gegen die Preußen gerichtet zu werden, reihen ganze Glieder der Unsrigen nieder. Alle starren einander an: der Kaiser schlägt sich vor die Stirn: es ist nicht Grouchy, es ist Blücher!

Napoleon übersieht auf den ersten Blick seine Lage. Sie ist schrecklich, 60 000 Mann frischer Truppen, auf die er nicht rechnete, sind nacheinander über seine durch achtstündigen Kampf zermalmten Truppen hergefallen. Im Zentrum ist er immer noch im Vorteil, aber er hat keinen rechten Flügel mehr. Die Fortsetzung der Blutarbeit, um den Feind entzweizuschneiden, wäre nunmehr unnütz und sogar gefährlich. Da ersinnt und befiehlt der Kaiser eines der schönsten Manöver, die er je in seinen kühnsten strategischen Kombinationen erdacht hat: es ist ein großer schräger Frontwechsel auf dem Zentrum, mittels dessen er beiden Armeen die Stirn bieten kann. Zudem verfließt die Zeit, und die Nacht, die für die Engländer kommen sollte, sie wird auch für ihn kommen.

Sofort gibt er seinem linken Flügel Befehl, das Gehölz von Goumont und die wenigen Engländer, die noch unter dem Schutze der mit Schießscharten versehenen Mauern des Schlosses standhalten, hinter sich zu lassen und das erste und zweite Korps, die schwer gelitten, zu ersetzen, während er zugleich Kellermanns und Milhauds Reiter, die auf der Plattform des Mont St. Jean zu hart bedrängt werden, befreien soll. Er befiehlt Lobau und Duhesme, den Rückzug fortzusetzen und sich in Reih und Glied oberhalb Planchenoit aufzustellen, dem General Pelet, in diesem Dorfe zum Schutze der Bewegung tapfer auszuharren. Das Zentrum soll und kann für sich selber stehen. Zugleich erhält ein Adjutant Befehl, die

Linie zu durchreiten und die Ankunft des Marschalls Grouchy zu melden.

Bei dieser Nachricht belebt sich die Begeisterung aufs Neue: alles auf der unermesslichen Linie dringt vor; Ney, fünfmal seines Pferdes beraubt, nimmt den Degen in die Hand. Napoleon stellt sich an die Spitze der Reserve und stürmt in eigener Person auf der Chaussee heran. Noch immer weicht der Feind auf sein Zentrum zurück, seine erste Linie ist durchbrochen; die Garde reitet über sie hinweg und nimmt eine Batterie. Aber hier stößt sie auf eine zweite Linie, die aus einer fürchterlichen Masse gebildet ist, es sind die Trümmer der von der französischen Kavallerie zwei Stunden zuvor über den Haufen geworfenen Regimenter, die sich neu gebildet haben; es sind die englischen Gardebrigaden, das belgische Regiment von Chassé und die Division Braunschweig. Ganz gleichgültig! Die Kolonne entfaltet sich wie zu einem Manöver, aber plötzlich schleudern 10 in Batterie gestellte Feldstücke auf Pistolenschussweite Tod und Verderben und reißen ihr den ganzen Kopf weg, während 20 andere Feuerschlünde sie von der Flanke packen und sich in die um Belle-Alliance aufgehäuften Waffen einbohren, die ihre Bewegung bloßgestellt hat. Der General Friant wird verwundet; der General Michel, der General Jamin und der General Mallet werden getötet. Die Majore Augelet, Cardinal und Agnès stürzen tot nieder, General Guyot, der zum achten Mal seine schwere Kavallerie zum Angriff führt, erhält zwei Schüsse. Neys Kleider und Hut werden von Kugeln durchlöchert. Ein momentanes Schwanken wird auf der ganzen Linie fühlbar. - In diesem Augenblick ist Blücher in dem Flecken La Haie angekommen und hat die beiden Regimenter, die es verteidigen, daraus vertrieben. Diese beiden Regimenter, die sich eine halbe Stunde gegen 10 000 gehalten, treten den Rückzug an, aber Blücher zieht 6000 Mann englischer Kavallerie, die Wellingtons linken Flügel geschützt haben, zu sich, da sie dort der Preußen wegen überflüssig geworden sind. Diese 9000 Mann, die, mit den Verfolgten untermengt anlangen, machen einen ungeheuren Riss mitten ins Herz der Armee. Da wirft sich Cambronne mit dem zweiten Bataillon des ersten Jägerregiments zwischen die englische Kavallerie und die Fliehenden, schließt sich zum Viereck und deckt den Rückzug der übrigen Gardebataillone. Sein Bataillon zieht den ganzen Stoß auf sich; es ist umringt, bedrängt, von allen Seiten angegriffen. Das ist der Moment, wo Cambronne, auf die Aufforderung, sich zu ergeben antwortet, zwar nicht die blumige Phrase, die man ihm angedichtet hat, sondern ein einziges Wort, freilich ein Wachthauswort, dem jedoch der rohe Nachdruck nichts von seiner Erhabenheit nimmt, und fast sogleich von einem Haubitzenstück, das ihn in den Kopf trifft, zerschmettert vom Pferde sinkt.

Zugleich lässt Wellington das ganze Ende seines rechten Flügels vorrücken, worüber er jetzt verfügen kann, weil er infolge unserer Bewegung nicht mehr in Schach gehalten ist, und seinerseits nun die Offensive ergreifend, schleudert er ihn wie einen Waldstrom von den Höhen der Plattform herab. Diese Kavallerie umreitet die Vierecke der Garde, die sie nicht anzugreifen wagt, wendet sich rechts und kehrt zurück, um unser Zentrum unterhalb la Haie-Sainte zu durchbohren. Jetzt erfährt man, dass Bülow unsere äußerste Rechte umgeht, dass der General Duhesme gefährlich verwundet ist, endlich, dass Grouchy, auf den man zählte, nicht kommt. Flinten- und Kanonenfeuer schlägt aus einer Entfernung von nicht mehr als 500 Ellen (1000 Meter) in unsern Rücken, Bülow hat uns überflutet. Der Schrei *»Rette sich, wer kann!«* ertönt, die Auflösung beginnt. Die noch standhaltenden Bataillone werden von den Flüchtigen auseinander gerissen. Napoleon sprengte, als er eben umzingelt werden sollte, mit Ney, Soult, Bertrand, Drouot, Corbineau, Flahaut, Gourgaud und Labédoyère, die ohne Soldaten sind, in Cambronnes Karree. Die Kavallerie macht Angriff auf Angriff; die englische Artillerie säubert, von der Zinne ihrer Höhen herab, die ganze Ebene; die unsrige, die keine Arme mehr zur Bedienung hat, bleibt stumm. Der Kampf hört auf, die Metzelei beginnt.

In diesem Augenblick lichten sich die Wolken; Blücher und Wellington, die sich auf dem Pachthof von Belle-Alliance die Kunde gereicht haben, benutzen diesen Beistand des Himmels, um ihre Kavallerie zur Verfolgung unserer Truppen zu spornen. Die Sprungfedern, die diesen Riesenkörper bewegten, sind zerbrochen, die Armee ist zerstreut; nur einige Bataillone der Garde halten stand und sterben.

Umsonst bemüht sich Napoleon, der Verwirrung Einhalt zu tun. Er wirft sich mitten in die gelösten Glieder, findet ein Regiment der Garde und Batterien in Reserve hinter Planchenoit und versucht, die Flüchtigen zu sammeln. Unglücklicherweise hindert die Nacht, ihn zu sehen, und der Lärm, ihn zu hören. Da steigt er vom Pferd, wirft sich, den Degen in der Hand, mitten in ein Karree: Jérôme folgt ihm mit den Worten: »Du hast recht, Bruder, hier muss fallen, was den Namen Bonaparte trägt.« Aber er wird von seinen Generalen und den Offizieren des Generalstabs weggeführt und von seinen Grenadieren zurückgewiesen, die wohl selbst sterben wollen, nicht aber; dass ihr Kaiser mit ihnen sterbe. Man hebt ihn wieder aufs Pferd, ein Offizier fasst den Zügel und reißt ihn im Galopp fort. So jagt er mitten durch die Preußen, die ihn fast eine halbe

Meile überholt haben. Kein Geschoß, keine Kugel will ihn treffen. Endlich langt er in Jemappes an, hält dort eine Weile, erneuert seine Sammlungsversuche, die jedoch von der Nacht, der Verwirrung, der allgemeinen Auflösung und mehr noch durch die wilde Verfolgung der Engländer vereitelt werden. Da muss er sich sagen, wie nach Moskau, dass alles zum zweiten Mal vorbei ist, und dass er nur von Paris aus die Armee wieder sammeln und Frankreich retten kann. So setzt er seinen Weg fort, hält in Philippeville an und gelangt am 20. nach Laon.

Der Schreiber dieser Zeilen hat Napoleon nur zweimal in seinem Leben, und zwar im Verlauf einer Woche während der kurzen Zeit des Pferdewechselns gesehen, das erste Mal, als er nach Ligny ging, das zweite Mal, als er von Waterloo zurückkam; das erste Mal bei den Strahlen der Sonne, das zweite Mal beim Scheine einer Lampe, das erste Mal mitten unter dem freudigen Zuruf der Menge, das zweite Mal inmitten der Totenstille der Bevölkerung.

Jedes Mal saß Napoleon in demselben Wagen, an demselben Platze, mit demselben Kleide angetan; jedes Mal war es derselbe unbestimmte und verlorene Blick; jedes Mal dasselbe Haupt, ruhig und leidenschaftslos; nur hatte er bei der Rückkunft die Stirn ein wenig mehr gegen die Brust geneigt als bei der Hinfahrt.

War es Missmut darüber, dass er nicht schlafen konnte, oder war es der Schmerz, die Welt verloren zu haben?

Am 21. Juni ist Napoleon in Paris zurück. Am 22. erklären sich die Pairs- und die Deputiertenkammer für permanent und jeden als Landesverräter, der sie vertagen oder auflösen wollte. – An demselben Tage dankt Napoleon zugunsten seines Sohnes ab.

Am 6. Juli zieht Ludwig XVIII. wieder in Paris ein. Am 14. geht Napoleon, nachdem er das Anerbieten des Kapitäns Baudin, der ihn nach den Vereinigten Staaten führen will, ausgeschlagen hat, an Bord des Bellerophon, Kapitän Maitland, und schreibt an den Prinzregenten von England:

»Königliche Hoheit!

»Den Parteien, die mein Land teilen, und der Feindschaft der Großmächte Europas preisgegeben, habe ich meine politische Laufbahn vollendet. Nun komme ich, wie Themistokles, mich am Herde des britischen Volkes niederzulassen. Ich stelle mich unter den Schutz seiner Gesetze, den ich von Eurer Königlichen Hoheit beanspruche, als dem mächtigsten, dem beständigsten und edelmütigsten meiner Feinde.

Napoleon.«

Am 16. Juli segelte der Bellerophon nach England ab. Am 24. ging er zu Torbay vor Anker, wo Napoleon erfuhr, dass General Gourgaud, der Überbringer seines Briefes, sich nicht hatte mit dem Lande in Verbindung setzen können und genötigt worden war, seine Depeschen aus den Händen zu geben.

Am 26., abends, lief der Bellerophon auf der Reede von Plymouth ein. Da verbreitete sich zuerst das Gerücht von der Deportation nach St. Helena. Napoleon wollte nicht daran glauben. Aber am 30. Juli zeigte ihm ein Kommissar den seine Deportation nach St. Helena verfügenden Beschluss. Entrüstet griff Napoleon zur Feder und schrieb:

»Ich protestiere hiermit feierlich im Angesichte des Himmels und der Menschen gegen die mir angetane Gewalt, gegen die Verletzung meiner heiligsten Rechte, da man mit Gewalt über meine Person und meine Freiheit verfügt. Ich bin freiwillig an Bord des Bellerophon gekommen, ich bin kein Gefangener, ich bin der Gast Englands. Ich bin sogar auf Veranlassung des Kapitäns dorthin gekommen, der behauptete, von der Regierung Befehle zu meiner Aufnahme zu haben und mich mit meinem Gefolge nach England geleiten zu wollen, wenn mir dies genehm wäre. Ich bin in gutem Glauben gekommen, um mich unter den Schutz der Gesetze Englands zu stellen. Sobald ich an Bord des Bellerophon saß, war ich am Herde des britischen Volkes. Wenn die Regierung, indem sie dem Kapitän des Bellerophon den Befehl gab, mich sowie mein Gefolge aufzunehmen, mir nur eine Schlinge hat legen Willen, so hat sie an ihrer Ehre gefrevelt und ihre Flagge geschändet.

»Sollte diese Handlung tatsächlich ausgeführt werden, so würden die Engländer hinfort vergeblich von ihrer Loyalität, von ihren Gesetzen und von ihrer Freiheit sprechen; die britische Treue würde in der Gastfreundschaft des Bellerophon ihr Grab gefunden haben.

»Ich rufe die Geschichte an. Sie wird sagen, dass ein Feind, der lange Zeit dem englischen Volke in offenem Kampfe gegenüberstand, freiwillig gekommen ist, in seinem Unglück ein Asyl unter seinen Gesetzen zu suchen. Welchen größeren Beweis seiner Achtung und seines Vertrauens konnte er ihm geben? Aber wie hat man in England eine solche Großherzigkeit erwidert? Man tat, als wollte man diesem Feinde eine gastfreundliche Hand reichen, und sobald er sich in gutem Glauben überliefert hatte, opferte man ihn

Napoleon.

»An Bord des Bellerophon, auf dem Meere.« Dieser Verwahrung ungeachtet, musste Napoleon am 7. August, den Bellerophon verlassen, um an Bord des Northumberland zu steigen. Der ministerielle Befehl besagte, es solle Napoleon der Degen abgenommen werden. Der Admiral Keith schämte sich eines solchen Befehls und wollte ihn nicht vollziehen. - Montag den 7. August 1815 lichtete der Northumberland die Anker zur Fahrt nach St. Helena. - Am 16. Oktober, siebzig Tage nach seiner Abreise von England und hundert Tage, nachdem er Frankreich verlassen hatte, betrat Napoleon den Felsen, den er hinfort nicht wieder verlassen sollte.

England aber nahm die Schmach seines Verrats in ihrer ganzen Fülle auf sich, und vom 16. Oktober 1815 an hatten die Könige ihren Christus und die Völker ihren Judas.

Napoleon auf St. Helena

Der Kaiser übernachtete denselben Abend in einer Art Herberge, wo er sich sehr unwohl fühlte. Am folgenden Tag, morgens 6 Uhr, begab er sich zu Pferd mit dem Großmarschall Bertrand und dem Admiral Keith nach Longwood, zu dem Hause, das der letztere, als das angemessenste auf der Insel, zu seinem Wohnsitz bestimmt hatte. Nach seiner Zurückkunft verblieb der Kaiser in einem kleinen, zu einem Landhause gehörigen Pavillon, der einem Großhändler der Insel, namens Balcombe, gehörte. Das war seine vorläufige Wohnung, und hier sollte er so lange bleiben, bis Longwood instand gesetzt wäre, ihn aufzunehmen. Er hatte sich am Abend zuvor so übel befunden, dass er, obschon dieser kleine Pavillon fast gar nicht möbliert war, nicht in die Stadt zurückkehren wollte.

Als Napoleon sich abends niederlegen wollte, zeigte sich's, dass ein Fenster in seinem Schlafzimmer keine Scheiben, keine Läden und keine Vorhänge hatte. Herr von Las Cases und sein Sohn verhängten es, so gut sie konnten, und fanden ein Dachzimmer, wo sie sich jeder auf eine Matratze, niederlegten; die Kammerdiener warfen sich, in ihre Mäntel gehüllt, quer vor die Tür auf den Boden. Am folgenden Morgen frühstückte Napoleon ohne Tafeltuch, ohne Serviette, den Rest des Mittagessens vom vorigen Tage.

Das war nur das Vorspiel des Elends und der Entbehrungen, die seiner in Longwood warteten.

Doch verbesserte sich nach und nach diese Lage. Man ließ vom Northumberland Weißzeug und Silbergeräte kommen, und der Oberst des 53. Regiments hatte ein Zelt anbieten lassen, das man so aufschlug, dass es als Verlängerung des kaiserlichen Zimmers dienen konnte. Von da an dachte Napoleon, mit seiner gewöhnlichen Regelmäßigkeit, daran, Ordnung in seine Tageszeit zu bringen.

Um 10. Uhr ließ er Herrn von Las Cases rufen, um mit ihm zu frühstücken. Sodann fand eine halbstündige Unterhaltung statt, und hierauf las Herr von Las Cafes, was ihm den Tag vorher diktiert worden war, wieder vor. War diese Lektüre zu Ende, so fuhr Napoleon bis 4 Uhr fort zu diktieren. Um 4 Uhr kleidete er sich an und ging aus, damit man sein Zimmer in Ordnung bringen könnte. Gewöhnlich ging er dann in den Garten hinunter, der ihm sehr ans Herz gewachsen war und an dessen Ende ihm eine zeltartige, mit Leinwand bedeckte Laube wie ein Zelt Schutz gegen die Sonne bot. Regelmäßig setzte er sich unter dieses Dach, wohin man einen Tisch und Sessel gebracht hatte, und diktierte hier dem seiner Begleiter, der zum Zwecke dieser Arbeit von der Stadt kam, bis zur Stunde des Mittagessens, die auf 7 Uhr festgesetzt war. Den Rest des Abends las man entweder in Racine oder Molière, da von Corneille nichts vorhanden war; Napoleon nannte dies die Komödie oder die Tragödie besuchen. Endlich legte er sich, so spät er nur konnte, nieder, da er, wenn er früh zu Bett ging, mitten in der Nacht aufwachte und nicht mehr schlafen konnte.

In der Tat, welcher von Dantes Verdammten hätte seine Strafe gegen die schlaflosen Nächte Napoleons vertauschen wollen?

Nach Verlauf von einigen Tagen fühlte er sich müde und krank. Man hatte drei Pferde zu seiner Verfügung gestellt, und er verabredete, in der Hoffnung, dass ihm ein Spazierritt gut tun würde, mit den Generalen Gourgaud und Montholon auf den folgenden Tag einen Ausflug zu Pferd. Selbentags erfuhr er aber, dass ein englischer Offizier Befehl hatte, ihn nicht aus dem Auge zu verlieren. Sogleich schickte er die Pferde zurück, mit der Bemerkung, alles, was man im Leben tue, beruhe auf Erwägung. Sei das Übel, seinen Kerkermeister zu sehen, größer als der Gewinn aus der körperlichen Bewegung, so sei es offenbar vorteilhafter, zu Hause zu bleiben.

Anstatt dessen suchte der Kaiser hinfort Zerstreuung in nächtlichen Spaziergängen, die manchmal bis morgens zwei Uhr dauerten.

Endlich, am Sonntag den 10. Dezember, ließ der Admiral Napoleon benachrichtigen, dass sein Haus zu Longwood bereit sei, und noch am gleichen Tage begab sich Napoleon zu Pferd dahin. Der Gegenstand, der ihn in seiner neuen Einrichtung am meisten erfreute, war eine hölzerne

Badewanne, die der Admiral durch einen Tischler in der Stadt hatte verfertigen lassen, und zwar nur nach seiner Zeichnung, denn eine Badewanne war zu Longwood ein unbekanntes Gerät. Noch an demselben Tage machte Napoleon Gebrauch davon. Am folgenden Tag wurde der Dienst beim Kaiser eingerichtet. Er gliederte sich in Kammer-, Livree- und Küchendienst und wurde von elf Personen versehen.

Die Hofhaltung wurde ähnlich wie auf der Insel Elba eingerichtet. Der Großmarschall Bertrand behielt die Oberhofmeisterstelle und die allgemeine Oberaufsicht, Herr von Montholon hatte die Besorgung der häuslichen Geschäfte, dem General Gourgaud lag die Sorge für den Stall ob, und Herr von Las Cases überwachte die innere Verwaltung. Der Tag wurde ungefähr ebenso eingeteilt, wie bisher. Um 10 Uhr frühstückte der Kaiser an einem Gueridon, während der Großmarschall und seine Amtsgenossen an einer Freitafel speisten, zu der sie besondere Einladung machen konnten. Da es keine bestimmte Stunde zum Spaziergang gab, weil die Hitze den Tag über sehr drückend war und es am Abend bald sehr feucht wurde, auch die Reit- und Wagenpferde, die immer vom Kap kommen sollten, nie anlangten, so arbeitete der Kaiser einen Teil des Tages bald mit Herrn von Las Cases, bald mit den Generalen Gourgaud oder Montholon. Von 8 bis 9 Uhr speiste man schnell zu Mittag, weil der Speisesaal einen für den Kaiser unerträglichen Geruch nach Farbe hatte; sodann ging man in das Gesellschaftszimmer, wo der Nachtisch bereitet stand. Hier lass man Racine, Molière oder Voltaire, wobei man Corneille immer mehr vermisste. Um 10 Uhr endlich setzte man sich zum Reversi, dem Lieblingskartenspiel des Kaisers, bei dem man in der Regel bis 1 Uhr morgens sitzenblieb.

Die ganz kleine Kolonie war in Longwood untergebracht mit Ausnahme des Marschalls Bertrand und seiner Familie, die *Hut's Gate*, ein schlechtes, kleines, auf der Straße nach der Stadt gelegenes Haus, bewohnte.

Die Wohnung des Kaisers bestand aus zwei Zimmern; jedes 15 Fuß lang, 12 Fuß breit, und ungefähr 7 Fuß hoch: sie waren beide mit Nankingzeug tapeziert; ein schlechter Teppich bedeckte den Boden.

In dem Schlafzimmer stand das kleine Feldbett, wo der Kaiser schlief, ein Sofa, auf dem er den größten Teil des Tages, mitten unter Büchern, die kaum noch für anderes Platz ließen, ruhte. Daneben stand ein kleiner Gueridon, auf dem er frühstückte oder allein zu Mittag speiste, und der abends einen dreiarmigen mit einem Schirm versehenen Leuchter trug.

Zwischen den beiden Fenstern, der Tür gegenüber, war eine Kommode mit der Wäsche des Kaisers, worauf auch sein großes Necessaire stand.

Den Kamin, über dem ein sehr kleiner Spiegel angebracht war, zierten mehrere Gemälde. Rechts stand das Porträt des auf einem Lamm reitenden Königs von Rom, links hing ein anderes Porträt des Königs von Rom, wie er auf einem Kissen sitzt und einen Pantoffel anprobiert. Mitten auf dem Kamin stand wieder eine marmorne Büste des Kaiserkindes. Zwei Leuchter, zwei Flaschen und zwei vergoldete silberne Tassen aus dem Necessaire des Kaisers vervollständigten die Ausschmückung.

Endlich hing unweit des Sofas und dem Kaiser, wenn er, wie gewöhnlich, ausgestreckt dalag, gerade vor Augen das von Isabey gemalte Porträt Marie Luises, die ihren Sohn auf den Armen hält. Überdies befand sich zur Linken des Kamins und neben den Porträts die dicke silberne Uhr Friedrichs des Großen, eine Art Weckuhr, die er von Potsdam mitgenommen hatte, und als Gegenstück die eigene Uhr des Kaisers, die die Stunde der Schlacht von Marengo und Austerlitz geschlagen hatte, auf beiden Seiten mit goldenem Deckel versehen und die Chiffre *B* tragend.

Die Möbel des zweiten Zimmers bestanden anfangs nur aus rohen, auf einfachen Fußgestellen ruhenden Brettern, worauf eine große Menge von Büchern und die verschiedenen den Generalen oder Sekretären vom Kaiser diktierten Abhandlungen lagen. Sodann stand zwischen den beiden Fenstern ein Büchergestell und gegenüber ein dem ersten gleichendes Bett, auf dem der Kaiser zuweilen den Tag über ausruhte und auch in der Nacht schlief, wenn er das erste wegen seiner häufigen und langen Schlaflosigkeit verlassen hatte. Endlich befand sich in der Mitte der Arbeitstisch, an dem die Plätze, wie sie der Kaiser beim Diktieren und die Herren von Montholon, Gourgaud oder Las Cases beim Schreiben gewöhnlich einnahmen, bezeichnet waren.

Dies war die Lebensweise und der Palast des Mannes, der nacheinander die Tuilerien, den Kreml und den Eskorial bewohnt hatte.

Jedoch, trotz der Hitze des Tages, trotz der Feuchtigkeit des Abends, trotz des Mangels an den zum gewöhnlichen Leben notwendigen Gegenständen hätte der Kaiser alle diese Entbehrungen mit Geduld ertragen, wäre man nicht so weit gegangen, ihn überall zu bespähen und nicht nur als Gefangenen auf der Insel, sondern sogar als Gefangenen in seinem Hause zu behandeln. Wie bereits erwähnt, hatte man verfügt, Napoleon müsse beim Ausreiten von einem Offizier begleitet werden. Infolgedessen war der Kaiser, wie gesagt, seinem Grundsatz gemäß nie mehr ausgeritten. Durch diese Beharrlichkeit hatte er es erreicht, dass seine Kerkermeister diese Beschränkung aufhoben, wenn er sich nur in bestimmten Grenzen halten wollte. Aber in diesen Grenzen war er von einem Kreise Schildwachen eingeschlossen, und eines Tags legte eine dieser Wachen schon auf den Kaiser an, als General Gourgaud ihr das Gewehr in dem Augenblicke, wo sie wahrscheinlich abdrücken wollte, entriss. Übrigens gestatteten diese Schranken nur einen halbstündigen Ritt, und da der Kaiser sie nicht überschreiten wollte, um der Begleitung seines Wächters enthoben zu bleiben, so stieg er ab und setzte seinen Ausflug zu Fuß auf kaum gebahnten Wegen an tiefen Schluchten hin fort, wo es ein Wunder ist, dass er nicht zehnmal hinabstürzte.

Trotz dieses Wechsels in seinen Gewohnheiten blieb die Gesundheit des Kaisers während der ersten sechs Monate ziemlich gut. Aber im folgenden Winter, als die Witterung andauernd schlecht war, als Feuchtigkeit und Regen in die Zimmer des Schachtelhauses, das er bewohnte eindrang, fing er an, sich häufig unwohl zu fühlen, was sich in Anfällen von Betäubung und Erstarrung äußerte. Zudem wusste Napoleon wohl, dass die Luft sehr ungesund war, und dass eine fünfzig Jahre alte Person auf der Insel als Seltenheit galt.

Inzwischen kam ein neuer Gouverneur und wurde dem Kaiser durch den Admiral vorgestellt. Es war ein Mann von etwa 45 Jahren, von unangenehmer Gestalt, dünn, mager, ausgetrocknet, mit rotem Gesicht und rotem Haar, von Sommersprossen bedeckt, mit schielenden Augen, die nur verstohlen um sich schauten, nur selten jemand ins Gesicht sahen und unter feuerroten, dichten und stark hervorragenden Augenbrauen lagen; er hieß Sir Hudson Lowe.

Mit dem Tage seiner Ankunft begannen neue Quälereien, die immer unerträglicher wurden. Er führte sich dadurch ein, dass er dem Kaiser zwei gegen ihn geschriebene Flugschriften zuschickte. Dann unterwarf er die ganze Dienerschaft einem Verhör, um von ihnen zu erfahren, ob es ihr freier und fester Wille sei, beim Kaiser zu bleiben. Infolge dieser neuen Widerwärtigkeiten verfiel Napoleon bald wieder in einen krankhaften Zustand, wie er immer häufiger bei ihm eintrat. Er dauerte fünf Tage, während deren er nicht ausging, aber doch fortfuhr, seinen italienischen Feldzug zu diktieren.

Bald steigerten sich die Quälereien des Gouverneurs; geflissentlich setzte er die einfachsten Schicklichkeitsregeln so sehr beiseite, dass er den » *General Bonaparte*« zum Mittagessen bei sich einlud, um ihn einer Engländerin von hohem Stande, die auf St. Helena gelandet war, vorzustellen. Napoleon antwortete nicht einmal auf die Einladung, worauf die Verfolgung noch schlimmer wurde.

Jeder Brief musste vor der Beförderung dem Gouverneur mitgeteilt werden, und jedes Schreiben, das Napoleon den Titel Kaiser gab, wurde vernichtet.

Man ließ den General Bonaparte wissen, der Aufwand, den er machte, sei zu groß. Die Regierung könne ihm nur eine tägliche Tafel von höchstens vier Personen, für jede Person eine Flasche Wein täglich und wöchentlich ein Gastessen gestatten; weitere Aufwendungen sollten General Bonaparte und die Personen seines Gefolges selbst bezahlen.

Der Kaiser ließ sein Silbergerät zerbrechen und schickte es in die Stadt; aber der Gouverneur ließ ihm sagen, es dürfte nach seiner Ansicht nur an den von ihm bezeichneten Käufer verkauft werden. Dieser Käufer des Gouverneurs gab 6000 Franken für die erste Lieferung, was den einfachen Metallwert dieses Silbergeräts kaum zu zwei Dritteln deckte. Der Kaiser nahm alle Tage ein Bad, man ließ ihm sagen, er müsse sich mit einem Bad wöchentlich begnügen, da in Longwood kein Überfluss an Wasser sei. Es standen in der Nähe ein paar Bäume, unter denen er zuweilen spazieren ging, und die den einzigen Schatten auf dem ihm erlaubten Spaziergang gewährten. Der Gouverneur ließ sie abhauen; und als der Kaiser sich über diese Grausamkeit beklagte, antwortete er, er habe nicht gewusst, dass diese Bäume dem General Bonaparte angenehm seien, man werde aber, wenn er sie vermisse, andere dafür pflanzen.

Damals erfasste Napoleon manchmal ein erhabener Grimm, und dies war auch bei der erwähnten Antwort des Gouverneurs der Fall.

»Das Ärgste, was mir die englischen Minister angetan haben,« rief er, »ist nicht mehr, dass sie mich hierher geschickt, sondern dass sie mich in *Ihre* Hände geliefert haben. Ich beklagte mich über den Admiral; aber dieser hatte doch wenigstens noch ein Herz, Sie entehren Ihre Nation, und Ihr Name wird ein Schandfleck bleiben.«

Endlich merkte man an der Beschaffenheit des Fleisches, dass man für die Tafel des Kaisers tote und nicht getötete Tiere liefere. Man ließ bitten, sie lebendig zu liefern, aber die Bitte wurde abgeschlagen.

Von nun an ist Napoleons Dasein nur ein langsamer und schmerzlicher Todeskampf, der aber fünf Jahre lang dauerte. Die fünf langen Jahre bleibt der neue Prometheus auf den Felsen angekettet, wo ihm Hudson

Lowe das Herz zerfleischt.[49] Endlich am 20. März 1821, dem glorreichen Jahrestage der Rückkehr Napoleons nach Paris, empfand er vom Morgen an einen starken Druck im Magen und ein äußerst beschwerliches Gefühl der Erstickung in der Brust. Bald machte sich ein schneidender Schmerz über dem Magen und in der linken Milz fühlbar und verbreitete sich über die Brust bis zur linken Schulter. Trotz der augenblicklich angewandten Gegenmittel hörte das Fieber nicht auf, der Unterleib war bei Berührung schmerzhaft, und der Magen dehnte sich aus. Nachmittags gegen 5 Uhr verdoppelten sich die Schmerzen; zugleich beklagte sich der Kranke über einen eiskalten Schauer und über Krämpfe besonders an den unteren Extremitäten. In diesem Augenblicke war die Gemahlin des Großmarschalls Bertrand gekommen, um einen Besuch abzustatten. Napoleon zwang sich, weniger angegriffen zu erscheinen, und suchte, sich sogar heiter zu stellen, aber bald gewann wieder seine melancholische Stimmung die Oberhand: »Wir beide,« sagte er, »müssen uns auf den Spruch des Schicksals gefasst machen; Sie, Hortense,[50] und ich sind bestimmt, ihm auf diesem elenden Felsen zu erliegen. Ich werde vorangehen, Sie werden nachkommen, und Hortense Ihnen folgen. Aber alle drei werden wir uns da oben wiederfinden.« Dann fügte er folgende vier Zeilen aus Zaire bei:

»Doch nimmermehr darf ich Paris zu sehen hoffen. Ich bin zu gehen gefasst, es steht die Gruft mir offen. Noch heute tret' ich vor den Herrn der Herren hin Und fordre Lohn für alles, was ich litt für ihn.«

Die darauf folgende Nacht war unruhig, die Symptome wurden immer bedenklicher. Ein Brechmittel ließ sie auf einen Augenblick verschwinden, aber sie zeigten sich bald wieder. Fast gegen den Willen des Kaisers hielten Dr. Antomarchi und Herr Arnott, Chirurg bei dem auf der Insel in Garnison liegenden zwanzigsten Regimente, Beratungen. Diese Herren erkannten bald die Notwendigkeit, ein großes Zugpflaster auf den Unterleib zu legen, ein Abführmittel zu verordnen und von Stunde zu Stunde Essig über die Stirn des Kranken zu gießen. Nichts desto weniger machte die Krankheit reißende Fortschritte.

Eines Abends sagte ein Bedienter von Longwood, er habe einen Kometen gesehen; Napoleon hörte es, und dieses Vorzeichen machte tiefen Eindruck auf ihn. »Ein Komet,« rief er aus. »dieses Zeichen war der Vorläufer von Cäsars Tode.«

---

[49] Nach dem Urteil der vertrauenswertesten Geschichtsforscher entsprach der Gouverneur Lowe in Wahrheit durchaus nicht dem üblen Bild, das Napoleon und seine Getreuen geflissentlich von ihm entworfen haben. A. d. Ü.

[50] Die Tochter des Grafen Bertrand. A. d. Ü.

Am 11. April nahm die Kälte an seinen Füßen sehr zu. Der Arzt versuchte warme Umschläge, um sie zu zerteilen. »Das alles ist unnütz,« sagte Napoleon zu ihm, »nicht hier, im Magen, in der Leber sitzt das Übel. Sie haben kein Mittel gegen die Glut, die mich verbrennt, keine Medizin vermag das Feuer, von dem ich verzehrt werde, zu löschen.«

Um 15. April fing er an, sein Testament aufzusetzen, und an diesem Tage durfte niemand sein Zimmer betreten außer Marchand und dem General Montholon, die von 1 ½ Uhr bis 6 Uhr abends bei ihm blieben.

Um 6 Uhr trat der Arzt ein. Napoleon zeigte ihm sein angefangenes Testament und jedes mit dem Namen der Person, für die es bestimmt war, bezeichnete Stück seines Necessaires. »Sie sehen,« sagte er zu ihm, »ich rüste mich, von dannen zu gehen.« Der Arzt wollte ihn beruhigen, Napoleon unterbrach ihn: »Keine Täuschung mehr,« setzte er hinzu, »ich weiß, wie es steht, und ich bin gefasst.«

Der 19. brachte eine fühlbare Besserung, die bei allen die Hoffnung wiederbelebte außer bei Napoleon, und allgemein beglückwünschte man sich zu diesem Wechsel. Napoleon ließ sie reden, dann sagte er lächelnd: »Ihr täuscht euch nicht, ich befinde mich heute besser, aber ich fühle nichtsdestoweniger, dass mein Ende naht. Wenn ich gestorben bin, so werdet ihr alle den süßen Trost haben, nach Europa zurückzukehren. Ihr werdet eure Eltern und eure Freunde wiedersehen, und auch ich werde meine Tapfern im Himmel wiederfinden. Ja, ja,« setzte er, sich belebend und die Stimme begeistert erhebend, hinzu. »Kleber, Desaix, Bessières, Duroc, Ney, Murat, Massena, Berthier werden mir entgegenkommen. Sie werden zu mir von unsern gemeinschaftlichen Taten sprechen, und ich werde ihnen die letzten Ereignisse meines Lebens erzählen. Wenn sie mich wiedersehen, werden sie vor Begeisterung und Ruhmesseligkeit ganz verzückt sein. Wir werden mit Scipio, Cäsar, Hannibal von unsern Kriegen sprechen, es wird eine Wonne sein ... Vorausgesetzt,« fuhr er lächelnd fort, »dass man da oben nicht erschrickt, so viele Krieger beieinander zu sehen.«

Einige Tage nachher ließ er seinen Kaplan Vignali rufen. »Ich bin in der katholischen Religion geboren,« sagte er zu ihm, »ich will die Pflichten, die sie auferlegt, erfüllen und die Sakramente, die sie austeilt, empfangen. Sie werden alle Tage eine Messe in der nahen Kapelle lesen und das heilige Sakrament vierzig Stunden lang aufstellen. Wenn ich gestorben bin, so werden sie Ihren Altar neben mein Haupt in die Sterbekammer stellen und dann die Messe lesen. Sie werden alle üblichen Zeremonien beobachten und damit nicht aufhören, bis ich begraben bin.«

Nach dem Priester kam die Reihe an den Arzt. »Mein lieber Doktor,« sagte er zu diesem, »nach meinem Tode, der bald eintreten wird, will ich, dass Sie die Öffnung meines Leichnams vornehmen, aber ich verlange, dass kein englischer Arzt Hand an mich lege. Ich wünsche, dass sie mein Herz herausnehmen, es in Weingeist legen und meiner teuren Marie Luise überbringen. Sie werden ihr sagen, dass ich sie zärtlich geliebt habe und niemals aufhörte, sie zu lieben; Sie werden ihr all meine Leiden erzählen; Sie werden ihr alles sagen, was Sie gesehen haben; Sie werden ihr genau über meinen Tod berichten. Ich empfehle Ihnen besonders, meinen Magen gut zu untersuchen und einen genauen und ins einzelne gehenden Bericht darüber meinem Sohne zuzustellen. Dann werden Sie sich von Wien nach Rom begeben; Sie werden meine Mutter, meine Familie aufsuchen; Sie werden ihnen mitteilen, was Sie von mir hier gesehen haben. Sie werden ihnen sagen, dass ebenderselbe Napoleon, den die Welt den Großen genannt hat, wie Karl den Großen und wie Pompejus, in dem beklagenswertesten Zustande, an allem Mangel leidend, mit sich selbst und seinem Ruhme alleingelassen, gestorben sei. Sie werden ihnen sagen, dass er sterbend allen regierenden Familien den Abscheu und den Schimpf seiner letzten Augenblicke vermacht.«

Am zweiten Mai erreichte das Fieber den höchsten Grad, der Puls schlug in der Minute hundertmal, und der Kaiser verfiel in ein Delirium. Das war der Anfang des Todeskampfes, der aber auf Augenblicke unterbrochen wurde. In diesen kurzen Augenblicken des Bewusstseins kam Napoleon unaufhörlich auf die Weisung zurück, die er dem Arzte Antomarchi gegeben hatte: »Nehmen Sie sorgfältig,« sagte er zu ihm, »die anatomische Untersuchung meines Körpers vor und namentlich des Magens. Die Ärzte in Montpellier haben mir mitgeteilt, dass die Krankheit am Magenpförtner in meiner Familie erblich sei, ihr Bericht ist, wie ich glaube, in Ludwigs Händen. Fordern Sie ihn, vergleichen Sie ihn mit dem. was Sie selbst beobachtet haben; möchte ich wenigstens mein Kind vor dieser fürchterlichen Krankheit bewahren können! ...«

Die Nacht war ziemlich gut; aber am folgenden Morgen zeigte sich das Delirium mit erneuter Gewalt. Gegen 8 Uhr jedoch verlor es ein wenig an Kraft; gegen 3 Uhr kam der Kranke wieder zur Besinnung. Er benutzte sie. um seine Testamentsvollstrecker zu berufen, und empfahl ihnen, falls er vollständig das Bewusstsein verlieren sollte, keinen andern englischen Arzt sich ihm nähern zu lassen als den Doktor Arnott. Dann fügte er bei ganz klarem Bewusstsein und mit der ganzen Stärke seines Geistes hinzu:

»Mein Tod ist nahe; ihr werdet nach Europa zurückgehen; ich muss euch einige Ratschläge darüber geben, wie ihr euch verhalten sollt. Ihr habt meine Verbannung geteilt, ihr werdet meinem Andenken treu sein, ihr werdet nichts tun, um es zu verletzen. Alle Grundsätze (einer freien Staatsverfassung) habe ich angenommen und habe sie meinen Gesetzen, meinen Werken eingeprägt, es gibt keinen, den ich nicht heilig gehalten hätte. Unglücklicherweise waren die Umstände ungünstig; ich war gezwungen, mit Strenge zu verfahren und zu vertagen. Da kam das Unglück; ich habe den Bogen nicht entspannen können, und Frankreich ist um die freiheitlichen Einrichtungen, die ich ihm geben wollte, gekommen. Es beurteilt mich mit Nachsicht, es legt meine guten Absichten in die Waagschale, mein Name, meine Siege sind ihm teuer. Folgen Sie seinem Beispiel! Bleiben Sie den Ansichten treu, die Sie verteidigt, wie dem Ruhme, den wir erworben haben! Sonst gibt es nur Schande und Verwirrung!«

Am Morgen des fünften hatte das Übel den höchsten Grad erreicht, das Leben des Kranken war nur noch ein keuchendes und schmerzhaftes Hinsiechen; das Atmen wurde immer schwächer, die weitgeöffneten Augen waren starr und glanzlos, und einige unbestimmte Worte, das letzte Aufwallen seines verwirrten Geistes, erstarben von Zeit zu Zeit auf seinen Lippen. Das Letzte, was man vernehmen konnte, war: »Tête!« und »Armee!« Dann erstickte die Stimme, aller Geist schien erstorben, und der Arzt selbst glaubte, dass die Lebenskraft gewichen sei. Indessen hob sich der Puls gegen acht Uhr wieder, der Todesbann, der den Mund des Sterbenden schloss, schien zu weichen, und einige tiefe und hohle Seufzer entstiegen seiner Brust. Aber um halb elf Uhr war der Puls verschwunden, und einige Minuten nach elf Uhr hatte der Kaiser aufgehört zu leben ...

Zwanzig Stunden nach dem Tode seines erlauchten Kranken schritt der Arzt Antomarchi zur Öffnung des Leichnams, wie es ihm Napoleon oft empfohlen hatte. Dann nahm er das Herz heraus, das er den erhaltenen Weisungen gemäß in Weingeist legte, um es Marie Luise zu übergeben. Aber in demselben Augenblicke stellten sich unvermutet die Testamentsvollstrecker ein, mit der Erklärung Sir Hudson Lowes, dass er weder den ganzen Körper noch einen Teil davon von St. Helena entfernen lassen werde, er müsste auf der Insel bleiben. So wurde der Leichnam an das Schafott genagelt. Jetzt wandte man sich der Wahl eines Begräbnisplatzes für den Kaiser zu und entschied sich für einen Ort, den Napoleon nur einmal gesehen hatte, von dem er aber immer mit Wohlgefallen redete. Sir Hudson Lowe gab seine Zustimmung dazu; das Grab an diesem Orte anzulegen.

Nach der Sektion nähte Doktor Antomarchi die zerschnittenen Teile wieder zusammen, wusch den Körper und übergab ihn dem Kammerdiener, der ihn mit dem gewöhnlichen Anzug des Kaisers bekleidete, das heißt mit Beinkleidern von weißem Kaschmir, weißseidenen Strümpfen, langen steifen Stiefeln mit kleinen Sporen, weißer Weste, weißer Halsbinde, die mit einer schwarzen überzogen und hinten zugeschnallt war, mit dem Rock eines Obersten der Gardejäger, geziert mit den Orden der Ehrenlegion und der Eisernen Krone, endlich mit dem dreieckigen Hute. So angetan, wurde Napoleon am 6. Mai 5 ¾ Uhr aus dem Saale weggebracht und in dem kleinen Schlafzimmer, das man in einen Katafalk verwandelt hatte, zur Schau gestellt. Der Leichnam hatte die Hände frei; er lag auf seinem Feldbette ausgestreckt, seinen Degen an der Seite; ein Kruzifix ruhte auf seiner Brust, und der blaue Mantel von Marengo war über seine Füße hergeworfen. So blieb er zwei Tage lang ausgestellt.

Am Morgen des achten wurde der Leichnam des Kaisers, der unter der Vendômesäule ruhen, und das Herz, das Marie Luise zugesandt werden sollte, in einen gusseisernen, ausgepolsterten Sarg mit einem von weißem Atlas überzogenen Kopfkissen gelegt; der Hut, der aus Mangel an Raum nicht auf dem Haupte des Toten bleiben konnte, wurde ihm zu Füßen gelegt. Um ihn streute man Adler und alle Arten von Münzen, die mit seinem Bilde während der Dauer seiner Regierung geprägt worden waren. Dazu legte man sein Tischgerät, sein Messer und einen Teller mit seinem Wappen. Dieser erste Sarg wurde in einen zweiten, von Zedernholz, den man in einen dritten bleiernen legte, eingeschlossen, und letzterer in einen vierten von Zedernholz, ähnlich dem zweiten, aber von größerem Umfang, gestellt. Dann setzte man, den Sarg in demselben Raum, wo der Körper ausgestellt war, zur Schau aus.

Um halb ein Uhr wurde der Sarg von den Soldaten der Garnison in die große Pappelallee, wo der Leichenwagen wartete, gebracht. Man bedeckte ihn mit einem violetten Samt, auf den man den Mantel von Marengo legte. Darauf setzte sich das Leichengefolge in folgender Ordnung in Bewegung:

Der Abbé Vignali, angetan mit seinem Priesterschmucke, und neben ihm der junge Heinrich Bertrand, der einen silbernen Weihkessel mit dem Weihwedel trug.

Die Doktoren Antomarchi und Arnott.

Die Wächter des Leichenwagens, der von vier durch Bediente an der Hand geführten Pferden gezogen und zu jeder Seite von 12 Grenadieren ohne Waffen begleitet wurde; diese sollten den Sarg auf ihren Schultern tragen, sobald der schlechte Zustand des Weges das Weiterfahren des Wagens verhinderte.

Der junge Napoleon Bertrand und Marchand, beide zu Fuß und neben dem Leichenwagen.

Die Grafen Bertrand und Montholon zu Pferd unmittelbar hinter dem Leichenwagen.

Ein Teil vom Gefolge des Kaisers.

Die Gräfin Bertrand mit ihrer Tochter Hortense, in einem mit zwei Pferden bespannten Wagen, an der Hand geführt von den Bedienten, die neben dem abschüssigen Abfall hergingen.

Das Grab war ungefähr eine Viertelstunde von Hut's-Gate entfernt gegraben, der Leichenwagen hielt nahe am Grabe, und die Kanonen begannen, fünf Schüsse in der Minute zu tun.

Der Leichnam wurde in das Grab hinabgelassen, während der Abbé Vignali das Gebet verrichtete. Napoleons Füße waren nach dem Orient, den er erobert hatte, gewendet; sein Haupt dem Westen zu, wo er einst regierte. Darüber versiegelte ein ungeheurer Stein seine letzte Wohnung und bildete den Übergang von der Zeit zur Ewigkeit.

Endlich brachte man eine silberne Platte mit, auf der folgende Inschrift eingegraben war:

Napoleon.

geboren zu Ajaccio, den 15. August 1769, Gestorben zu St. Helena am 5. Mai 1821.

Aber in dem Augenblicke, wo man die Inschrift auf dem Stein befestigen wollte, stürzte Sir Hudson Lowe vor und erklärte im Namen seiner Regierung, dass man auf das Grab keine andere Aufschrift setzen dürfe als:

Der General Buonaparte.

Nachschrift des Übersetzers.

Im Monat Dezember 1840 wurde gemäß einer Übereinkunft des Königs der Franzosen, Louis Philipp, und der Königin Viktoria von England Napoleons Leichnam durch den Prinzen Joinville unter Begleitung des Grafen Las Cases von St. Helena auf der Fregatte Belle-Poule abgeholt und am 15. Dezember in dem dazu erbauten Mausoleum im Invalidendome zu Paris feierlichst beigesetzt.

So wurde Napoleons letzter Wunsch, an den Ufern der Seine zu ruhen, zwanzig Jahre nach seinem Tode erfüllt; die Franzosen fühlten sich an jenem Tage kummervoll als die Waisen seines Ruhmes.

www.ingramcontent.com/pod-product-compliance
Lightning Source LLC
Chambersburg PA
CBHW060802310726
48980CB00002B/203

* 9 7 8 3 7 3 4 0 0 1 0 2 4 *